레전드급 전생자 2

홍성은 퓨전 판타지 소설

초판 1쇄 찍은 날 § 2021년 2월 16일
초판 1쇄 펴낸 날 § 2021년 2월 23일

지은이 § 홍성은
펴낸이 § 서경석

총괄팀장 § 노종아
편집책임 § 강서희
디자인 § 스튜디오 이너스

펴낸곳 § 도서출판 청어람
등록번호 § 제387-1999-000006호
등록일자 § 1999. 5. 31
어람번호 § 제1-3117호

주소 § 경기도 부천시 부일로 483번길 40 서경B/D 3F (우) 14640
전화 § 032-656-4452 팩스 § 032-656-4453
http://www.chungeoram.com
E-mail § chungeorambook@daum.net

ISBN 979-11-04-92314-2 04810
ISBN 979-11-04-92312-8 (세트)

도서출판 청어람

레전드급 환생자

2

홍성은 퓨전 판타지 소설

FUSION FANTASTIC STORY

목차

제1장

—

방랑 신관으로 살아가는 법

수상한 연기가 가득 찬 어두운 방.

흑요석으로 만들어진, 제단처럼도 보이는 침상에 똑바로 누워 있던 예언자는 눈을 떴다. 그 황금빛으로 물든 눈동자는 마치 밤바다에 비친 달그림자처럼 흔들리고 있었다.

실오라기 하나 걸치지 않은 나신은 빛이라고는 한 터럭도 없는 방임에도 하얗게 눈부셨다. 그 모습은 완성된 예술품과도 같았으나, 동시에 도저히 살아 있는 생물로 보이지 않았다.

눈을 깜박이지도 않은 채, 한참을 그렇게 누워 있던 예언자는 나무토막으로 만들어진 인형처럼 상반신을 일으켰다. 예언자가 움직이는 모습은 마치 대리석 조각이 움직이는 것처럼 보였다.

그 모습은 지독히 아름답기는 했으나, 보는 이로 하여금 일어나선 안 되는 일이 일어난 것 같은 기묘한 공포심을 느끼도록 했다.

"…두 번째."

그렇게 입술을 열고서야, 예언자는 눈을 깜박였다. 황금빛이었던 눈동자는 어느새 어둠 속에서도 반짝이지 않는 칠흑빛으로 되돌아와 있었다.

"이번이 두 번째인가……."

예언자는 입술을 깨물었다. 빛깔이 다른 피부와 별다르지 않았던 입술에 피가 돌면서, 비로소 예언자의 모습에 현실감이 깃들었다. 밀랍 인형처럼 창백했던 낯빛은 이제야 어느 정도 살아 있는 생물의 것으로 보였으나, 여전히 사람의 그것으로는 보이지 않았다.

"예언이 틀리는… 예언."

그러나 그것이 긍정적인 변화라고는 할 수 없었다.

예언자의 표정에 드러난 감정은 인간이 표현할 수 있는 감정 중에서도 지극히 지독한 축에 속하는 것이었으니.

"레너드 몬토반드……."

예언자는 예지몽에 나타난 남자의 이름을 중얼거렸다.

예언자의 모든 빛을 빨아들일 것같이 시커먼 눈동자는 강렬한 살의로 번들거리고 있었다. 방해되는 모든 것을 치워 없애더라도 자신의 예언을 관철시키리라는 의지. 예언자는 그러한 자신의 살의가 향할 방향을 명확히 했다.

"몇 번이고 죽여 없애면 그만이지."

예언자는 흑요석의 제단에서 내려와, 발을 바닥에 디뎠다.

찰박, 찰박, 찰박.

바닥을 가득 채운 액체를 밟고, 예언자는 제단의 방을 나섰다. 그녀가 가는 길에 붉은 발자국이 한동안 이어졌으나, 곧 그마저도 그쳤다.

제단의 방문은 무겁게 닫혔다.

*　　　*　　　*

지난 줄거리.

나는 먹기만 하면 내가고수가 될 수 있는 약을 손에 넣었다!

―내가고수가 뭡니까?

"내공이 강한 고수를 말해."

―내력이라니까요······.

나는 딱히 반박하지 않았다. 그보다 더 궁금한 게 있었기 때문이었다.

"그래서 얼마나 먹으면 돼?"

―하루에 한 알씩만 복용하십시오.

"하루 한 알?"

―네. 빠짐없이 드셔야 합니다. 총 두 달 분량으로, 2주쯤 꾸준히 복용하시면 효과가 나타나기 시작할 테고 완전히 복용하셨을 때쯤엔 괄목할 만한 성과를 얻으실 수 있을 겁니다.

라플라스의 설명에 나는 입맛을 다셨다. 2주라는 시간은 너무 길어 보였다. 좀 단축할 수 있지 않을까? 하는 생각에, 나는 라플라스에게 물었다.

"한꺼번에 많이 먹으면 안 되나?"

―안 됩니다. [내력 증진제]에는 독성이 있어서, 과용하시면 큰일 납니다. 부작용으로 시력을 잃으실 수도 있습니다.

"시력…… 그럼 안 되지."

나는 아쉬움을 삼켰다.

"안 빼먹고 꾸준히 먹는 수밖에 없겠군."

그리고 곧장 [내력 증진제] 한 알을 집어삼켰다. 아무 맛도 나지 않았다. 당장은 특별한 효과가 느껴지지도 않았고.

유리병은 하나가 아니었다. 다른 색으로 반짝이는 캡슐이 가득 든 유리병을 들어 보이며, 나는 라플라스에게 물었다.

"이건?"

―대현자 특제 [외력 강화제]입니다.

"아, 내공 다음엔 외공이구나."

―외공이 아니라 외력입니다만.

나는 또 한차례 외공에 대해 설명했다. 잘 다치지 않게 몸을 단단하게 단련시키는 거라고 말했더니, 이번엔 이런 반응이 돌아왔다.

─아, 그건 맞는 것 같습니다.

"…그러냐."

라플라스의 그게 아니라고 우기는 반응을 기대했던 나는 맥이 좀 빠졌다.

─말씀하신 효과 외에도 근력 증강과 전반적인 신체 능력 상승을 기대할 수 있습니다. 다만 몸이 굳을 수 있으니, 드신 뒤에는 충분히 스트레칭해 주시는 것이 권장됩니다.

아무튼 이건 나쁜 게 아니다. 마침 카를의 몸을 단련할 필요성을 지속적으로 느끼고 있던 참이었다. 더욱이 지금 당장은 내력보다는 외력이 내게 절실한 것이기도 했다.

내력은 이상이라면 외력은 현실이었다!

"이것도 하루 한 알씩 먹으면 돼?"

─네, 그렇습니다.

"알았어."

[외력 강화제] 캡슐도 하나 꺼내 삼킨 뒤, 나는 유리병들을 각성창 안에 갈무리했다.

"매일 이 시간대쯤 되면 먹으라고 말해줘."

─알겠습니다.

이 서비스는 유료가 아니라 다행이군. 그런 생각에 픽 한 번 웃고, 나는 보상 상자를 덮었다. 혹시나 싶어서 다시 한번 열었다가 [비밀 감지]가 전혀 반응하지 않는다는 것만 확인하고 치웠다.

"자, 그럼 이제 이거 차례지."

나는 각성창 안의 [탐사 일지]를 꺼내 들었다. 일지를 촤르륵 넘겨보니 이번엔 마지막 페이지까지 꽉 차 있는 걸 확인할 수 있었다.

—이 유적의 탐사 보상을 받으시겠습니까?
—YES / NO

"YES."

나는 소릴 내며 글자를 꾹 눌렀다.

—트레저 헌터 김연준의 유적 공략을 정산합니다.
—지금까지 탐사한 유적: 2
—이번 유적에서 발견한 유물 4개.

혹시나 했는데 역시나, 유리병에 담긴 [내력 증진제]와 [외력 강화제]를 유물 하나씩으로만 센 모양이다. 캡슐 하나하나를 전부 정산해 줄 거라는 기대를 조금 하긴 했지만 이건 너무 양심이 없는 발상이었지.

그런데 가면과 약병 두 개 외에도 하나가 더해진 걸 보니, 나무 골렘 잔해도 유물로 카운트된 모양이었다. 다행이라고 해야 하려나?

　—이번 유적에서 정산된 탐사 점수: 500점.
　—총 탐사 점수: 850점.

　음, 다행 맞았다. 게다가 약병 둘 다 100점씩 쳐준 건 불행 중 다행이라기보다는 행운에 가까웠다. 약병 하나당 캡슐이 60개였는데, 이걸 개별로 쳤으면 오히려 점수가 더 떨어졌겠지.

　—유적을 완벽하게 탐사하면 100점이 주어진다는 가설이 참으로 드러났군요.

　"어, 그러고 보니 그렇네."

　유물 하나당 100점에 유적 클리어 점수 100점이라고 치면 500점. 지난번에 라플라스가 제시한 가설에 들어맞는 결과다.

　—탐사 점수를 소모하여 트레저 헌터의 추가 능력을 습득하실 수 있습니다.

　—현재 능력: [위기 감지 2], [함정 감지 2], [비밀 감지 1]

　—추가로 습득 가능한 능력: [비밀 감지 2] 200점, [잠금 해제 1] 500점.

"얼레, [위기 감지 3]이 안 나왔네."

나는 아쉬움에 입맛이 다셨다. 이번 두 번째 유적에서 [위기 감지 2]가 톡톡히 효력을 발휘했기에 아쉬움은 더 컸다.

하지만 선택의 여지가 없군. 지난 유적에서의 금화가 없었더라면 다른 의미에서 선택의 여지가 없었겠으니, 이것도 배부른 생각일지도 모르겠다.

"[비밀 감지 2]와 [잠금 해제 1]을 습득한다."

나는 그렇게 중얼거리며 글자들을 꾹꾹 눌렀다.

─[비밀 감지 2], [잠금 해제 1]을 습득하셨습니다.

─남은 탐사 점수는 150점입니다. 다음 유적 탐사를 완료한 후 사용하실 수 있습니다.

─수고 많으셨습니다. 이 [탐사 일지]는 20초 후 소멸합니다.

"3… 2… 1……. 뿅!"

내 신호와 동시에 [탐사 일지]가 소멸했다.

─수고하셨습니다, 새 주인님.

마치 일지가 없어지는 게 뭔가의 신호인 것처럼, 라플라스가 인사를 건넸다.

"어, 그래. 라플라스, 너도 수고했어."

나는 라플라스의 인사를 받으며 보상 방에서 나왔다. 나와 보니 예상했던 대로 함정은 모두 사라져 있었다.

"두 번째 정령, 1류급 성법, 가면에 영양제 두 병. 그리고 적당한 루블과 탐사 보상."

출구를 향해 걸으며, 나는 이번 유적의 보상을 손가락 꼽아 가며 정산해 보았다.

─240루블입니다.

적당한 루블이라는 표현이 마음에 안 들었던 걸까, 라플라스가 끼어들었다.

"그래, 240루블. …60루블 모자라네."

300루블 딱 맞춰 모았다고 좋다고 새로운 힘을 샀다가 경조사비를 전부 소진해 버리면 위급 시에 생존 정보를 얻기 곤란해지니, 내 몸의 안위를 생각한다면 실제로는 60루블보다 더 많이 모아야 한다.

"이번 유적에서 그럭저럭 챙긴 게 많긴 하지만, 만족하기엔 아직 배가 고프군."

두 번째 유적을 공략하면서 그럭저럭 강해진 것 같기는 하다. 하지만 이 정도로는 부족하다. 고작 불 안 빌려준 걸로 사람의 목숨을 빼앗으려는 놈이 존재하고, 그냥 얼굴을 마주친 것만으로 내 생명을 위협하는 자도 존재한다.

이 낯설고 라플라스 외엔 다른 연고도 없는 세계에서, 안심하고 편안히 살기 위해서는 이 정도 힘 갖고는 안 된다.

적어도 지금보다는 더 강해져야 한다.

그리고 그 방법은?

"다음 유적으로 가야겠어."

루블과 탐사 점수, 두 마리 토끼를 모두 잡을 수 있는 유적이 그 답이다!

게다가 지금의 내게는 다음 유적에 대한 힌트도 있었다.

나는 각성창에서 레너드의 소유였던 몬토반드의 검을 꺼내어 들고는 씨익 웃었다.

"라플라스, 여기서 몬토반드의 검 유적으로 가려면 어떻게 가야 하지?"

* * *

그러나 지금 내가 있는 두 번째 대현자의 유적으로부터 곧장 몬토반드의 검 유적으로 향하겠다는 내 야심은 좌절됐다.

왜냐하면 그 유적까지는 여기서 최소한 일주일 거리였기 때문이다.

이것도 강행군을 했을 때 가능한 일정이었다. 지구 시절의 김연준은 보급 없이 일주일 동안 노숙을 하며 걸을 수 있었지만, 전혀 단련을 거치지 않은 카를의 몸은 그렇지 않았다.

[내력 증진제]와 [외력 강화제]가 적당히 효력을 발휘한다면 모르겠지만, 라플라스의 말에 의하면 이 두 약제가 효과를 발휘하는 건 적어도 2주 동안은 꾸준히 복용했을 때의 일이다.

"그럼 차라리 대현자의 세 번째 유적으로 향하는 게 더 낫지 않을까?"

이런 생각에, 나는 라플라스에게 물어봤다. 그랬더니 이런 대답이 돌아왔다.

—30루블입니다.

"아, 있기는 한 모양이네."

애초에 세 번째 유적이 존재하는지조차 확실하지 않은 상황인데, 그 유무에 대한 정보를 공짜로 얻다니. 내가 생각해도 훌륭한 꼼수였다. 크나큰 성취감이 나를 사로잡았다.

"좋아, 지불한다."

물론 알맹이 있는 정보를 손에 넣으려면 돈을 내긴 내야 하지만 말이다. 어차피 내야 하는 돈이니만큼 선불 개념으로 봐도 좋을 것이다. 따라서 나는 별 불만도 망설임도 없이 루블을 지불했다.

결과.

"아니, 몬토반드의 검 유적보다도 더 멀잖아?"

나는 결국 체념했다.

"보급과 휴식은 필요하겠군."

결국 도중에 마을이나 도시에 들르는 건 확정 사항이 되었다.

비록 유적으로 직행하지 못하는 건 좀 아쉽긴 했지만 제대로 된 곳에서 푹 쉬고 제대로 조리한 맛있는 음식을 먹을 생각을 하니 기분은 곧 나아졌다.

시티 오브 카를에서 받은 현상금도 있겠다, 란첼 자작에게서 받은 금화도 있겠다. 적어도 며칠 머무르는데 돈 없어서 고생을 자초할 일은 없을 터였다.

"아, 맞다."

그렇게 생각하다가, 나는 어떤 결심을 하게 되었다.

"라플라스."

―네, 새 주인님.

"아무래도 새 신분을 사야겠어."

―레너드 몬토반드의 신분이 마음에 안 드십니까?

라플라스의 물음에 나는 고개를 끄덕였다.

"응."

단호하게 말이다.

―대충 짐작은 갑니다만, 어떤 점이 마음에 안 드시는지…….

"지나치게 유명해."

레너드 몬토반드의 이름은 의외로 잘 알려져 있었다. 레너드가 들른 적이 없는 도시인 시티 오브 카를에서까지 유명한 것 때문에 실감이 갔다.

그런데 이 유명세로 얻을 수 있는 건 별로 없었다.

정확히는 실속이 없었다.

실력이 좋은 것도 아니고 사회적인 지위가 높은 것도 아니다. 유명세라고 있는 것도 사실 따지고 보면 악명에 가까웠고.

아, 그래. 솔직히 시티 오브 카를에서는 레너드의 악명을 이용해 좋은 방을 얻거나 소매치기를 물리치거나 했다.

그러나 이 또한 행운이 작용된 결과라 해야 했다. 운이 나쁘면 나쁜 쪽으로 구르리라.

당장 강도 놈들도 악명에 신경도 안 쓰고 잠자는 방에 쳐들어오지 않았던가?

"그리고 레너드의 이름으로는 제 실력을 발휘할 수가 없잖아."

레너드인 척을 하고 있는 동안은 [정령법]도 [성법]도 못 쓴다. 칼은 쓸 수 있을지 모르지만 이건 별로 큰 이점이 못된다.

"마지막으로… 시티 오브 카를에서 만났던 란첼 자작이라는 인간이 신경 쓰여."

정확히는 란첼 자작 본인은 만난 적이 없고 그 하수인인 포아드 경과 잠깐 만났을 뿐이지만, 란첼 자작이 있는 시티 오브 카를에서 벗어나자마자 죽음을 극복했다며 20루블을 받은 건 신경이 안 쓰일 수가 없었다.

가능성이 그리 높진 않겠지만 란첼 자작이 레너드 몬토반드를 쫓고 있을 경우를 완전히 배제할 순 없다.

이 세 가지 이유를 들어, 나는 레너드 몬토반드의 신분은 이쯤 쓰고 다른 신분을 마련해야 쓰겠다는 결론을 내렸다.

"마침 어쩌구 가면도 손에 넣었으니, 새로운 신분을 가장하는 것도 쉬워진 것 같은데."

─[천변의 백면]이요.

"아무튼."

─말씀하신 대로입니다. 그럼 새 신분으로는 어떤 신분을 원하시는지요?

라플라스의 물음에 나는 잠깐 생각에 잠겼다.

"이번에는 군이 귀족일 필요는 없어. 정령사는… 핍박받는 다고 했지. 그렇다면 적당한 신관의 신분을 손에 넣을 수 있을까?"

어차피 내가 부릴 수 있는 정령은 끼릭이와 반짝이, 둘 모두 군이 겉으로 드러낼 필요가 없는 존재들이다. 끼릭이는 마법봉을 쓰는 척하면서 쏘면 될 거고, 반짝이는 애초에 정령력을 신성력으로 바꾸는 데에만 쓰니 말이다.

그러니 [성법]을 대놓고 쓸 수 있는 신분을 얻는 게 더 낫다. 이게 내 판단이었다.

─라플라스 제국의 신관들은 대부분 신성 교단에 투신한 상태입니다. 교단 조직에 속해 있는 신분을 얻게 되시면 자유로운 행동이 힘들 것으로 보입니다만.

"그건… 곤란하군."

교단에 대해 잘은 모르지만, 어디든 조직에 묶이긴 싫다. 더욱이 믿지도 않는 신의 교단에 들어가라니, 그게 무슨 고문이지?

그런 내게 라플라스가 다른 선택지를 제시해 주었다.

─그러시다면 차라리 방랑 신관의 신분이 가장 적절할 것 같습니다.

"방랑 신관? 그게 뭔데?"

─말 그대로 방랑하는 신관입니다. 교단에서 추방된 경우도 있지만, 스스로의 의지로 교단에서 나와 신의 자비를 세상에 베풀겠다는 경우도 있지요. 대부분 후자라고 자칭합니다만, 대부분 전자 취급을 당합니다.

"결국 도망자라는 소린가."

─하지만 상대가 교단 관계자만 아니라면 보통 귀족에 준하는 대우를 받을 수 있습니다. 특히나 지금 머물고 계신 지역은 교단의 세가 약해 기도술의 기적을 받을 수 없는 사람들이 많아, 정식 신관과 다를 바 없는 대우를 기대하실 수 있습니다.

오, 이건 좀 괜찮다.

"하지만 대가로 기도술을 베풀어주길 요구당하겠지?"

─그건 그렇습니다만, 이쪽도 기도술에 대한 대가를 요구해도 상관없습니다.

말하자면 교단의 지원을 받지 못하는 대신 혼자 영업할 수 있는 자영업자인 셈인가. 내 입장을 생각하면 결코 나쁘지 않은 신분이다.

아니, 이 정도면 좋다고 평가해도 되리라.

"얼마야?"

―20루블입니다.

생각보다 비쌌다. 레너드 몬토반드의 신분이 칼까지 합쳐서 5루블이었으니, 거의 네 배나 되는 셈이다.

"비싸군."

―좋은 건 비싸게 마련이죠.

이게 과연 잘하는 짓일까? 나는 조금 고민했다.

그러나 나는 아직 라플라스에게 한 번도 속은 적이 없다. 그러니 이 가격도 사기가 아니라는 결론을 내릴 수밖에 없었다.

20루블짜리 신분은 20루블 값을 하리라. 그렇게 믿으면서, 나는 고개를 끄덕였다.

"좋아. 사겠어."

―20루블을 지불하셨습니다. 새 주인님의 계좌에 남은 경조사비는 190루블입니다.

*　　　*　　　*

"그나저나, 새 신분을 얻을 때마다 시체를 찾아다니는 건 필수야?"

나는 지금 새로 얻게 될 신분의 시체를 찾아 방랑 중이었다. 정확히는 라플라스의 내비를 받고 있으니 방랑이라 할 순 없지만 그거야 뭐 어쨌든.

—안 그런 신분도 있습니다. 그런 신분을 원하시면 미리 말씀해 주십시오.

"그걸 지금 말해주면 어쩌자는 거야……."

—더불어 그런 신분의 경우 가격이 조금 더 나갑니다만.

"시체 찾는 게 낫겠네."

억울함이 확 날아갔다. 수고 좀 덜 하자고 목숨 걸고 번 루블을 추가로 내느니 발품 파는 게 훨씬 낫지. 다행히 시체 찾아 삼만 리를 할 필요는 없었다. 시체 위치는 내가 있는 곳에서 그리 멀지 않았으니까.

"여긴가."

—네, 여깁니다.

시체를 찾기 위해서는 왔던 길을 조금 돌아와야 했다. 그 위치는 바로 카를이 한 번 죽음을 맞이했던 벼랑 끝 절벽. 그 아래였다.

"사람이 죽는 데가 거기서 거기군."

하긴 괜히 사고 다발 구간 같은 게 있겠는가. 나는 로프를 단단히 고정하고 절벽 아래로 강하를 시작했다.

"어휴, 이러다 나도 죽겠네."

이런 말이 자동적으로 튀어나오게 될 때쯤에야 절벽 아래에 당도할 수 있었다. 이거 내일 아침은 근육통 확정이겠다. 아무 조치도 취하지 않는다면 말이다.

"찾았다."

내 새로운 신분이 될 터인 자가 죽은 것은 꽤 오래된 일인지 시체는 완전히 해골이 되어 있었다. 라플라스가 말해주지 않았다면 이게 누구 시체인지도 몰랐을 것이다.

─낡은 사제복과 성서, 그리고 성물을 챙기십시오.

나는 라플라스의 말대로 시체에서 필요한 것들을 챙겼다.

그리고 유해는 땅에 파묻어 무덤을 만들어주었다. 이유는 레너드 몬토반드의 때와 같다. 이제부턴 내가 이 사람인 척하고 다닐 건데, 누구한테든 유해가 발견되면 곤란하니까.

"자, 그럼 신관답게 기도라도 할까?"

바닥에 삽을 꽂으며, 나는 내 노동을 스스로 치하했다.

─아직 아닙니다.

"엉?"

─다운로드를 받으셔야 합니다.

"아, 맞다."

새 신분의 역할을 하기 위해 필요한 지식과 경험을 다운로드받아야 했다. 물론 값은 이미 치렀으니 추가 비용이 들지는 않았다.

"이름은 잭 제이콥스. 방랑 신관인가."

물론 다운로드받은 게 새 신분의 이름뿐만인 건 아니었다. 레너드 때와 마찬가지로 앞으로 잭 제이콥스인 척하고 다니기 위해 필요한 기본적인 정보를 함께 다운로드받았다. 그렇게 다운로드받은 내용은 내게도 꽤 유용한 것들이었다.

일단 [성법]을 기도술인 척하기 위해 필요한 지식, 그리고 실제 효과가 있는 기도술도 몇 가지 배울 수 있었다.

신관들이 신성력을 쌓는 법에 대해서도 자세히 배울 수 있었다. 대충 이론은 알고 있었지만, 그냥 하는 척만 하는 것과는 달리 이 방법으로는 진짜 신성력을 쌓을 수 있다.

물론 나는 반짝이를 통해 신성력을 수급하는 게 빠르니 실용적인 면에서는 완전 꽝이지만, 다른 사람의 시선을 신경 써야 할 때는 이 지식이 유용해지리라.

개중에서도 가장 흥미로운 것은 잭 제이콥스라는 사람에 대한 이야기였다.

잭 제이콥스가 교단을 나와 방랑하는 이유에 대해서, 대외적으로는 교단의 손이 닿지 않는 곳까지 신의 자비를 베풀기 위함인 것으로 되어 있다.

하지만 이는 실제와 다르다.

"신을 믿지 않는 신관인가."

―다행히 잘 알려져 있지는 않은 이야기지만요.

라플라스가 내 혼잣말에 반응했다.

―어떤 의미로는 대현자의 스승 중 한 분이라고 하실 수 있겠네요.

"흐음?"

라플라스의 이야기에 따르면, 대현자가 신에 대한 신앙심을 배제한 [성법]의 존재를 발견하고 체계화시킬 수 있었던 건 잭 제이콥스의 덕이 컸다고 한다.

신성 교단의 독실한 신도였던 잭 제이콥스는 자신에게 신관의 자질이 있음을 깨닫고 기뻐하며 당연히 교단에 귀의했다.

그런데 잭 제이콥스는 어떤 좌절을 겪고, 기도하지 않은 채 잠들어 버리고 말았다.

신성력을 쌓기 위해서는 기도가 필수, 이건 상식이었다. 그러나 다음 날 일어난 잭 제이콥스는 자신이 여느 때와 마찬가지로 기도술을 쓸 수 있음을 알아차렸다.

이것이 잭 제이콥스가 신성 교단과 기도술에 회의를 겪은 계기였다.

─그럼에도 불구하고 잭 제이콥스는 삼성신을 사랑했고 신들의 가르침을 설파했죠.

이야기가 길어지는데. 게다가 그다음 이야기는 나도 안다. 다운로드받았으니까.

"뛰어난 기도술과 그로 인한 성과로 중앙 교단에까지 올라갔지만, 고위 성직자들의 부정부패에 실망해서 스스로 교단을 나오게 된 거잖아."

─그랬었죠. 다운로드받으셨죠…….

라플라스는 어째선지 좀 아쉬워하면서 입을 다물었다.

─그리고 손에 쥐고 계신 성물이 바로 잭 제이콥스가 기도

도 하지 않고 기도술을 쓸 수 있게 만들어준 연원입니다.

아니, 안 다물었다.

나는 잭 제이콥스의 시체에서 벗겨낸 허름하고 낡은 성물을 보았다. 소재는 주석하고 비슷한 광택 없는 금속이었고, 만월이 되기 직전의 달 모양을 형상화한 디자인이었다.

"짜라스트로의 성물인가."

짜라스트로란 삼성신 중 정의와 심판, 징벌을 담당하는 신이다. 1류급의 신관이 성신들 중 하나를 골라 믿는 경우는 드문데, 잭 제이콥스는 그 드문 예에 속했다.

그런데 이 성물에 [비밀 감지 2]가 반응했다. 동시에 지난번에 얻은 [잠금 해제 1]도 반응했다.

"뭐야, 열린다고?"

나는 홀린 듯 [잠금 해제 1]을 사용했다. 뭘 어떻게 해야 이걸 열 수 있는지 머릿속에 자동적으로 떠오르는 경험은 차라리 신비하기까지 했다.

찰칵, 하는 소리와 함께 성물의 뚜껑이 열렸다. 열리자마자 찬란한 빛이 새어 나왔다. 그런데 이거 어디서 본 거다.

"[광휘석]이잖아, 이거?"

─네, 그렇습니다. 이것이 잭 제이콥스 본인조차 몰랐던, 그가 기도 없이도 기도술을 쓸 수 있었던 이유입니다.

아, 잭 제이콥스도 몰랐던 거냐. 그렇다면 이 정보가 다운로드에 포함되어 있지 않았던 걸 따지고 들 순 없겠군.

성물 안에 든 광휘석의 크기는 내가 가지고 있는 것보다 작았다. 광휘석을 꺼내보니 성물 안쪽 벽면에 반짝이는 신성 문자가 잔뜩 적혀 있는 것이 보였다. 이 신성 문자가 어떤 역할을 해서 광휘석에서 신성력을 뽑아내는 것처럼 보였다.

"그래? 그런데 지금은 아무 힘도 안 느껴지는데."

―[성법]을 사용해 보십시오.

"응? 아아, 응."

나는 1류급 기본 성법 중 하나인 [치유의 빛]을 사용해 보았다. 그러자 성물이 빛을 내며 신성력을 뿜어내기 시작했고, 그 신성력이 내 신성력 대신 소모되어 [성법]이 성립했다.

"아하. 이런 거로군."

더 높은 경지의 성법사가 되기 위해서는 [성법]을 열심히 써서 익숙해지고 능숙해져야 한다. 그런데 단순히 강력한 성법을 쓰기 위해서는 일단 더 많은 신성력을 모으는 게 선결과제였다.

문제는 신성력이라는 힘의 특성이다. 신성력은 정령력과 달리 쓴다고 느는 게 아니다. 오히려 하나도 안 쓰고 꽉 채워놓은 상태에서 기도나 명상 등을 통해 한계 이상으로 모아 전체의 규모를 늘리는 방식을 쓴다.

즉, 신성력을 모으기 위해선 안 쓰고 모아놔야 되는데, 성법을 잘 쓰기 위해선 자주 신성력을 써야 한다.

이 모순을 해결하는 방법은 실질적으로 존재하지 않는다.

그냥 적당히 균형을 맞춰서 모을 건 모으고 쓸 땐 쓰는 것 정도뿐이다.

그런데 이 성물의 존재로 모순의 해결 방법이 생겼다.

[성법]의 단련은 그냥 성물에서 나오는 신성력을 이용해서 하고, 나 자신의 신성력은 안 쓰고 그냥 모아두면 된다.

"이걸 이용하면 훨씬 빠르게 강해질 수 있겠어."

─따로 말씀 안 드려도 되니 편하네요.

말은 편하다고 하지만 라플라스의 목소리에서는 숨길 수 없는 아쉬움이 드러나고 있었다.

자기가 직접 설명해 주고 싶었던 거려나.

…에이, 설마.

"좋아, 20루블어치 인정한다."

나는 잭 제이콥스의 가격을 인정했다. 확실히 이 정도라면 레너드 몬토반드의 네 배 정도 가치는 있다. 물론 몬토반드의 검과 그 유적을 생각하면 좀 아쉬운 면이 있지만, 유적에 대한 정보도 유료였음을 잊어서는 안 된다.

"야, 그런데 이거 어떻게 꺼?"

분명 [성법]은 다 썼음에도 불구하고 성물은 아직도 빛을 내고 있었다. 신성력도 뿜어져 나오고 있고.

─못 끕니다.

"뭐?"

─한번 발동한 성물은 소유자가 죽거나 안에 든 광휘석을

다 소모할 때까지 못 끕니다.

아무래도 성물이 작동을 멈췄던 건 단순히 잭 제이콥스가 죽었기 때문이었던 것 같다.

"뭐 그래?"

─기계장치가 아니라 성물이니까요.

"흐음. 그럼 되도록 열심히 성법을 쓰고 다녀야겠군."

이래서야 성법을 안 쓰면 성물에서 흘러나오는 신성력이 버려지는 것과 마찬가지다.

"아끼지 말고 팍팍 써야겠어."

아무튼 잭 제이콥스의 사제복을 입고 성물을 걸치고 오른손에 성전까지 드니 확실히 좀 신관 같아 보인다.

여기에 라플라스로부터 다운로드받은 잭 제이콥스의 얼굴까지 어쩌구 가면으로 복제하고 나니 이제 나는 잭 제이콥스였다.

─어쩌구 가면이 아니라 [천변의 백면]입니다만······.

"좋아, 그럼 이제 가보자고."

끈질긴 라플라스의 지적을 무시한 나는 보급을 위해 가까운 마을로 향했다.

*　　　*　　　*

그리고 그 결과.

"마음에 드는데?"

내가 들렀던 마을은 사냥꾼들이 모여 사는 마을이었는데, 이 마을에서는 돈을 단 한 푼도 쓸 필요가 없었다.

촌장에게 간단한 축복을 걸어주는 대가로 마을에서 가장 좋은 방에서 하룻밤을 보낼 수 있었고, 상처 입은 사냥꾼들을 치유해 주는 대가로 훈제 고기와 햄을 받을 수 있었다.

게다가 [성법]을 수련하려면 자주 쓰는 게 좋고, 성물에서 뿜어져 나오는 신성력은 쓰든 안 쓰든 어차피 닳아서 없어진다. 즉, 무리만 안 하면 [성법]은 공짜로 쓰는 거나 다름없었다.

그런데 성법을 쓴 대가는 받을 수 있으니 이득이지.

내가 얻은 이득은 이뿐만이 아니다. 사냥꾼 마을에서 나는 내가 잡은 멧돼지의 고기와 가죽도 제값 받고 처분할 수 있었다.

즉, 나는 이 마을에서 돈을 쓰기는커녕 오히려 벌어 갈 수 있었다.

축복비와 치료비, 그리고 멧돼지 부산물을 흥정하는 과정에서 신관치고는 좀 속물적인 거 아니냐는 소리가 나올 법도 했지만, 아무도 내게 그런 소리는 안 했다.

오히려 치유와 축복을 받은 사냥꾼들은 다들 감사를 표했고, 나한테 대가로 음식과 식량을 베푸는 것에 아무런 거리낌이 없었다.

이 정도면 어중간한 귀족보다도 대우가 좋다고 할 수 있었다. 귀족은 존중받긴 쉬워도 호의를 받긴 어려우니까. 적어도 레너드 몬토반드는 그랬다. 하긴 그놈은 귀족 출신인 거지 그냥 방랑기사긴 했다만, 그거야 뭐 아무튼.

그래서 촌장의 좀 더 머물다 가라는 말을 뿌리치고 마을을 떠나는 건 나로서도 어려웠다.

나라고 편하게 쉬고 싶지 않았겠는가. 그러나 감사하는 마음의 유통기한은 그리 길지 않다. 좀 아쉽다 싶을 때 떠나는 것이 가장 좋다.

내게는 이렇게 친절하고 인심 좋은 마을이었음에도, 마을을 떠날 때 나는 라플라스로부터 경조사비 20루블을 받았다.

라플라스가 기계적으로 뱉은 이 메시지가 뜻하는 바는 실로 심플하고 명확했다.

카를은 이 마을에서 한 번 이상 살해당했다.

"대체 카를은 이 마을에서 무슨 짓을 해서 살해당한 거야?"

나는 그렇게 생각했는데, 진실은 내 생각과 조금 달랐다.

—아, 살해당한 게 아니라 훈연 햄을 훔치려다가 사냥꾼의 덫에 걸렸습니다. 즉사였죠.

라플라스의 이야기에 따르면 멧돼지도 한 방에 보내는 덫이었다고 한다. 그 정도 위력이라면 어린애가 버틸 수 있을 리 없다.

"그건… 카를이 잘못했네."

—…네, 뭐.

옛 주인님에 대한 악담을 오래 늘어놓고 있긴 껄끄러웠는지, 라플라스는 간단한 대답으로 이야기를 마무리했다.

아무튼 사람들이 방랑 신관에게 보이는 반응은 나쁘지 않았다. 적어도 레너드 몬토반드가 받던 취급에 비하면 훨씬 나았다.

"좋아, 그럼 다음 마을로 가자!"

만족한 나는 손바닥을 뒤집었다.

—바로 유적으로 향하시는 건 아니로군요.

"당연하지. 20루블어치는 뽑아먹어야지!"

물론 여기서 말하는 20루블은 잭 제이콥스의 신분을 사느라 든 루블을 뜻한다.

*   *   *

그렇다고 항상 마을에서 신세를 질 수 있는 건 아니다. 내가 딱 자야 될 때쯤에 마을이 나타난다는, 그런 형편 좋은 상황을 항상 맞이할 수 있을 리 없다.

결론, 오늘 밤은 노숙이다.

"한번 지붕 있는 데서 자 버릇했더니 벌써 노숙이 힘들어졌어."

나는 벌써 어두워진 주변을 보며 툴툴거렸다. 그런 내 툴툴거림에 라플라스가 반응했다.

─말을 타고 다니시면 노숙은 피하실 수 있도록 조정이 가능합니다만.

"그래?"

─네, 지금 노숙을 하시게 된 건 이동속도 문제니까요.

확실히 말로는 한나절 거리를 도보로 이동하면 서너 배씩은 기본으로 걸리니, 노숙의 빈도를 크게 줄일 수 있다는 건 거짓말이 아닐 터다.

그런 라플라스의 말에 나는 잠깐 고민했지만, 고개를 저었다.

"됐어. 유적에 들어간 동안 말은 어디다 두라고."

함정이 잔뜩 깔린 데다 좁고 천장도 낮은 유적에 말을 타고 들어갈 수는 없다. 그렇다고 어디다 메어두면 산짐승들의 먹이가 될 테고 풀어두면 도망갈 거다.

더군다나 나는 말 타는 법 따위는 모른다.

라플라스에게 요청하면 가르쳐 주겠지만 분명 유료일 테고.

이뿐만이 아니다. 당장 말 살 값과 유지비도 아깝다. 말은 비싼 동물이다. 이건 상식이다. 적어도 지구에서는 그랬다. 탱크를 생산할 능력이 없으니 기병대라도 운용하자는 의견이 묵살당한 이유가 비용 문제였다.

그냥 생각만 해도 안장을 비롯한 마구도 이것저것 얹어야 할 거고, 사람 먹는 음식과 별도로 말먹이도 매일 준비해야 한다. 게다가 여관이라도 들어가면 말 주차비도 내야 할 테고. 주차비라 그러니 좀 이상하네. 주마비?

여하튼 전체적으로 볼 때 말은 안 타는 게 훨씬 낫다.

해가 저물어가니 슬슬 노숙을 할 만한 장소를 찾아야 했다. 물론 이걸 내가 직접 찾을 필요는 없다. 이미 라플라스에게 길 안내값으로 5루블을 지불해 뒀고, 여기엔 적당한 숙식 장소에 대한 정보도 포함되어 있었다.

"오, 여기로군. 고마워, 라플라스."

─별말씀을요.

물도 있고 공터도 있고 주변은 바위와 수풀로 외풍도 어느 정도 막아지는 최적의 캠핑 장소를 찾아낸 라플라스를 치하하고 나는 곧장 캠핑 준비를 서둘렀다. 모닥불을 피우고 텐트를 치고 물을 길어 와 불 위에 올린 후에야 나는 한숨 돌릴 수 있게 되었다.

그렇다고 내 일과가 끝난 건 아니었다. 끼럭이를 몇 발 쏠 분량만 남겨두고 반짝이를 통해 남은 정령력 모두를 신성력으로 바꾸고, 약을 먹고, 1류급 성법 [치유의 빛]을 통해 연약한 카를의 발바닥 피부를 치유하고 다리의 근육통을 가시게 하는 등, 개인 정비에 여념이 없었다.

물이 끓는 소리에 나는 각성창에서 지긋지긋한 염장 고기를 꺼냈다.

"앗!"

그 순간, 나는 번개 같은 깨달음에 무릎을 쳤다.

"이거 사냥꾼 마을에 팔아버릴걸."

그러나 후회는 이미 늦었다. 더욱이 훈제 햄을 직접 만들어 먹는 동네에서 과연 염장 고기가 팔릴까? 잘 생각해 보니 팔릴 리가 없었다. 설령 아니더라도 그렇다고 믿어야 했다.

"나라도 먹어 치워야지."

나는 체념하고 끓는 물에 염장 고기를 데치기 시작했다.

"맛있는 햄을 잔뜩 쟁여두고 먹는 게 염장 고기라니."

한탄해 봤자 별수 없다. 그나마 비스킷 대신 사냥꾼 마을에서 얻어 온 빵에다 삶은 염장 고기를 얹어 먹으니 좀 나았다.

"라플라스, 오늘 밤은 안전해?"

─네, 안전합니다.

이 질문의 대답 또한 길 안내의 5루블에 포함되어 있으니 정말 경제적이다.

라플라스의 대답에 안심한 나는 12살 카를의 모습으로 침낭 안에 파고들었다. 침낭 냄새가 지독했다. 다음 마을에선 침낭을 빨아야겠군. 그런 생각을 하며 나는 잠들었다.

*　　　*　　　*

본론부터 말해 내 예상은 틀렸다.

다음 마을에서 염장 고기는 아주 괜찮은 가격에 팔렸다.

"이렇게 제대로 염장한 고기는 처음 봅니다! 초석까지 아낌없이 썼군요. 어디 궁전에라도 납품하는 물건입니까? 이런 물건을 매입할 수 있는 기회가 찾아오다니!"

이 세계의 상인은 상술이라는 개념에 대해 모르나? 매입하려는 인간이 매입하려는 물건을 칭찬하다니. 뭐라도 흠을 잡으려고 들어 값을 깎으려 드는 게 보통 아닌가?

─궁전이랑 거래하고 있을지도 모르는 상대에게 사기를 치는 건 별로 현명한 일이 아니죠. 더욱이 상대가 성법 같은 특별한 힘을 사용할 수 있다면 더더욱 그렇고요.

그래서 라플라스에게 물어봤더니 이런 대답이 나왔다. 듣고 보니 그렇네! 아무튼 이 덕에 염장 고기를 샀던 값보다 더 비싸게 팔 수 있었던 건 아주 좋았다.

좋은 일은 이뿐만이 아니었다.

이 마을에서 나는 병든 말을 고쳐주고 답례로 그 말을 받을 수 있었다.

"진작 죽여야 할 말을 정 때문에 못 죽이고 있다가 신관님 덕에 다시 건강히 뛰는 모습을 볼 수 있게 되었습니다. 감사합니다."

말 주인인 농부는 펑펑 울면서 내게 말고삐를 억지로 쥐어주다시피 했다. 이걸 거절하는 건 사람이 아니지.

승마술은 5루블밖에 안 했다. 샀다. 그 이후, 여행은 아주 쾌적해졌다.

오로지 공짜로 얻은 말 덕에 예상했던 소요 시간의 절반도 채 안 걸리고 나는 몬토반드의 검 유적 앞에 도착할 수 있었다.

"이거, 너무 순조롭게 와서 오히려 더 불안해질 정도인데?"

대현자는 말했다. 너무 쉬운 삶은 재미가 없다고.

그러니 굳이 내 삶을 재밌게 만들겠다고 태클을 걸어올 가능성이 아주 없지는 않았다.

—아뇨, 대현자님은 그런 유의 악당은 아니십니다.

"악당이긴 하다는 건가?"

—……

라플라스는 입을 다물어 버렸다. 요즘 이 녀석, 불리한 화제에는 금방 입을 다물어 버리는 나쁜 버릇이 들었다. 평소에는 설명하기 좋아하는 주제에.

어쨌든 도착한 유적의 위치는 인적 드문 산속이었다. 이런 곳에 말을 묶어놓을 순 없었다. 들짐승에게 먹힐 수도 있었고, 내가 오래 돌아오지 않으면 굶어 죽을 수도 있었다.

"잘 살아라!"

따라서 나는 말을 그냥 놓아주었다. 어차피 공짜로 받은 말이다. 아까워할 건 없었다.

다음에도 기회가 닿으면 공짜로 받을 수 있겠지, 하는 다소

양심 없는 기대를 품었기에 가능한 결정이었다는 걸 영 부정
하지는 않겠다.

이거 방랑 신관 역할이 위험한 게, 자연스럽게 사람들의 배
려와 선의를 기대하게 된다. 이런 걸 당연시하는 인간이 되어
선 끝장인데.

뭐, 그런 거야 나중에 생각하고.

"입장한다!"

나는 몬토반드의 검 유적으로 들어갔다.

*   *   *

란첼 자작과 포아드 경은 레너드 몬토반드의 뒤를 쫓아 말
을 달리고 있었다.

아니, 정확히 따지자면 '뒤를 쫓아' 달리고 있는 건 아니었
다.

"시티 오브 카를에서 만난 게 신기루라도 된단 말인가? 왜
흔적이 없어?"

란첼 자작은 짜증스러운 듯 혀를 찼다.

"정확히는 자작께서는 레너드 경을 만나신 적이 없으십니다
만……."

"내 말에 토 달지 말게!"

포아드 경은 란첼 자작이 평소의 위트를 잃을 정도로 여유

가 없음을 깨닫고 조용히 입을 다물었다.

하긴 그럴 법도 했다. 란첼 자작은 자체적인 정보 라인을 통해 레너드 몬토반드를 중요 인물로 지정하고 관련 정보를 수집했지만 성과는 없었다. 정보 라인의 인재들이 무능하다고는 볼 수 없었다. 그들의 유능함은 이미 몇 번이나 맛본 바 아니던가.

"이상해, 이건. 지나치게 이상해."

그저 이번 건이 이상할 뿐이다.

레너드 몬토반드가 시티 오브 카를에서 떠난 뒤, 그의 행적은 그야말로 묘연했다. 정말로 아무 흔적도 남기지 않고 사라져 버렸다. 도시나 마을에서 목격자를 찾을 수 없는 것은 물론 하다못해 길에서 마주친 사람도 없다.

그의 행적에 대해 아무런 실마리도 찾지 못한 정보 라인에서는 무력감을 호소할 정도였다.

"이건 마치 사람이 증발한 것 같지 않은가?"

제2장

—

왕의 검

레너드 몬토반드라는 남자는 태생이 나대길 좋아하여 그 별명이 몬토반드의 광대라 불릴 정도다. 물론 본인은 몬토반드의 협객이라 자칭하지만, 그마저도 그 스스로가 나대길 좋아함을 가리킨다.

그런 남자가 이렇게까지 철저하게 행적을 감추고 사라지다니⋯⋯.

"정말 같은 인물인지 의심스럽기까지 하군요."

레너드와 직접 만난 적이 있는 포아드 경마저도 이렇게 말할 정도였다.

"방심했어. 이럴 줄 알았으면 정보수집 레벨을 더 올렸어야 했는데."

단순히 좀 수상하다는 이유만으로 정보수집 레벨을 세 단계 올린 것조차 뒷말이 나왔을 정도다. 그보다 더 올렸다면 란첼 자작의 지휘 역량이 의심받았을지도 모른다.

그럼에도 불구하고 란첼 자작이 이토록 비이성적인 후회를 하고 있는 이유는 따로 있었다.

"그 여자가 레너드 몬토반드를 찾고 있는 게 확실한가?"

바로 그들의 적이 레너드 몬토반드를 찾는다는 정보를 입수했기 때문이었다.

"확실합니다."

포아드 경의 확언에도 란첼 자작의 굳은 표정은 풀리지 않았다.

"그 여자…… 우리의 적은 예언자야. 그것마저 기만일 수 있어."

예언자를 적으로 상대한다는 것은 이렇게도 골치 아픈 일이다. 적들은 이미 자신들이 레너드를 찾을 것을 알고 있으리라고 봐야 했다.

그나마도 예언자가 자주 예언을 할 수 없다는 것만이 그들에게 있어서 몇 안 되는 위안거리일 뿐이었다. 만약 예언자의 예언에 제한이 없었더라면, 예언자 라인에 숨겨놓은 그들의 비선조차 모조리 들통났을 테니까.

아니, 어쩌면 그마저도 기만일 수 있었다. 비선인 걸 이미 눈치챘지만, 일부러 그냥 놔두고 쓸데없는 정보로 혼선을 주려는 의도일지도…….

"그렇다 하더라도 지금의 저희로선 그 기만에 놀아나는 수밖에 없죠."

"하긴 그렇지."

란첼 자작은 혀를 쯧, 하고 세게 찼다. 이쪽에는 예언자가 없는 이상, 불확실한 것은 불확실한 대로 두고 지금 놓인 조건에서 최선을 다할 수밖에 없다. 자작은 그 사실을 잘 알고 있었지만, 사람의 마음이란 게 그리 쉽게 수습되지는 않았다.

"또 하나의 위안거리는 레너드 몬토반드가 예언자의 편이 아닌 것일 겁니다. 적어도 명령을 듣는 위치는 아닐 테지요."

"그래, 그렇다면 굳이 사람을 풀어서까지 그자를 찾지는 않을 테니까."

예언자가 왜 레너드를 확보하려 드는지는 모른다. 거기까지 확실한 정보를 얻지는 못했다.

그러나 한 가지는 확실하다.

"…결국 그 여자보다 먼저 레너드 몬토반드를 확보하는 게 최선이지."

어느 쪽으로 구르든 레너드를 먼저 확보하는 측이 더 유리해질 터였다.

아무 정보도, 힌트조차 얻지 못했으므로 란첼 자작과 포아느 성은 가장 무식한 방법을 사용하기로 했다. 그 무식한 방법이란 오로지 레너드가 도시를 나선 방향에만 의존해 주변 마을을 모조리 탐색 및 탐문하는 방식이었다.

아직까지는 성과가 없었다. 사실 큰 기대를 하기 힘든 방식이기도 했다. 만약 이 방법으로 성과를 거둘 수 있었다면 진작 정보 라인으로부터 연락이 돌아왔을 테니까.

하지만 달리 대안이 없는 이상, 일단 발을 먼저 움직여야 한다고 판단했다.

"다음 마을로 서두르지. 적어도 그 여자의 하수인보다 먼저 움직여야 해."

"알겠습니다, 자작님."

두 사람은 다시 말을 달리기 시작했다.

어디에도 없는 레너드 몬토반드를 찾아서.

*　　　*　　　*

나는 몬토반드의 검 유적에 있었다.

정확히는 그 유적 앞에 머무르고 있었다.

모닥불이 활활 타오르고 있다. 아직 여름인데 산속이라 그런지 밤엔 공기가 차갑게 느껴졌다.

"벌써 일주일이 지났군."

내가 유적 앞에 도착한 지 벌써 시간이 그렇게나 지났다.

―그렇군요.

라플라스가 내 혼잣말에 반응했다.

"그나마 밥이 맛있어서 다행이네."

나는 햄과 건조 치즈를 얹은, 잼을 듬뿍 바른 빵을 한입에 물었다.

―네? 밥이 아니라 빵인데요…….

"난 식사를 밥이라고 불러."

나뿐만이 아니라 한국인들이 대부분 그럴 것이다.

아니, 중요한 건 이게 아니다.

내가 유적을 앞에 두고도 이렇게 주저앉아 있게 된 이유는 복잡한 듯하면서도 간단했다.

일주일 전, 유적 앞에 도착하자마자 나는 칼을 열쇠로 삼아 유적을 열었다.

그리고 유적을 열자마자 전율했다.

왜냐하면 이 유적은 이제까지 내가 겪어왔던 대현자의 유적과는 전혀 달랐기 때문이었다.

"함정 감지로는 걸려드는 함정이 하나도 없는데 위기 감지만 경종을 울리다니."

그것도 보통 위험한 게 아니었다. 위기 감지는 저 안으로 들어가면 죽는다고 강력하게 경고하고 있었다. 아직 유적을 두 번 공략했을 뿐인 초짜 트레저 헌터가 안이하게 공략할 수 있을 수준이 아니었다.

그래서 나는 라플라스에게서 처음으로 유적 공략을 구매

했다.

가격은 100루블. 정가였다.

그리고 공략을 읽은 결과.

"이건 사람 잡아먹는 괴물이야."

내게는 저 유적의 입구가 쩍 벌린 괴물의 입처럼 보였다.

몬토반드 가주에게만 전해 내려온다는 검으로만 열리는, 딱 듣기만 해도 굉장한 기연이 숨겨져 있을 것 같은 이 유적이 괜히 잊힌 게 아니었다.

사실 잊힌 게 아니라 가주 후보들이 자꾸 죽어나가서 일부러 봉인한 게 아닐까 하는 가설마저 신빙성 있게 들릴 정도였다.

─처음 오셨을 때의 새 주인님이라면 절대 통과하지 못하셨 겠죠.

라플라스 또한 일주일 전까지는 이런 결론을 내렸었다.

그럼 지금은?

나는 각성창에서 유리병에 든 약을 꺼내 들었다.

"이걸로 2주째… 인가."

오늘이 바로 [내력 증진제]와 [외력 강화제]가 효력을 보인다는 복용 2주째의 날이다.

"효과가 좀 있으면 좋을 텐데."

이게 효과가 없다면 유적 공략은 포기하는 게 낫다.

물론 내가 그동안 약에만 기댄 건 아니다. [정령법]과 [성법] 수련도 열심히 했다.

그러나 고작 일주일 수련한다고 쉽게 다음 경지에 오를 수 있을 리가 없다. 다른 사람은 수년에서 십수 년을 노력해야 간신히 밟을 수 있는 경지인데, 이제까지의 내가 너무 쉽게 성장한 거지.

결국 믿을 건 약이다.

치트! 기연!

"믿는다!"

나는 두 종류의 캡슐을 꺼내 꿀꺽 삼켰다.

내가 기대했던 것과는 달리, 캡슐을 먹자마자 뭔가 극적인 변화가 생기는 건 아니었다.

"에이, 뭐야."

―사람에 따라 효과에 차이가 있을 수 있으니, 하루만 더 드셔보시죠.

라플라스가 말했다.

"그 소리는 어제도 들었었거든?"

―…….

라플라스는 다시 입을 다물어 버렸다. 나는 긴 한숨을 내쉬었다.

"하긴 이 밤중에 어딜 가냐. 잠이나 자고 내일 아침에 생각해야겠다."

나는 주섬주섬 잘 준비를 했다. 사실 준비라고 해도 따로 할 것도 없었다. 벌써 일주일이나 여기 머물렀더니 어지간한 건 다 준비가 끝났다.

텐트 밑의 땅바닥에는 작은 돌 하나 없었고, 배수로도 파놓은 지 오래다. 장작도 며칠 분을 미리 모아놓았고, 물도 수통마다 꽉꽉 채워져 있었다.

텐트 안에 깔아놓은 침낭을 아예 접지도 않은 건······. 이건 좀 부끄러워해야 할 일인가. 그치만 어차피 펼 걸 아침마다 일어나서 접는 게 너무 귀찮았다.

"라플라스, 오늘 밤도 안전하지?"

—네, 안전합니다.

라플라스의 안전 보장을 확인한 나는 길게 한숨을 한 번 내뿜곤 텐트 안의 침낭에 기어 들어갔다. 침낭 안은 벌써 축축해져 있었다. 내일 아침엔 햇볕에 한번 넣어야지. 거기까지 생각했다가 문득 긴 한숨이 절로 나왔다.

아이고, 내 팔자야.

*   *   *

그런데 다음 날 아침.

"뭐야?!"

나는 극적인 변화를 경험할 수 있었다.

잠에서 깬 나는 12살 어린애의 보들보들했던 피부가 꽤나 딱딱해져 있음을 알아차렸다. 그리고 그 피부의 아래에는 단단한 근육이 자리 잡은 상태였다.

그러나 나를 진정으로 경악시킨 건 근육 따위가 아니었다.

"내공이잖아!"

배꼽 아랫부분에 자리 잡은 뭔가……. 뜨거운 기운! 이건 틀림없는 내공이다!

―내력입니다만.

내 혼잣말에 라플라스가 바로 태클부터 걸었다. 하지만 난 태클에 조금도 신경 쓰지 않았다.

"라플라스, 이거 어떻게 다루면 돼?"

―다운로드받으시죠.

"아, 공짜야?"

―정확히는 공짜가 아닙니다. 보상에 포함되는 개념이라서요.

하긴 이걸 돈 받았으면 과금 유도냐고 욕할 뻔했다. 물론 대현자한테.

어차피 침낭에 누워 있었던 터라, 다운로드는 곧장 진행해도 됐다.

결과.

"감사합니다, 라플라스 님."

―왜, 왜 그러세요.

라플라스는 떨리는 목소리로 대답했다. 진짜로 기겁하는

반응이 조금 웃겼다. 하지만 그렇다고 감사하는 마음이 거짓인 건 아니었다.

"진짜 내공이다!"

―내력인데요······.

아직도 인정 못 하는 라플라스의 작은 목소리가 들렸지만, 나는 상관하지 않았다.

"내가 얼마나 내공이란 걸 다뤄보고 싶었는지 너는 모를 거야."

각성했음에도 아무런 능력을 얻지 못한 나, 김연준이라는 인간에게 있어서 단련하기만 하면 누구나 강해질 수 있다는 무협지의 내공은 그야말로 매혹적인 것일 수밖에 없었다.

허구라는 걸 알기에 더욱 매혹적이었고 동경의 대상이었다. 그리고 그렇기에 허무했다.

내공을 느끼려고 해본 적은 너무 많다. 좌선을 몇 시간씩이나 해본 적도 있다. 그러나 내 단전에는 아무것도 없었고, 나는 여전히 무능력자였다.

아니, 포터였지만. 여하간.

그런데 지금 그렇게도 동경하던 내공이 내 단전에서 꿈틀거리고 있다. 이 얼마나 환상적인 일인가! 비록 김연준은 죽었어도 김연준이라는 인간이 꾸었던 꿈은 다른 세계에서라도, 다른 사람의 몸을 통해서라도 이루어졌다.

"판타스틱······."

─저, 잘 모르겠어요…….

괜찮아, 몰라도 된다.

"자, 그럼 한번 써볼까?"

나는 전신에 내공, 아니, 내력을 돌렸다.

"하압!"

쿵!

내 주먹이 바위에 작렬했다. 그러자 바위가 정확히 내 주먹 모양으로 움푹 들어가 패어 버렸다. 이게 말이 되는가? 안 된다. 그런데 되고 있다!

"와, 이런 게 가능하다니! 이래도 이게 내공이 아니야?!"

나는 감탄해서 소리 질렀다.

─네, 아니에요.

라플라스는 어디까지나 냉정했다.

응, 나도 안다.

사실 내공을 얻었다는 것에 너무 심취해 외력을 얻은 것에 대해서는 조금 가볍게 생각했지만, 진짜는 외력이었다. 나는 라플라스로부터 내력과 외력을 어떻게 조화시켜 사용해야 하는지에 대한 이론을 다운로드받은 상태였다.

내 강력해진 외력이 내력과 반응해 상승 작용을 일으키고 있었다. 그렇게 해서 만들어진 것이 이 파쇄권이라는 기법이었다. 적의 갑옷을 우그러뜨리고 파괴력을 내장 내부에까지 전달하는 파괴적인 기술!

"아니, 근데 중요한 건 이게 아니고."

나는 1류급 성법 [민첩한 하루]를 나 자신에게 걸고 내력을 다리 근육에 집중시켰다.

다음 순간, 내 몸은 하늘을 향해 치솟았다. 잘은 몰라도 2미터 정도는 뛰어오른 것 같다. 도움닫기도 안 한 제자리 점프였는데! 이것은 분명 인간의 한계를 초월한 운동능력이었다.

두 가지의 힘을 동시에 운용함으로써 얻을 수 있는 시너지효과가 적절히 발휘된 결과물을 보고, 나는 주먹을 꽉 쥐었다.

"됐어!"

나는 확신했다.

이론은 실제가 되었다.

"깰 수 있겠어!"

일주일의 기다림은 절대 헛되지 않았다.

몬토반드의 검 유적에의 입장이 확정되는 순간이었다.

*　　　　　*　　　　　*

나는 몬토반드의 검 유적에 입장했다. 그리고…….

"왔노라! 보았노라! 해치웠노라!"

승리했다.

공략법은 다 알고 있다. 그러니 해치우는 것도 어렵지 않았다.

아니, 사실 이 말은 거짓말이다.

"진짜 아슬아슬했네……."

늘 그랬듯이 이번에도 죽을 뻔했다. 이런 거에 익숙해지고 싶진 않은데 점점 익숙해지는 것 같은 게……. 기분이 나쁘지는 않았다.

하긴 전쟁터에서야 이런 게 일상이었는데, 익숙하지 않은 게 더 이상하다.

하지만 이번에는 정말 전쟁을 치르는 것 같았다.

몬토반드의 검 유적은 그림자로 이루어진 적들이 연속적으로 등장하고, 그 적들을 모조리 처치할 때마다 다음 방으로 나아갈 수 있게 되는 방식으로 이루어져 있었다.

그림자 적들은 몬토반드 가문이 그동안 맞서 싸웠던 숙적들로 각기 독특한 검술을 사용한다. 숙적은 말 그대로 숙적, 레너드 몬토반드와는 달리 진짜배기 검술가들이다. 검술 단련에만 모든 것을 걸어온 검귀들.

이런 검술가들을 상대로 고작 레너드의 검술을 다운로드받았을 뿐인 내가 이길 수 있을 리가 없다. 더욱이 상대가 1 : 1로 덤벼오는 것도 아니다. 상대는 잔뜩 몰려온다!

그래서 내가 사용한 공략 방식이 이거였다.

"방어를 도외시하고 공격에 모든 것을 건다."

여기서 공격이란 건 물론 끼릭이를 통한 사격이었다. 다시 말하지만 이런 검귀들을 상대로 내가 검술로 이길 수 있을 리 없으니 당연한 선택이었다.

방어를 도외시한다는 건 정말로 방어에 신경을 안 쓴다는 의미가 아니다.

카를의 궁전을 탈출할 때 얻어두었던 병사들의 방어구로 최대한 급소를 가리고 1륜급 성법 [단단한 하루]를 나 자신에게 걸어 방어력을 높이고 피부에도 내력을 주입했다.

즉, 방어를 도외시한다는 건 방어 행동을 포기한다는 거다. 어차피 피하거나 막으려고 노력해 봤자 틈을 노리고 칼을 찔러 넣을 게 분명하다. 그러니 차라리 내구력만 최대한 확보하고 그림자 검술가들의 칼을 피하지도 않고 막지도 않고 그냥 몸으로 받아내는 게 낫다.

그럼 공격은? 내가 칼 휘두르면 맞아주기나 할까? 그런 짓은 하지 않는다.

타타타타타타타!

나는 마음을 비우고 끼릭이의 방아쇠만 당길 뿐이다.

끼릭신께서 다 해주실 거야!

그렇게 생각했다.

믿었다!

하지만 직접 공략을 개시하니 그렇게 단순한 게 아니라는 점을 곧 깨닫게 되었다.

상대도 괜히 몬토반드의 숙적이라 불리는 게 아니었다. 칼로 눈을 노려 찔러 오는 건 일상다반사고 망토 같은 것으로 시야를 가리거나 뒤를 잡으려 드는 수도 있었다.

내게 움직임을 강제함으로써 사격을 멈추고 공격 기회를 더 많이 얻어 내 방어를 깨뜨리려는 의도의 전술이었다.

'아니, 왜 내가 공략을 당하고 있지?'

그런 생각도 들었지만, 내게 요구되는 행동은 오직 하나였다. 부동심. 그저 상대를 향해 총을 겨누고 방아쇠를 당기는 것.

그런데 이게 쉽지가 않았다. 마지막에는 [돌 같은 피부]가 깨져 버렸고 [단단한 하루]도 꿰뚫려 심장에 구멍이 나서 핏줄기가 분수처럼 뿜어져 나오는 광경까지 봐야 했으니까.

"[성법]이 없었으면 진짜 죽었어!"

한시라도 치유가 늦었으면 출혈쇼크로 죽었을 거다. 치유하기 전에 적을 처치하지 않았다면 구멍이 두 개 나서 죽었을 거고.

그래서 나는 끼릭이가 알아서 자동으로 방아쇠를 당기도록 하고 나는 [성법]을 쓰는, 급한 대로 떠올린 기책을 통해 어거지로 생존했다.

"이게 가능할 줄은 몰랐는데."

이미 끼릭이는 성장을 끝마쳤고 나는 끼릭이를 다루는 법에 완전히 숙달되었다고 생각했건만, 오늘의 경험은 그게 내착각에 지나지 않았음을 알려주었다.

"그동안 박대해서 미안했다, 끼럭아."

"끼럭, 끼럭!"

끼럭이는 내 손길을 받으며 기뻐했다.

아이구, 귀여운 것.

이번에는 내 머리 위에서 뒹굴거리고 있던 반짝이가 갑자기 눈부신 빛을 내며 질투했지만 나는 상관하지 않았다. 지금은 끼럭이가 내 예쁨을 받을 자격이 있으니까.

어쨌든 나는 승리했다.

그리고 이제는 승리의 보상을 받아먹을 때였다.

나는 마지막 방으로 뚜벅뚜벅 걸어갔다. 그리고 이제껏 전투에는 써먹지도 않은 몬토반드의 검을 꺼내 들어, 제단 위의 구멍에 칼을 밀어 넣었다.

그러자 방의 천장이 열리며 빛이 쏟아져 들어오기 시작했다.

"오오……!"

사실 이미 라플라스로부터 공략 내용을 들어 보상이 뭐가 나오는지도 알고 있었지만, 나는 단순히 기분을 내기 위해 놀라운 척하고 있었다.

아니, 사실 쏟아지는 빛무리와 함께 칼 한 자루가 천천히 떨어져 내려 바위에 꽂히는 장면은 꽤 시선을 빼앗길 만한 장면이긴 했다.

단지 저 검이 어떤 검인지 이미 알고 있기 때문에 김이 새는 것뿐이다.

몬토반드의 검과 마찬가지로 칼날이 파도치는 것 같은 모양의 검. 그러나 훨씬 화려하고 번쩍이며, 무엇보다 몇 배는 더 거대했다. 칼날의 길이만 2m에 달하고, 손잡이의 길이도 30㎝ 정도는 되어 보인다.

천장이 도로 닫히고 빛이 사라졌음에도 아직 반짝거리는 칼의 손잡이에 손을 가져다 댄 나는 별 힘들이지 않고 뽑았다.

양손으로 들어야 간신히 휘두를 수 있는 수준의 크고 무거운 검의 검신에는 고대 문자로 '이 검을 뽑은 자, 이 땅의 주인이 되리라'고 적혀 있었다.

아, 물론 내가 고대 문자를 읽을 수 있는 건 아니고 그냥 라플라스가 읽어준 거다.

─원래는 몬토반드의 검 유적에서의 시련을 이겨내고 [몬토반드의 왕검]을 뽑아 드는 모습을 보여야 몬토반드의 왕이 될수 있었겠습니다만.

고대 시대엔 왕국이었던 몬토반드가 고대 제국에 의해 점령당해 멸망하고, 그 고대 제국이 멸망한 뒤에 세워진 라틀란트 제국의 일개 지역으로 격하되기까지의 시간이 흘렀다.

"…세월이 지나면서 그 전승이 반대로 바뀌고, 종국에는 아예 잊히기까지 하다니."

나는 혀를 찼다.

"하긴 좀 무식한 방법이긴 하지."

칼 좀 뽑았다고 왕이 되다니. 고대 시대에나 통했을 방식이다.

―지금 와서는 별 의미 없이 그냥 튼튼하기만 한 검이죠.

검 자체는 수천 년의 세월을 버텨낼 정도로 명검이고 고고학적인 가치야 굉장하겠다만, 당연하게도, 그리고 무상하게도 이 왕검에는 아무런 정치적 가치가 없다. 지금 와서 이걸 들고 간다고 몬토반드의 영주가 될 수는 없다는 소리다.

물론 칼은 그냥 튼튼하기만 해도, 그리고 날카로움만 유지된다면 그걸로 충분한 무기기는 하다. 칼치고는 지나치게 크고 무겁다는 단점도 메울 방법이 있고.

이 유적의 직접적인 보상은 이 칼 한 자루가 전부였지만, 내가 얻은 건 또 따로 있다.

일단 유적을 통과하면서 얻은 100루블. 사실 루블만 따져 보면 이번엔 손해를 봤다. 유적의 위치를 찾기 위해 30루블, 그리고 공략에 100루블을 썼으니 30루블 적자다.

"아니, 그림자를 100명 넘게 쏴 죽였는데 왜 100루블이야?"

―시련의 방이 다섯 개였으니까…….

대현자가 그렇다는데 뭐 어쩌겠는가. 나는 빠르게 체념했다.

"자, 그럼. 진짜 보상을 받아볼까?"

아직 내게는 [탐사 일지]가 남아 있다.

달리 숨겨진 요소는 없는지 마지막 페이지까지 꽉 채워져 있었기 때문에 나는 바로 보상을 받기로 했다.

―트레저 헌터 김연준의 유적 공략을 정산합니다.

―지금까지 탐사한 유적: 3

―이번 유적에서 발견한 유물 1개.

"응…… 그렇지……."

사실 유적 보상도 기대하기 힘들다. 나는 그렇게 생각했었다.

―이번 유적에서 정산된 탐사 점수: 1,100점.

―총 탐사 점수: 1,250점.

"오!"

200점을 생각했던 내 예상을 뛰어넘고, 무려 1,100점이나 나와 버렸다.

―왕검의 고고학적 가치를 높이 평가한 덕일까요?

"그거야 모르지만 뭐 어때! 핫하!"

나는 기분 좋게 포효하고 계속해서 일지에 나타나는 글자를 바라보았다.

─탐사 점수를 소모하여 트레저 헌터의 추가 능력을 습득하실 수 있습니다.

　─현재 능력: [위기 감지 2], [함정 감지 2], [비밀 감지 2], [잠금 해제 1]

　─추가로 습득 가능한 능력: [위기 감지 3] 300점, [함정 감지 3] 300점, [비밀 감지 3] 300점

　지난 대현자의 두 번째 유적에서 얻지 못해 아쉬워했던 능력들이 줄줄이 튀어나왔다. 생각했던 것보다 가격이 좀 비싸지만 뭐 어떠랴.

　"당연히 다! 내놔!!"

　꾸욱, 꾸욱, 꾸욱.

　─[함정 감지 3], [위기 감지 3], [비밀 감지 3]을 습득하셨습니다.

　─남은 탐사 점수는 350점입니다. 다음 유적 탐사를 완료한 후 사용하실 수 있습니다.

　─수고 많으셨습니다. 이 [탐사 일지]는 20초 후 소멸합니다.

　나는 반짝거리며 사라지는 [탐사 일지]를 바라보며 흐뭇하게 웃었다.

　"예상했던 것보다 많은 수확을 얻을 수 있었던 유적이었군."

[몬토반드의 왕검]이 1,000점을 주지 않았더라면 좀 맥 빠지는 결과로 이어졌을 가능성이 높았을 테지만, 끝이 좋으면 다 좋은 거라고 하지 않는가.

그래서 나는 [몬토반드의 왕검]을 기분 좋게 들어 올렸다. 언젠간 어디든 쓸 일이 생길 수도 있겠지. 그런 속셈으로 각성창 안에 챙겨두려고 그랬는데…….

"……!"

그런데!

"라플라스!"

─네, 새 주인님.

"지금 이 왕검에 [비밀 감지]가 반응하는 것 같은데, 뭐 짚이는 거 없어?"

내 의미심장한 질문에 대한 라플라스의 대답은 내게는 대단히 의외였다.

─네?

마치 몰랐던 것 같은 반응.

"너도 모르는 거야?"

─설마요. 저에게는 이 세계의 모든 것을 탐구한 대현자의 지식과 지혜가 담겨 있습니다. 지구의 지식이라면 모를까, 이 세계에 관한 것 중 제가 모르는 것은 없습니다.

"그래서 이 왕검에 담긴 비밀은 뭐야?"

─…….

라플라스가 조용해졌다.

"대현자도 모르는 비밀인가……."

—아니, 그럴 리가……. 그럴 리가 없…….

"하긴 [비밀 감지 2]로는 감지되지 않았던 비밀이니, 대현자가 몰랐어도 무리는 아니지."

나도 [비밀 감지 3]을 찍고 나서야 간신히 발견할 수 있게 되었다. 트레저 헌터로서의 능력이 없는 대현자가 이 검의 진짜 비밀을 깨닫지 못했을 가능성은 충분히 있었다.

나는 기묘한 우월감을 느꼈다.

"흐흐, 대현자도 모르는 걸……. 내가……!"

하지만 다음 순간, 나는 깨달았다.

"아니, 그런데 대현자도 모르면 이 비밀은 어떻게 풀지?"

내가 감지할 수 있는 건 '비밀이 있다'에 그친다. 이 비밀을 어떻게 푸는지는 모른다.

이제까지 나는 비밀을 감지하면 그걸 라플라스에게 물어보고 답을 듣는 방식으로 간단하게 호기심을 해결했다. 말하자면 유료긴 해도 답안지를 갖고 있는 문제지를 푸는 셈이랄까.

그러나 왕검에 담긴 비밀은 다르다. 답안지는 존재하지 않고, 내 머리로 스스로 생각해서 풀어야 하는 수수께끼가 되어 버렸다.

"내가… 할 수 있을까?"

그렇게 멍하니 서 있으려니, 라플라스가 조용히 입을 열었다.

―…제가 도와드릴 수 있을 겁니다.

비록 왕검의 비밀 그 자체는 모른다지만, 라플라스에게는 대현자의 지식과 지혜가 담겨 있다. 수수께끼를 푸는 데 아무 힌트도 자료도 없는 것보다는 당연히 있는 게 더 낫다.

"그래, 라플라스."

나는 강하게 고개를 끄덕였다.

"같이 풀어보자!"

―유료 정보는 어디까지나 가격을 지불하셔야 드릴 수 있지만요.

아, 그거야 뭐 그렇겠지만.

*　　　　*　　　　*

몬토반드의 왕검에 얽힌 수수께끼에 대한 답을 추리한답시고, 나와 라플라스는 다양한 시도를 해보았다.

검신에 새겨진 고대 문자를 탁본 떠보기도 하고, 검 유적을 다시 한번 돌아보기도 하고, 유적 입구의 칼 넣는 구멍에 왕검을 넣으려다 실패해 보기도 하고, 검신을 달궈보거나 하는 등 아무튼 이런 저런 시도를 해본 결과, 알아낸 것은 이것이었다.

"오케이!"

나는 외쳤다.

"답이 없네!"

맥 풀리는 결론에 나는 한숨까지 내쉬었다.

그도 그럴 법 했다. 이 검의 비밀이 뭔지는커녕, 진짜로 비밀이 걸려 있기는 한 건지에 대해서도 알아낼 수가 없었으니까.

대현자의 지식과 경험을 가진 라플라스조차도 대체 이 검에 어떤 비밀이 담겨 있는지 짐작조차 못하겠다니 뭐 이건 방법이 있을 수가 있나. 없다.

—비밀 감지의 오작동이 아닐까요?

심지어 라플라스는 내 능력에 대해 의심까지 했다.

화를 내지는 못했다. 나도 의심스러웠으니까.

이제껏 비밀 감지가 틀린 적은 한 번도 없었다고 해도 이번에 처음으로 틀렸을 가능성을 배제할 수는 없었다.

"감지가 잘못된 건지 어떤 건지는 모르겠지만⋯⋯."

비밀 감지에 오류가 있을 수도 있다는 건 생각보다 심각한 문제였지만, 그렇다고 그걸 해결할 방법이 있나. 없다. 방법이 없는 걸 고민하고 있는 건 시간낭비다.

"모르는 거야 어쩔 수 없지."

나는 포기 선언을 하며, 거의 내던지듯이 몬토반드의 왕검을 각성창 안에 넣었다.

그리고 그 직후, 나는 몇 분간, 어쩌면 더 오랜 시간 동안 그 자리에 멍하니 서 있을 수밖에 없게 되었다.

─새 주인님?

"어, 어."

라플라스의 부름에 정신을 차린 나는 그제야 왕검을 각성창 안에 넣은 게 이번이 처음이라는 걸 새삼 깨달았다.

"…왜 이걸 맨 처음에 안 해봤을까?"

나는 탄식했다.

장탄식이었다.

─네?

라플라스는 영문을 모르는 듯했다. 그럴 법도 했다.

"알았어, 라플라스."

관대한 나는 라플라스에게 말해주기로 했다.

"답이 나왔다."

트레저 헌터의 기본 능력은 각성창 안에 든 유물의 힘을 사용할 수 있게 되는 것이다.

이 능력은 너무 기본적인 거라 [탐사 일지]에 기록조차 되어 있지 않다.

하지만 동시에 이 능력이 트레저 헌터의 가장 핵심적인 능력이라는 점에 반론을 제기할 이는 거의 없다.

그런데 그 능력을 트레저 헌터 본인인 나는 얼마나 이해하고 있었을까?

"절반도……. 아니지, 손톱만큼도. 어쩌면 전혀 이해하지 못하고 있었을지도 몰라."

내게는 스승이 없었다. 그야 그렇다. 선배 트레저 헌터란 놈들은 모두 먼저 위로 올라가 버리고 후배들이 기어 올라오지 못하도록 사다리를 차버린 존재들이다.

염치가 있지, 선배랍시고 후배 양성에 나서는 놈은 나는 단한 놈을 못 봤다. 트레저 헌터라는 직업의 특성상 후배 양성이란 게 가능이나 한지 모르겠다만.

그래서 누구도 이 능력의 진면목을 내게 설명해 주지 않았다.

"이 탐사 점수 1,000점짜리 유물은 그냥 유물이 아니야."

나는 트레저 헌터다.

"보물이다."

보물을 사냥하는 자다.

나는 다시금 각성창을 열어, 몬토반드의 왕검을 꺼냈다.

진짜 보물을, 지구와 이 세계를 통틀어 내가 처음으로 사냥해 낸 보물을.

"트레저 헌터의 진정한 능력은 보물을 다루는 법을 깨닫는 것."

생각해 보면 [성장의 반지]나 [천변의 백면]도 그랬다. 나는 두 유물을 어떻게 다뤄야 하는지 각성창에 넣자마자 즉각적으로 깨달았다.

그저 유물의 사용법이 간단하고 알기 쉬웠기에 나는 내가 지닌 능력이 어떤 것인지 제대로 이해하지 못했다.

굳이 말하자면 대현자가 지나치게 유능했기에 생긴 일이다. 누구나 다룰 수 있도록 쉽게 만드는 것은 아무나 할 수 있는 일이 아니니까.

그러나 이 고대의 왕검은 그리 단순한 물건이 아니었다. 왕검이 내게 전달하는 막대한 정보량에 나는 순간적으로 정신을 차릴 수가 없었다.

왕검 자체는 심하게 단순화시켜 말하자면 그저 금속 막대기에 지나지 않았으나, 이것을 다루는 법은 그리 간단하지 않았다.

―새 주인님?

라플라스의 목소리에서는 숨길 수 없는 당혹스러움이 나타나 있었다. 그러나 나는 신경 쓰지 않았다. 그만큼 감격하고 있었던 탓이다.

"라플라스, 이 검의 비밀이란 바로 이거야."

나는 그렇게 운을 뗐지만, 곧 말로 설명할 자신이 없어졌다.

내가 이 왕검을 각성창 안에 넣고 얻은 것은 언어나 문장으로 표현될 만한 것이 아니었다.

비가 온 다음 날 땅의 흙내, 바람의 냄새, 구름 사이로 비친 햇살의 찬란함을 말로 설명해 봐야 직접 보고 느낀 것만 못하다.

내가 얻은 것이 그와 같았다.

따라서 나는 말하는 대신 움직이기로 했다.

큰 칼을 들어 크게 베고 찌르고 휘두르니, 나는 내가 무엇을 알게 되었는지 그제야 서서히 이해하게 되었다.

휘두르기엔 지나치게 크고 무거운 칼이다. 오히려 내가 휘둘린다. 잘못 휘둘렀기 때문이다.

애초에 이 칼은 근력으로 휘두르라고 만들어진 칼이 아니다. 외력과 내력. 이 두 힘을 단련한 자가 다룰 것을 전제하고 만들어진 검이다.

칼의 움직임에 따라 내력이 움직이고 외력이 버텨준다. 그러자 칼의 궤적은 점차 강맹해지고, 동시에 섬세해졌다.

ㅡ설마!

내 움직임을 본 라플라스가 뭔가 알아차린 듯 외쳤다.

글쎄, 녀석이 얼마나 알아차렸는지 의문이다.

나조차도 내가 무엇을 얻었는지에 대해 사실 전혀 알지 못했다는 것을 이제야 알게 되었는데, 고작 칼 몇 번 휘두른 것을 보고 뭘 알아차릴 수 있을까?

나는 무아지경이 되어 계속해서 칼을 휘둘렀다.

뭔가 말하려던 라플라스는 입을 다물었다. 아니면 단지 내가 알아듣지 못한 것일지도 몰랐다. 그 정도로 나는 칼을 휘두르는 행위에 몰두해 있었다.

나는 모른다. 그러나 알아가고 있다. 머리로 아는 것만으로는 전혀 의미가 없다는 것을 깨달았다. 몸이 알아야 한다. 근육이, 근맥이, 피를 힘차게 뿜어내는 심장과 온몸에 산소를 뿌

려대기 위해 몸부림치는 폐가, 오장육부와 손가락 끝의 혈관에 이르기까지 다 알아야 한다.

그래야 비로소 왕검을 가졌다고 할 수 있었다.

이 검을 뽑은 자, 이 땅의 주인이 되리라.

그러나 아무리 고대인들이라 한들, 고작 칼 한 자루 뽑았다고 그자가 자신들의 왕이라 인정해 줄까? 그랬다고 믿는다면 그것은 옛날 사람들을 지나치게 무시하는 처사다.

그럼에도 불구하고 이 검을 뽑은 자는 그 시대의 왕이 될 자격을 갖췄다.

몬토반드의 왕검이 진짜 왕검이었을 시대의 왕이란 전쟁에서 가장 먼저, 가장 앞으로 나서서, 가장 많은 적을 죽이고, 가장 마지막까지 살아남는 자를 말했다.

즉, 그 시대의 왕이란 영웅을 가리키는 말이었다.

이 검은 자격을 증명한 자를 영웅으로 만들기에 충분한 능력을 가졌다.

그렇기에 검신에 이토록 광오한 문장을 적어 넣을 수 있었던 것이리라.

"헉! …허억! 헉! …후우, 후우우……."

나는 칼을 휘두르던 손을 멈췄다. 숨이 거칠다. 근육이 비명을 지른다.

대체 얼마나 오래 검을 휘둘렀을까? 동굴 안이었기에 시간의 흐름이 명확히 느껴지지 않았다. 그러나 그리 오랜 시간이 흘렀다고는 생각되지 않았다.

내가 칼을 멈춘 것은 내가 원해서가 아니었다. 내 능력이 부족해서였다. 내 내력이, 외력이, 몸의 단련이 부족했기 때문이다.

아직 칼의 주인이 될 완전한 자격을 갖추지 못했기 때문이다.

분하기 짝이 없었다.

그러나 이 분함에 절망감은 조금도 섞여 있지 않았다. 오히려 희망과 향상심이 그 자리를 대체하고 있었다.

―…그것이 그 검에 숨겨진 진짜 비밀인가요?

내가 왕검을 각성창 안에 도로 집어넣고 거칠게 숨을 몰아쉬고 있으려니, 라플라스가 이런 질문을 던져왔다.

"응, 뭐. 그렇지."

나는 헉헉거리며 간신히 대꾸했다.

―검술……. 아니, 그 정도면 검법이라 칭해야겠군요.

"그래. 후. 왕의 검법이야."

몬토반드의 왕검을 다루는 법, 즉 왕의 검법이라 할 수 있었다.

―일전에 제가 기사 검술에 대해 말씀드린 적이 있지요.

"어, 아. 그렇지. 그 100루블짜리라는 거."

―네, 한 10년쯤 수련하면 어쩌면 3검급에도 도달할 수 있을 거라고도 말씀드렸습니다만.

라플라스의 목소리에는 한숨이 섞였다.

―그 검법에는 언급한 검술의 몇 배나 되는 가치가 있는 것 같습니다. 아니, 그 정도가 아니라……. 제가 보유한 그 어떤 검술보다도 효율적인 것 같군요.

"어, 그래?"

의외였다.

"대현자는 역시 몸을 움직이는 건 별로였던 건가?"

―…뭐, 그렇기도 했기는 합니다만.

라플라스는 부정하지 않았다.

―제국 검술, 뿐만 아니라 현대의 모든 검술은 안정성과 효율성을 중시합니다. 최대한 많은 인재를 최대한 높은 곳까지 끌고 갈 수 있는, 그런 점에 주안점을 두지요. 물론 이럼에도 모든 병사들을 기사급으로 단련시킬 수 있는 것은 아닙니다만.

하지만 왕의 검법은?

―그 검법은 누구나 따라할 수 있는 부류의 검법은 아니로군요. 검로가 요사스럽기 짝이 없습니다. 제대로 구현하지 못하면 오히려 수련자를 망칠 그런 검법입니다.

따라올 테면 따라와 봐라, 못 따라오면 놓고 간다는 식의 검법이었다.

나라도 이 검법을 사람한테 전수받았더라면 못 따라갔을 것이다. 트레저 헌터의 능력을 통해 온전히 이어받았기에 일부라도 재현할 수 있었을 뿐. 이걸 사람의 말과 몸, 시연만으로 전수하기란 까다롭기 짝이 없을 게 빤했다.

─그러니 그 명맥이 끊겼겠죠.

명맥이 이어져 내려왔다면 대현자가 이 검법에 대해 기록이라도 안 해뒀을 리가 없었다.

─트레저 헌터가 아니면 얻을 수 없는 보상이라니, 치사하기 짝이 없습니다.

문득 라플라스가 불평을 토로했다. 정당한 불평이었다.

"아니, 사실 이건 보상이라고도 할 수 없지."

나는 반론했다.

"그저 세월이 지나 잊히고 없어진 걸 트레저 헌터의 능력으로 억지로 끄집어낸 것일 뿐."

애초에 왕검은 매개체에 지나지 않는다.

이 왕검을 만든 이도, 이 유적을 만든 이도, 대현자조차도 이러한 상황을 염두에 두지는 않았을 것이다.

심지어 나조차도 이런 상황을 예견하지 못했다. 비밀을 찾겠다고 가장 가까운 길을 앞에 두고 한나절을 끙끙거리고 있었으니까. 그냥 각성창에 넣으면 될 걸 그것만 빼놓고 별짓을 다한 걸 생각하면 지금도 얼굴이 달아오른다.

"게다가 진짜 보상은 따로 있거든."

─예? 그런 게 있나요?

"응."

이 유적의 진짜 보상은 왕검이 아니다. 아니, 물론 왕검 그 자체도 보상 중 하나이긴 했지만, 그것은 보상의 일부에 지나지 않는다.

"진짜 보상은 그림자 검귀들이야."

그림자 검귀들은 유적의 도전자 앞을 가로막는 단순한 방해물이 아니다. 이들은 몬토반드의 숙적임과 동시에 스승이었다.

검귀들의 검술을 목숨 걸고 받아냄으로써 비로소 몬토반드 왕의 검법은 완성되므로.

가문에서 전수를 받든 스승에게 사사를 받든, 어떤 식으로든 왕의 검법을 어느 정도 습득한 몬토반드의 후예가 검법을 완성시키도록 하는 것이 이 유적의 목적이자, 이 유적의 진정한 보상이었다.

그러나 레너드 몬토반드의 기본도 안 된 개싸움식 검술만 봐도 알 수 있듯, 몬토반드 가문은 왕의 검법을 이미 잃었을 것이다. 대현자의 데이터베이스를 이어받은 라플라스도 명맥이 끊겼다고 확언했으니 뭐, 맞겠지.

왕의 검법을 아는 이에게는 이 유적의 가치는 한없이 뛰어오르지만, 모르는 이에게는 지나치게 어렵고 위험함에도 보상은 없는 것이나 다름없다.

게다가 어중간하게 검법을 배워도 문제였다. 트레저 헌터의 능력으로 검법을 전수받은 나조차도 검귀들을 제대로 상대하고 유적을 공략할 방법은 생각나지 않을 정도의 난이도였으니까.

이 유적에서 대체 몇 명의 가주 후보가 죽어나갔을까? 어쩌면 왕의 검법이 도중에 끊어지게 된 결정적인 원인이 이 유적일지도 모를 일이었다.

결국 몬토반드 가문은 스스로를 보존하기 위해서라도 유적을 숨기고 없었던 것으로 할 수밖에 없었으리라.

─그렇군요…….

라플라스는 곱씹듯이 내 설명을 들었다.

"그러니까 나도 아직 보상을 완전히 회수한 건 아닌 셈이야."

나는 몬토반드의 검 유적을 돌파하면서, 내가 상대해 온 그림자들을 단순히 격파해야 하는 대상으로 보았다. 그렇기에 그저 소총을 난사해 돌파했다.

그러나 나는 내 행동을 후회하지는 않는다. 애초에 그러지 않았더라면 왕검과 만나지도 못했을 테니까.

그만큼 왕검과 왕의 검법이 지닌 가치가 어마어마하다.

검법을 완성하면 저 어려운 유적도 검 하나만으로 돌파할 수 있게 될 테니까.

"이걸 고작 100루블 쓰고 얻다니, 엄청나게 남는 장사 한 거지."

─시련을 돌파하시면서 100루블을 얻으셨으니 사실상은 0루

블이지만요.

"그건 내가 돌파한 거니까 내가 번 거야."

나는 정색하며 대꾸했다. 내가 저기서 얼마나 고생을 했는데, 응?!

뭐, 아무튼.

"언젠가 다시 들어가긴 해야지."

그러나 그게 지금은 아니다.

지금의 나는 왕의 검법을 재현조차 못한다.

하물며 완성까지야 얼마나 걸릴까?

최소한 남아 있는 [내력 증진제]와 [외력 강화제]를 다 먹어야 했다. 2주간의 복용으로 기초적인 내력과 외력의 운용은 가능해졌다지만 지금 수준으로는 턱도 없다. 정말 필요충분조건으로 지금의 세 배는 필요하다.

이걸로도 부족하고, [성법]을 써서라도 신체 능력을 지금보다 훨씬 높은 수준으로 끌어올려야 했다. 그것도 신성력을 모아 성법의 위력을 끌어올리고 더 높은 수준의 성법을 쓸 수 있어야 하며 더 많은 축복을 나 자신에게 걸 수 있게 만들어야 했다.

당연한 거지만 왕검으로부터 배운 검법을 열심히 수행해 나 자신의 검력을 끌어올릴 필요가 있었다. 그냥 검법을 사용만 할 수 있는 지금 상태론 산 채로 검귀들에게 심장을 뽑힐 것이다. 생각하지 말고 몸이 바로 반응할 수 있을 정도의 수

준까진 끌어올려야 한다.

이래야 비로소 첫 번째 방에라도 들어갈 자격을 얻을 것이
다.

저 무시무시한 그림자 검귀들을 검만으로 상대하려면 그
정도는 필요했다.

얼마나 걸리려나?

한참 걸릴 거다. 어쩌면 몇 년씩 걸릴지도 모르지.

그래도……

"함께해서 더러웠지만, 언젠가 다시 보자고."

나는 등 뒤의 유적 쪽을 보지도 않은 채 말했다.

제3장
—

이상한 소문

라틀란트 제국의 변경 부근에 이상한 소문이 돌고 있었다.

란첼 자작과 포아드 경이 접한 그 괴소문의 정체는 다음과 같았다.

"기도술을 아무한테나 베풀어주는 미친 신관이 있다고?"

보통 신관이 기도술을 베풀어주는 대상은 정해져 있다. 신성 교단에 큰 헌금을 바친 귀족이나 부자, 혹은 교단에서 지정하는 대상. 지정하는 대상의 기준이야 교단 마음대로지만, 그 말인즉슨 신관 개인의 마음대로인 건 아니라는 의미다.

교단은 누구한테나 기도술을 베풀어선 안 된다고 가르친다. 신관이든, 성도든, 전도할 대상이든. 기도술을 필요로 하는 모든 이들은 신성 교단에 입교해 세례를 받아야 하고, 세례를 받은 신도라도 기도술을 받는 대가로 막대한 헌금을 바쳐야 한다.

"아, 교단에 속하지 않은 방랑 신관이라고?"

포아드 경의 이야기를 들은 란첼 자작은 귀를 의심했다.

방랑 신관은 기본적으로 교단에 속한 신관보다도 깐깐하게 기도술을 쓸 상대를 고른다. 애초에 대부분의 방랑 신관은 기도술을 사적으로 매매하기 위해 교단을 배신하게 마련이다. 리스크를 지고 하는 장사를 손해 보고 하려는 자는 없다.

더욱이 방랑 신관의 신성력은 시간이 갈수록 기하급수적으로 저하된다. 교단이라는 시스템에서 벗어난 신관이 신성력을 제대로 수급할 수 있을 경우의 수는 없다시피 하기 때문이다. 그렇기에 방랑 신관은 더더욱 기도술을 아무한테나 쓰지 않는다.

그럼에도 불구하고.

"그런데… 그 무슨, 말한테 기도술을 쓰고 다닌다고?"

말. 동물. 사람이 아니다. 물론 사려면 매우 비싸고 타고 다니려면 또 대단히 유지비가 많이 드는 탑승물이긴 하지만, 결국 사람이 아닌 것에는 변화가 없다.

그런데 말한테까지 기도술을 쓰고 다닌다고?

"네, 그렇습니다."

어이없어하는 란첼 자작과 달리 포아드 경의 표정은 평온하기 그지없었다. 그가 별 동요가 없을 수 있었던 건 이 이야기를 수집해 오는 과정에서 란첼 자작보다 먼저 충분히 어이없어했기 때문일 뿐이었다.

포아드 경은 기도술의 메커니즘에 대해서는 사실 잘 모른다. 대신 말의 중요성에 대해서는 잘 알고 있다. 기사에게 있어 말은 적어도 전장에서만큼은 아내보다도 중요한 파트너니까.

그러나 그런 포아드 경에게도 미친 신관 잭 제이콥스의 일화는 충분히 어이없는 이야기의 범주에 속했다.

"게다가 이 일화들을 남기면서도 그의 신성력은 조금도 쇠하지 않았다고 하더군요. 오히려 시간이 지남에 따라 더욱 원숙하고 찬란한 빛을 내었다고 합니다."

포아드 경의 이야기를 들은 란첼 자작은 한참 동안이나 생각에 잠겨 있다가 입을 열었다.

"…수상하군."

"수상하죠."

포아드 경은 주인의 심경에 깊은 공감을 표했다.

"그래서 그 수상한 방랑 신관의 이름이 뭐라고?"

그제야 포아드 경은 아직도 란첼 자작에게 방랑 신관의 이름을 알리지 않았다는 사실을 뒤늦게 깨닫고, 급히 고개를 조아리며 주인의 질문에 공손히 대답했다.

"잭 제이콥스라고 합니다."

"잭 제이콥스?"

란첼 자작은 놀란 듯 되물었다. 그 반응은 포아드 경에게도 의외의 것이었다.

"아시는 분입니까?"

"…아니, 동명이인인 것 같은데."

포아드 경의 물음에 란첼 자작은 잠깐 생각한 후에 곧 단호하게 고개를 저었다.

"내가 아는 잭 제이콥스는 그런 놈이 아니었어. 그놈은… 아주 전형적인 방랑 신관이었지."

"쓰레기라는 말씀이시군요."

"모든 방랑 신관이 그런 건 아니지만, 그놈에 한해선 전적으로 맞는 말이로군."

란첼 자작은 등을 의자의 등받이에 기대며 말했다.

"잭 제이콥스란 놈의 외견에 대해 묘사해 보게."

"예, 제가 들은 바로는……."

란첼 자작은 포아드 경에게서 잭 제이콥스란 자의 묘사를 들었다. 포아드 경의 말이 끝났음에도 한참 동안이나 앉아 생각에 잠겨 있던 란첼 자작은 문득 식은 홍차를 단번에 쭉 들이켜더니, 자신의 기사에게 날카로운 시선을 던졌다.

"그럼 다시 레너드 몬토반드에 대한 이야기로 돌아가지. 그……. 뭐라고 했었지?"

"레너드 몬토반드를 죽였다는 자가 나타났다고 말씀드렸습니다."

*　　　*　　　*

"그렇습니다. 제가 죽였습니다."

5령급의 정령 검사, 루에노는 포아드 경을 향해 태연히 자신의 살인에 대해 밝혔다. 마치 어제 남은 빵을 누가 먹었느냐는 질문에 대답이라도 하는 것 같은 여상한 말투로.

범죄자가 자신의 범죄를 고백하는 것은 보기 어려운 일은 아니나, 일반적으로 일어나는 일은 아니다. 적어도 더 이상 자신의 범죄를 숨길 수 없게 되었을 때, 혹은 자신이 저지른 죄를 깊이 반성하고 있을 때. 이럴 때가 아니라면 스스로 자기 죄를 털어놓을 일은 좀처럼 없다.

루에노의 경우는 두 경우 모두 아니었다.

심지어 자신의 범죄 사실을 털어놓으며, 상대가 두려워하거나 분노하거나 하는 반응을 즐기는 타입조차 아니었다. 그저 질문을 받았으니 대답을 내놓는다는 느낌의, 차라리 기계적이기까지 한 태도였다.

"그자의 이름과 정체까지는 몰랐습니다만."

그렇게 한 발 빼는가 싶더니만.

"금발에 푸른 눈을 한 마른 몸매의 20대 초중반 귀족 출신 남성 편력 기사. 다른 일행 없이 혼자 돌아다니며 검술이 특기로, 수틀리면 바로 파도 모양 날의 한 손 검을 들고 상대를 위협한다. 맞습니까?"

확인까지 해온다.

루에노가 늘어놓은 인상착의는 포아드 경이 알고 있는 레너드 몬토반드의 그것과 완전히 일치했다. 포아드 경은 조심스럽게 고개를 끄덕였다.

"네, 맞습니다."

"그렇다면 레너드 몬토반드는 제가 죽인 것이 맞습니다."

담백하게 사실을 인정한다. 쉬운 일이 아니지만, 루에노에게는 쉬운 일처럼 여겨졌다.

"그때는 밤이었습니다."

사실 포아드 경은 묻지도 않았지만, 루에노는 레너드와 무슨 일이 있었는지 말하기 시작했다. 굳이 말하지 말라고 할 이유를 찾지 못한 포아드 경은 루에노의 이야기를 경청했다.

이야기를 듣고 난 후, 포아드 경은 루에노의 살인을 정당방위로 보지 못할 것도 없겠다는 결론을 내렸다.

그러나 평민인 루에노가 준귀족인 기사이자 작위가 없다곤 하지만 몬토반드의 혈통인 레너드를 죽인 것은 굳이 재판으로 끌고 가자면 얼마든지 문제 삼을 수 있었다.

만약 루에노가 평범한 평민이었다면 말이다.

"이제 저를 벌하실 겁니까?"

자신의 살인에 대해 모조리 털어놓은 후, 루에노는 평온한 목소리로 포아드 경에게 물었다. 자신이 처벌당할 거라 생각하는 자의 목소리가 아니었다.

사실이 그랬다.

5령급의 정령 검사, 루에노는 귀족도 아니고 관료도 아닌 평민이지만 그 무력은 결코 범상하지 않았다.

정령사 자체가 제국에서 폄하당하는 경향이 있지만, 5령급이라면 기사로 치면 제국 대장군급의 실력자다. 이런 강자가 왜 소속도 관직도 없이 제국의 변경을 방랑하는지 정확히 아는 자는 별로 없다.

권력자는 어중간한 힘을 가진 강자를 가만히 놔두지 않는다. 끌어들여 자신의 편으로 만들어야 분에 찬다. 그렇지 못한다면 자신이 제어할 수 없는 변수를 제거하는 차원에서 죽여 버리는 경우도 있다. 아니, 많다.

그럼에도 불구하고 루에노가 누구에게도 소속되지 않은 상태로 살아서 마음대로 돌아다니고 있는 이유는 단 하나.

강하기 때문이다.

그를 상대로 변경의 어중간한 권력자들이 어쭙잖은 시도를 못 할 정도로. 적으로 돌리느니 방치한다는, 권력자들 입장에서도 별로 하고 싶지 않은 선택을 강제할 수 있을 정도로 말이다.

물론 라틀란트 제국이 직접 나서면 이야기가 달라지겠지만, 여긴 변경 지역이고 제국의 행정력과 공권력이 온전히 발휘되는 곳이 아니다.

즉, 법보다 주먹이 가깝다는 격언이 진리에 가까운 지역이다.

포아드 경의 등에 식은땀이 한 방울 피부를 핥으며 흘러내렸다.

눈앞의 이 남자가 얼마나 변덕스럽고 또 위험한지는 사실 잘 알려져 있지 않았으나 포아드 경은 알고 있었다. 지금은 신사적으로 나오고 있으나, 언제 달려들어도 이상하지 않을 맹수나 다름없었다.

"아뇨, …제게는 그럴 권한이 없습니다."

포아드 경은 되도록 예의 바르게 보이도록 또박또박 말했다.

"그렇습니까? 다행이로군요. 안심했습니다."

루에노는 다행이라는 듯 말하지 않았다. 눈앞의 맹수가 무엇을 아쉬워했는지는 명백했다. 포아드 경은 자신이 죽음의 위기를 한 번 넘겼음을 깨달았다. 별로 깨닫고 싶지 않는데, 인간의, 생물로서의 생존 본능이 간단하게 그 사실을 깨닫게 만들었다.

란첼 자작은 목격자가 있으면 자신에게 바로 데려오라고 명령을 내렸지만, 기사로서 그 명령을 따를 순 없었다.

란첼 자작은 루에노를 잘 모르고, 루에노는 평민이며 자작은 콧대 높은 귀족이다. 란첼 자작이 이 변덕스러운 정령 검사가 정해놓은 자신만의 룰을 언제 어길지 알 수 없었다.

물론 란첼 자작이 이 떠돌이 정령 검사에게 당하는 일은 없을 테지만, 세상에는 만약의 일이란 게 있다. 그리고 그 만약의 일이 일어난 순간, 대체 사태가 어떻게 번질지에 대해서 포아드 경은 상상하고 싶지 않았다.

따라서 포아드 경은 루에노를 붙잡지 않기로 했다.

"대답해 주셔서 감사합니다. 알고 싶은 것은 모두 알았습니다. 이 문답에 대해서는 완전히 불문에 부칠 것이며, 이 일로 귀하게 어떤 피해도 가지 않을 것을 저와 제 주인의 이름으로 맹세하겠습니다."

"기사의 맹세라니, 귀한 것을 받았군요. 감사히 받겠습니다."

말은 정중하지만 그 사이에 코웃음이 섞인 것처럼 느껴지는 것은 자신의 착각일까. 포아드 경은 생각했으나, 곧 그냥 착각이라고 생각하기로 했다. 그렇게 생각하는 것이 포아드 경 자신에게 더 유리했으므로.

*   *   *

그렇게 루에노와 헤어진 뒤, 포아드 경은 생각에 빠져들었다.

이상하다.

루에노가 레너드 몬토반드를 죽인 것은 카를 궁전 쪽으로 이어진 가도에서 일어난 일이었다. 그러나 포아드 경은 시티 오브 카를에서 레너드를 목격했다.

"이건 마치… 죽었을 터인 레너드 몬토반드가 다시 살아나 시티 오브 카를로 기어 들어온 것 같지 않은가?"

으스스한 이야기이지만, 동시에 말도 안 되는 이야기이기도 했다.

죽은 사람을 되살리는 방법이 없는 건 아니지만 이 변경에서는 불가능한 일이었다.

그렇다면 언데드? 죽은 사람을 시체 상태로 움직이게 만드는 비술이 존재한다는 전설이 전해져 내려오긴 한다. 하지만 이 전설에선 시체는 어디까지나 시체, 체온은 차갑고 몸에선 썩은 내가 난다고 한다.

포아드 경이 직접 만난 레너드 몬토반드는 분명 살아 있는 사람이었다. 어깨를 만져 근육의 질감까지 확인하지 않았던가.

"…내가 아무리 생각해 봐야 아무 의미도 없지."

자신의 주인에게 어떻게 보고해야 할지 생각하던 포아드 경은 곧 결론을 내렸다.

자신의 머리가 그다지 좋은 편이 아님을 인정하고, 그냥 모아들인 정보 전체를 주인에게 보고하기로.

　　　　*　　　　　*　　　　　*

포아드 경의 이야기를 모두 들은 란첼 자작은 한참 동안이나 생각에 잠겼다. 포아드 경은 묵묵히 주인의 생각이 끝나길 기다렸다.

포아드 경이 직접 끓인 홍차 포트를 두 개나 비운 후에, 란첼 자작은 입을 열었다.

"부족해."

"홍차 말씀이십니까?"

포아드 경의 물음에 란첼 자작은 다소 짜증 섞인 목소리로 대꾸했다.

"아니, 근거."

"어떤……."

"그만두지. 지금은 망상의 영역에 불과해."

한참 미간을 찌푸리고 있던 란첼 자작이 빙긋 웃은 건 몇 초 후의 일이었다.

"하지만… 재미있군."

란첼 자작이 혼자 미소 짓고 있는 모습을 보며, 포아드 경은 몰래 고개를 절레절레 저었다. 주인이 이럴 때마다 골치 아픈 일이 일어난다는 건 이미 일종의 법칙에 가까웠다.

그리고 법칙은 이번에도 적용되었다.

"재 제이콥스를 쫓도록 하지."

"예? 하지만······."

주인의 지나치게 뜬금없는 명령에 포아드 경은 자기도 모르게 무례를 범하고 말았다. 다행히 란첼 자작은 그러한 포아드 경의 반응을 즐기는 듯 보였다.

"어차피 레너드 몬토반드의 흔적은 끊겼다. 쫓아봐야 별 의미가 없을 테지."

"그건 그렇습니다만······."

그렇다고 굳이 잭 제이콥스의 뒤를? 포아드 경은 생각했지만 입을 열어 말하지는 않았다.

지금은 어떤 이유에선지 란첼 자작의 기분이 좋아 보였지만, 그의 기분을 상하게 만들어 굳이 화를 자초할 생각 따위는 없었다.

그러나 란첼 자작은 자신의 기사가 가진 의구심을 민감하게 눈치채고선 타이르듯 이렇게 말했다.

"만약 내가 세운 가설이 맞는다면, 잭 제이콥스를 쫓는 게 우리에게 정답이 될 거야."

"가설 말씀이십니까? 어떤 가설 말씀이십니까?"

"그걸 지금 말하는 건 흥이 식으니 나중으로 미루도록 하지."

란첼 자작은 씨익 웃었다.

"지금 그걸 말했다가 만약 틀리기라도 하면 내 체면이 상하지 않는가?"

나는 대현자의 세 번째 유적을 향해 길을 잡았다.

이대로 몬토반드의 검 유적 앞에 눌러앉아 [내력 증진제]와 [외력 강화제]를 복용하며 왕의 검법을 수련하는 것도 좋지만, 내 본업은 어디까지나 트레저 헌터다.

트레저 헌터면 유적을 탐사하러 가야지.

더욱이 약을 먹는 것도 검법을 수련하는 것도 이동하면서 할 수 있는 일들이다. 굳이 한군데 처박혀 시간을 낭비할 필요는 없다.

세 번째 유적의 위치는 이미 알고 있다. 정확히는 라플라스가 알고 있고 나는 그 위치와 경로를 안내받기 위한 값을 이미 지불했다.

그러니 라플라스의 안내에 따라 가기만 하면 된다.

"자, 라플라스. 안내해!"

―일단 직진하시면 됩니다. 왔던 길로 돌아가서서 대로로 향하십시오.

나는 라플라스의 말에 따라 이동하기 시작했다.

"올 때는 말 타고 와서 편하게 왔는데, 걸어가려니 이상하게 힘드네."

사람이 편해지는 거엔 쉽게 적응하는데 불편해지는 것엔 이상하게 적응을 못 한다. 아니, 별로 이상하다고 할 일도 아닌가?

그런 말을 흘린 지 고작 반나절이 지난 후, 나는 운 좋게도 내가 유적에 들어가기 전에 놓아주었던 말을 다시 되찾을 수 있었다.

"이 말, 성자님 말이지요? 제가 기억하고 있었습죠."

이 말을 한 이는 내가 몬토반드의 검 유적으로 들어가기 전에 마지막으로 신세를 졌던 장원의 순박한 농부였다.

내 말은 내게서 풀려나고도 야생으로 돌아가지 못하고 사람의 영역을 기웃거리다가 이 농부에게 사로잡힌 듯했다.

농부가 말을 아주 잘 돌봐줬는지 털에 윤기가 반짝반짝 나고 있었다.

"맞긴 맞습니다만, 성자란 건 무슨 말씀이십니까?"

다른 말은 다 맞아도, 성자라는 단어만큼은 낯설었기에 나는 묻지 않을 수 없었다.

"계급도 재산도 따지지 않고 누구에게나 기적을 베풀어주시는 분이 성자가 아니라면 대체 무엇이란 말입니까? 다른 누가 어떤 말을 늘어놓든, 성자님은 제게 있어선 성자님입니다."

그러면서 농부는 내게 절을 하며 기도를 올렸다.

내가 이 장원에서 치료한 사람은 이 농부 하나가 전부다. 그런데 '계급도 재산도 따지지 않고' 운운하는 걸 보면, 내게 치료를 받은 후에 나에 대한 소문을 어디서 주워들었나 보다.

'잭 제이콥스의 소문이 도는 건가?'

—그런 모양이군요.

유료라고 말하는 대신, 라플라스는 마치 추측하듯 대꾸했다. 별로 성의 있게 들리진 않았지만 공짜 대답에 뭘 더 바라겠는가?

그보다 중요한 건 지금 이 상황이다.

잭 제이콥스가 성자라는 소문이 돈다. 이게 과연 좋은 현상일까?

글쎄, 이 현상이 내게 유리할지 아닐지는 모르겠다.

명성이 높아지는 거야 좋은 일이다. 그러나 방랑 신관이라는 신분이 당당한 건 아니고, 어쩌면 교단에게는 그들의 장사를 방해하는 것으로 받아들여질 수도 있겠다 싶다.

'어쩌면 세 번째 신분을 손에 넣어야 할지도 모르겠는데?'

나는 라플라스를 떠보듯 물어보았다.

—결정하시면 말씀해 주십시오.

돌아온 대답은 건조했다. 이 꼼수를 쓰는 것도 이제 한계이려나. 속으로만 혀를 찬 나는 일단 결정을 뒤로 미루기로 했다.

아무튼 농부는 내게 아무 대가도 받지 않고 말을 돌려주려고 했지만 어림도 없지. 나는 그에게 [든든한 하루]라는 축복을 걸어주었다.

축복을 받고선 감격한 나머지 내가 시야에서 사라질 때까지 절을 하는 농부의 모습에, 나는 서둘러 농부의 농장을 떠나야 했다.

안 그랬다간 저러다 기껏 걸어준 축복의 힘을 나한테 절하는 데 다 쓸 것 같았다.

＊　　　＊　　　＊

나는 아예 잭 제이콥스라는 신분의 뽕을 뽑기 위해 적극적으로 마을을 찾아다니며 [성법] 아닌 '기도술'을 팔아먹었다.

이러다 보면 잭 제이콥스가 유명해지긴 하겠지만, 어차피 이 지역은 교단의 영향력이 없다시피 하다는 말을 라플라스에게서 주워듣기도 했겠다, 다른 지역으로 이동할 때에나 다른 신분을 사거나 레너드 몬토반드인 척을 하면 되리라고 계산한 결과였다.

그 덕에 나는 가는 곳마다 환영받으며 호사를 누렸다.

좋은 여관에서 무료로 묵는 거야 이젠 익숙해진 일이고, 맛있는 음식을 대접받으며 선물까지 받아 챙기는 것도 이제는 일상적이다. 심지어 지친 말을 다른 말로 갈아 태워주기까지 했다.

이 모든 게 공짜였다.

"좋구나, 하하."

나는 여관에서 뜨거운 물로 목욕을 즐기며 흥얼거렸다.

그렇다. 뜨거운 물이다.

작은 마을의 여관에서 이런 서비스를 기대하기란 쉽지 않다 우물에서 직접 퍼 올린 차가운 물을 끓이는 데에는 장작이 많이 드는 탓이다.

내가 지금 머물고 있는 여관도 원래 이런 서비스를 제공하지 않는 여관이다. 하지만 여관 주인은 오로지 나에 대한 호의로 특별히 물을 끓여주었다. 이 일이 들키면 다른 손님에게 컴플레인이 들어올지도 모르지만, 다행인지 뭔지 이 여관에 지금 머물고 있는 손님은 나뿐이었다.

즉, 누구 눈치 볼 것 없이 마음껏 목욕을 즐길 수 있다는 뜻이다.

지금 머무르고 있는 마을이 세 번째 유적 돌입 전 마지막 마을이었다. 내일이면 다시 목숨의 위협을 받으며 유적을 뚫어야 하니, 그 전까지 몸도 마음도 푹 쉬어주는 편이 좋으리라.

나는 물이 완전히 식기 전에 탕에서 나왔다. 내가 얼른 나와야 여관 주인이나 다른 사람도 쓸 테니까. 호의를 받았으니 호의로 돌려줘야지.

몸을 닦고 옷을 챙겨 입고 방으로 돌아온 나는 진짜 솜을 가득 채워 넣은 침대에 누워 오리털을 채운 베개를 베고 누웠다. 솔직히 말해 시티 오브 카를에서 누렸던 호사와는 비교도 되지 않으나, 그때와는 달리 이번엔 진짜 환영을 받는 느낌이라 훨씬 더 기분이 좋았다.

"자, 그럼. 쉬면서 자기 점검이라도 해볼까?"

─그러고 보니 말씀드리는 것을 잊고 있었군요.

라플라스가 의미심장하게 말했다.

─2륜급 성법사가 되신 것을 축하드립니다.

"…뭐야, 긴장했잖아."

라플라스의 말대로, 어느새 나는 2륜급의 성법사가 되어 있었다. 그동안 열심히 성법을 쓰고 다닌 덕이었다. 그리고 반짝이를 통해 지속적으로 신성력을 공급받는 동시에 이 신성력은 그냥 놔둔 채 성법 사용 자체는 잭 제이콥스의 성물을 통했기에 가능한 일이기도 했다.

2륜급 성법사가 되면서 나는 나 자신에게도 두 개의 축복을 동시에 유지하고 다닐 수 있게 되었을 뿐만 아니라, 내가 지닌 신성력의 양과 질이 월등히 올라가기도 했다. 신성력이 올랐으니 성법의 위력도 크게 올랐다.

그러나 지금 내가 쓰고 있는 성법은 여전히 1륜급의 성법이었다. 정식 2륜급 성법을 손에 넣으려면 내가 다른 방법으로 기도술을 손에 넣거나 라플라스에게 대가를 지불해 성법을 배워야 한다.

뭐, 이것도 머지않은 일이다. 세 번째 유적을 클리어하면 루블을 얻을 수 있을 테니 그 루블을 지불해서 배우면 그만이니까.

"그때가 기대되는군."

―사실 지금도 배우실 수는 있는데요?

맞다. 여기까지 오면서 나는 루블을 꽤 벌었다. 대현자는 어디 움직일 때마다 꼬박꼬박 죽었기 때문에, 그 지점을 통과하는 것만으로도 경조사비는 따박따박 받아먹을 수 있었다.

해서, 지금 내가 갖고 있는 루블은 300루블. 2륜급 성법을 배우기엔 모자람 없는 금액이다.

"그래도 비상시에 쓸 루블은 남겨놔야지."

모자람만 없을 뿐이지 남음은 없으니까.

"게다가 세 번째 유적을 돌파할 때 다른 힘이 필요해질지 모르잖아. 그러니 루블을 남겨놔야지. 일단 성법부터 배우고 보는 것은 별로 좋은 판단으로 느껴지진 않아."

―그건 미리 공략을 구매하시면 해결될 일입니다만.

라플라스가 아쉬운 듯 반론했다.

"공략 사는 데 따로 루블 필요하잖아."

―물론 그렇습니다만.

뻔뻔하긴.

"아무튼 다음!"

이번에 점검할 항목은 정령법이다.

정령력을 신성력으로 바꾸면서 꾸준히 쓰고 있는 덕에, 정령력 성장도 결코 느리다고는 할 수 없었다. 다만 반짝이는 끼릭이와 달리 금방금방 성장하지는 않는다는 점이 살짝 불만이었다.

그런데 여기에는 이유가 따로 있었다.

라플라스는 끼럭이가 완전히 성장했다고 판정했지만, 실제로는 그렇지 않았다. 일반적인 정령의 완전한 성장을 100%라고 치면, 끼럭이의 성장은 120%를 초과해 이뤄지고 있었다.

—이건 제 불찰이었군요.

"아니, 어쩔 수 없지. 넌 끼럭이에 대해 잘 몰랐잖아."

라플라스가 처음 끼럭이를 봤을 땐 이런 건 정령이 아니라고까지 했다. 인정하기까지 반나절이 걸릴 정도였으니 말 다 했다. 라플라스에게 있어 끼럭이는 그만큼 생소한 존재라고도 해석할 여지가 있었다.

"게다가 나도 마찬가지고."

끼럭이가 완전히 성장했다고 판단한 건 나도 마찬가지다. 그땐 그렇게 생각했지만 지금 와서 다시 생각해 보면 그냥 별 근거 없이 직감적으로 그렇게 느꼈을 뿐이었다. 끼럭이가 K—2의 부품 전체를 대체하고 완전한 총이 되었다는 것도 근거 중 하나긴 했지만…….

"끼럭?"

지금 끼럭이의 총신에는 못 보던 부품이 하나 달려 있었다.

그것은 바로 소음기였다.

"아니, 웬 소음기?"

소음기는 엄밀히 따지면 K—2의 부품이 아니다. 어디까지나 보조 장비, 부착물에 불과하다. 그럼에도 불구하고 끼릭이는 소음기를 자신의 몸으로 재현해 냈다.

왜? 어째서? 무슨 수로?

이런 건 별로 중요하지 않다. 중요한 건 끼릭이가 아직도 성장하고 있고, 추가적인 능력도 얻고 있다는 점이다.

이에 대한 라플라스 선생의 견해는 다음과 같았다.

—좋은 일입니다. 좋은 일입니다만… 온전히 좋기만 한 일은 아닙니다.

"으, 응? 왜?"

—원래 반짝이에게 집중되어야 할 정령의 성장이 끼릭이에게도 분할되면서 반짝이의 성장이 조금 느려졌으니까요.

아, 그런 문제가 있군.

—하지만 크게 걱정할 일은 아닙니다. 다른 정령사에 비해 성장이 늦은 것도 아니고, 오히려 조금 더 빠르기까지 하니까요.

"그 다른 정령사라는 건 대현자를 말하는 거야?"

—아뇨, 일반적인 정령사의 일반적인 정령을 말씀드리는 겁니다.

그럼 그렇지.

—하지만 대현자님에 비해서도 큰 손색이 없는 건 놀랄 만한 일입니다. 2개체의 정령을 동시에 성장시키고 계신 것을 감

안하면 엄청나다고 말씀드려도 손색이 없을 것 같습니다.

오, 이건 칭찬 맞는 것 같지?

―역시 재차 느끼지만 새 주인님께서는 뛰어난 정령사의 재능을 소유하고 계신 것 같군요.

칭찬 맞다. 좋아하자.

"좋아, 그럼 더 열심히 해야겠군."

하지만 이미 목욕을 해버렸기 때문에 또 땀을 흘리긴 싫었다.

"해가 지고 나면 야간 사격훈련이나 하러 나가야겠어."

사격훈련 정도라면 땀을 빼지 않고 가능한 데다 새로 생긴 소음기 덕에 소음을 크게 발생시킬 일도 없어서 지금 하기 딱 좋았다. 실탄사격이라면 화약내가 배이겠지만, 정령탄을 쓰면 그런 문제도 없을 테니까.

―해라면 지금 지는 것 같습니다만.

"뭐? 벌써?"

라플라스의 말을 듣고 보니 진짜였다. 나는 투덜거리면서 끼릭이를 들고 일어섰다.

"쳇, 좀 더 쉬고 싶었는데."

―그럼 쉬시면 되지 않습니까?

"내가 해놓은 말이 있는데 그러면 안 되지."

게다가 어차피 일부러 끼릭이용으로 빼놓은 정령력을 다 쓸 때까지는 못 잔다. 아깝잖아.

그러니 차라리 훈련을 얼른 해치우고 빨리 자는 게 낫다.

"……?!"

그런 생각으로 여관의 뒷마당으로 향하던 나는 기이한 광경을 목격했다.

"서, 성자님……!"

그 기이한 장면이란 내가 들어가 있던 목욕통의 물을 작은 병에 옮겨 담는 여관 주인 부부의 모습이었다.

"아니, 왜……."

내가 씻고 난 육수… 까진 아니더라도 아무튼 더러운 물을 그것도 꽤 고급스러워 보이는 유리병에다 소분하고 있는 거지?

"죄, 죄송합니다!!"

두 부부는 내게 무릎을 꿇으면서까지 사죄했다.

이들이 날 보자마자 사죄를 한다는 뜻은 자신들의 행위가 떳떳하지 못하다는 것을 인지하고 있다는 뜻이기도 했다. 대체 무슨 짓을 벌였기에 이런 반응을 보이는 걸까?

의아해하는 내게 라플라스가 정답을 말해주었다.

—새 주인님이 목욕한 물을 성수로 팔아먹을 셈이었던 모양입니다.

'뭐?'

성수? 내 육수를? 듣고도 무슨 소린지 이해를 못 하겠다.

'…그게 무슨 소리야?'

—성자와 접촉한 물은 성수가 됩니다. 이건 상식입니다.

따라서 이 정보는 공짜입니다, 라고 직접적으로 말하진 않았지만 내 귀엔 들렸다. 환청인가?

좌우지간 이 세계의 상식은 내 상식과 많이 동떨어져 있는 것 같다.

아니, 뭐. 당연하다면 당연한 거긴 한데…….

'난 성자가 아닌데?'

성자란 건 사람들이 멋대로 부르는 호칭일 뿐, 당연히 난 성자가 아니다. 그러니 내가 쓴 목욕물이 성수가 될 일도 없다.

나는 그렇게 생각했지만, 라플라스 대선생의 견해는 달랐다.

—그럼에도 불구하고 새 주인님이 들어갔던 목욕물은 성수로 팔릴 것입니다. 이 지역 사람들에게 있어 새 주인님, 정확히 따지면 잭 제이콥스는 성자니까요.

이것이 마케팅인가!

'아니, 사기잖아!'

—꼭 그렇지만은 않습니다. 새 주인님이 성자는 아니지만 신성력은 여느 신관보다 뛰어나니 물에도 신성력이 녹아 나올 겁니다.

하긴 잭 제이콥스를 포함한 일반적인 신관은 1류급이라고

하니 여느 신관보다 뛰어나다는 말이 딱히 틀린 건 아니다.

—그리고 이 성수를 마시거나 아픈 곳에 바르는 사람들은 새 주인님이 성자라 믿어 의심치 않을 거라 플라세보효과도 얻을 수 있을 테니까요.

갑자기 모르는 단어가 나왔다.

'뭐? 플? 뭐?'

—플라세보효과는 가짜약효과라고도 불리는데, 사람이 한 번 어떤 약이 잘 듣는다고 믿기 시작하면 그 약이 어떤 성분이든 실제로 효과를 발휘하는 현상을 가리킵니다.

'아니, 진짜로?'

도저히 안 믿겨서 되묻긴 했지만 다음 순간, 나는 빨간약과 소화제를 만병통치약처럼 쓰는 지구 시절 군부대에서의 추억을 떠올렸다. 왜 두통에 소화제를 처방해 주는지 모르겠지만 그거 먹고 나았다. 나았었다!

—사람의 믿음이라는 것이 그렇게 무섭습니다.

듣고 보니 진짜 무섭다.

—물론 플라세보 효과에도 한계는 있습니다만, 신앙과 믿음의 영역에서는 대단한 효과를 발휘합니다. 진짜 성수라고 믿는 사람에겐 진짜 성수 효과가 날 테지요.

애초에 진짜 성수라고 팔리는 것 자체가 교단에서 대량생산 된 물건인지라 어차피 큰 차이는 없을 것이라고도 라플라스는 견해를 피력했다.

'…그럼 내가 어떻게 해야 하지?'

―그 판단은 새 주인님께서 하셔야 합니다.

하긴 그렇지.

라플라스는 조언을 해줄 뿐이지, 판단은 내가 내려야 했다. 이번에도 마찬가지다.

"무엇을 잘못하셨는지 말씀해 주십시오."

나는 여관 주인 부부에게 부드러운 어투로 달래듯 말했다. 그러자 여관 주인 부부는 용서받았다고 생각했는지 얼굴에 화색을 띠며 내게 말했다.

"저는… 저희 부부는 성자님의 허락도 없이 성자님이 드셨던 물을 얻어 쓰려 했습니다."

"무슨 목적으로 제가 든 물을 쓰려 하셨습니까?"

"그… 떠도는 말에 이르기를 성자님께 닿았던 물은 성수라 하여……."

라플라스의 견해가 맞아들었다. 하긴 대현자의 지식과 경험을 그대로 이어받은 이 녀석의 견해가 틀릴 일이 더 드물다.

"그렇지 않습니다."

나는 아까보다 엄한 표정을 지으며 단호한 목소리로 선언했다.

"저는 성자가 아닙니다. 그러니 제가 닿은 물도 성수가 될 수 없습니다. 이를 성수라 하여 다루는 것은 기만의 죄입니다."

"기만의……!"

방랑 신관이라고는 하나 신관에게서 직접 자신의 행위가 죄임을 명시받으니, 별로 신실해 보이지는 않지만 그래도 신을 믿는 이임은 분명한 여관 주인의 얼굴이 딱딱하게 굳어졌다.

"그러나 안심하십시오. 신은 자비로우시니 그대들을 용서하실 것입니다."

나는 그렇게 말하면서도, 내가 들었던 목욕통을 그대로 엎었다. 목욕통은 꽤 무거웠으나, 나는 미리 나 자신에게 1류급 성법 [힘찬 하루]을 걸어놓았으므로 어렵지 않게 엎을 수 있었다.

내 행동을 본 여관 주인의 눈이 놀라움으로 커졌다. 반응을 보아하니 적절한 퍼포먼스였던 것 같다.

"하나 신께서는 아무나 용서하시는 것이 아닙니다. 스스로의 죄를 뉘우치지 않는 인간을 용서하실 리 없습니다."

"예?"

여관 주인의 당혹한 시선에, 나는 그들이 이미 옮겨 담은 병들을 가리켰다. 여관 주인은 내 행동을 보고도 머뭇거렸으나, 안주인은 좀 더 눈치 빠르게 내 지적을 알아듣고 행동에 옮겼다.

병에 담겼던 목욕물이 바닥에 흩어져 번졌다. 그것을 보는 여관 주인의 낯에 명백히 아까워하는 빛이 들었다. 이거 안 되겠군. 그래서 나는 더해 말했다.

"악업의 흔적을 치운다고 신께서 모르실 리 없으니, 앞으로도 죄를 뉘우치는 마음을 잊지 마십시오. 그러지 않는다면 저로서도 그분께서 용서하시리라 단언할 수 없습니다."

"헉! 아, 알겠습니다!"

여관 주인 내외가 내게 다시 절을 하며 외쳤다.

'이거야 원, 사이비 교주라도 된 것 같군.'

나는 저들 앞에서 혀를 차지 않기 위해 이를 꽉 깨물어야 했다.

―아뇨, 훌륭하신데요?

'뭐가.'

나는 그저 잭 제이콥스에게서 이어받은 '기도술'의 기도문을 몇 개 조합해서 늘어놓은 것뿐이다. 이들이 내 말을 듣게 하려는 목적으로 이것저것 이어 붙이고 궤변을 늘어놓는 꼴이라니.

'처음에는 이 성수 판 값의 일부를 받아낼 생각이었는데.'

그런 짓을 했다간 정말 빼도 박도 못하고 교단에서 이단으로 찍히고 쫓기는 신세가 될 거다.

성수는 교단의 히트 상품이다. 그런데 이런 사제 성수를 내 이름 걸어놓고 팔게 했다간 교단의 장사를 대놓고 방해하는 게 된다.

물론 교단에서 내 존재를 눈치채고 잡으려 들기 전에 잭 제이콥스의 신분을 포기하면 되긴 되지만. 그러면 내가 성수값을 못 받잖아. 아무 의미 없지.

결국 답은 하나뿐이었다.

'이 사람들만 돈맛 보게 할 순 없지. 내가 못 버는데!'

—그렇게 말씀하시니 조금 전에 느꼈던 존경의 마음이 살짝 가십니다만…….

라플라스의 말에 웃음이 픽 터졌다.

'너한테 존경받아서 어디다 쓰겠냐.'

—뭐, 그건 그렇습니다만.

아무튼 쓸데없는 데 시간을 낭비했다. 나는 발걸음을 옮겨 원래 하려던 일을 하러 갔다.

"가자, 끼럭아."

"끼럭!"

야간 사격훈련의 시작이다.

＊   ＊   ＊

마지막 여관을 떠나 사흘의 여정을 거쳐, 나는 대현자의 세 번째 유적에 도착했다.

도중부터는 말로 이동할 수 없는 구역이 너무 많아서 기껏 돌려받았던 말을 다시 놓아주어야 했지만 뭐, 두 번 일어난 일은 세 번도 일어난다니 인연이 있으면 다시 만날 수 있겠지.

유적의 위치가 절벽 한가운데에 있고, 열기 위해서 카를의 지문이 필요한 건 이제까지와 같았다. 다른 거라곤 이제 더 이상 라플라스가 내 유적 발언을 던전으로 교정하려 들지 않는 것뿐, 이라고 생각했다.

하지만 시작부터 달랐다.

"야, 뭐야? 저거."

―네? 아아, 나무 골렘 말이로군요.

대현자의 두 번째 유적 보스 방에서 나왔던 나무 골렘이 서성거리고 있었다.

"저게 왜 첫 방부터 나와?"

―삶이 너무 쉬우면 재미없습니다.

"대현자의 그 명언 아닌 개소리 오랜만에 듣네……."

확실히 이건 비겁할 정도의 난이도 상승이었다. 아니, 전 유적의 보스를 이번엔 첫 방에 배치하다니. 다른 때였으면 대현자의 욕을 한바탕 쏟아냈으리라.

하지만 나는 크게 긴장하지 않았다. 왜냐하면 위기 감지가 상대적으로 조용했기 때문이다. 이 말인즉슨, 이 나무 골렘은 이제 더 이상 내게 큰 위협이 안 된다는 뜻이다.

"그럴 만도 하지."

지금 내게는 두 개의 1류급 성법 [민첩한 하루]와 [힘찬 하루]가 걸려 있다. 무장도 튼실하다. 왼손에는 끼릭이, 오른손에는 몬토반드의 왕검. 그리고 나는 또 다른 내 무기, 내 힘인 내력과 외력을 끌어올렸다.

"몬토반드의 검 유적을 거치지 않았더라면 좀 긴장했을지도 모르지만."

내가 유적의 방 안에 발을 들이자마자 나무 골렘은 곧장 내게 달려들었다. 만약 내가 골렘보다 약했더라면 꽤나 위협적이었을 돌진이었다.

그러나 나는 쉽게 공격을 피하고 가볍게 왕검을 휘둘렀다. 두 개의 축복과 내력, 외력의 시너지가 빛나는 순간이었다. 지난번보다 비밀 감지가 성장했기에 골렘의 코어를 더욱 쉽게 감지해 낼 수 있었고, 내 공격은 당연히 골렘의 코어를 향했다.

왕검의 위력은 단 일격에 코어를 박살 내기에 충분했다. 코어를 잃은 나무 골렘은 그 자리에서 무너져 내렸다.

"일격 필살."

크, 내가 생각해도 멋있다.

―훌륭하시군요. 하지만 다음 방을 통과하실 수 있을까요?

"음? 다음 방?"

라플라스의 도발적인 발언과 동시에 다음 방으로 이어지는 문이 소리 없이 열렸다. 문 너머로 보이는 다음 방에는 나무 골렘 두 마리가 얼쩡거리고 있었다.

"후."

나는 짧게 웃었다. 웃을 수밖에 없었다.

"문제없지."

위기 감지는 여전히 조용했으니까.

샤샥, 타앙!

"이격 필살!"

음, 일격 필살보다는 멋짐이 좀 덜한 것 같다.

두 마리의 나무 골렘이 동시에 달려드는 걸 점프로 피하면서 사람으로 치면 뒷목 부분에 있는 코어를 하나는 베고 하나는 끼릭이로 쏴서 쓰러뜨렸다.

예전 같으면 이렇게 안 됐겠지만, 끼릭이가 성장해 실탄사격이 가능해져 정령탄의 위력이 크게 상승했기에 쉽게 해치울 수 있었다.

"잘했다, 끼릭아."

"끼릭, 끼릭!"

칭찬해 주자 끼릭이가 기뻐하는 모습이 너무 귀엽다.

─이제 나무 골렘 두 마리는 큰 문제가 안 되는군요. 하지만 이번엔 어떨까요?

라플라스가 호기롭게 외치자 이번에도 문이 열렸다.

"과연, 그렇군."

건넛방에는 나무 골렘 세 마리가 있었다.

"이거 골렘 코어 너무 퍼 주는 거 아니야?"

나는 조금도 긴장하지 않은 채 씨익 웃었다.

*　　　*　　　*

"흐엑! 허억! 케헉! 쿨럭, 쿨럭!!"

내가 너무 자신만만해했다.

나무 골렘 세 마리까지는 쉽게 잡았다. 어려울 리 없었다. 그런데 그다음 방에서 다섯 마리가 튀어나왔다. 왜 네 마리 건너뛰고 곧장 다섯 마리? 하지만 별문제 없었다.

문제는 그다음 방이었다.

열 마리의 나무 골렘이 우글거리고 있었다.

이 열 마리가 그냥 그 방에서 대기만 했다면 다음 방 들어가기 전에 쉬고 준비를 갖춰서 다 잡을 수 있었다.

그런데 이놈들, 문이 열리자마자 바로 방을 건너와서 나한테 덤벼드는 것 아닌가!

이제까지의 패턴을 갑자기 바꿔서 허를 찌르니 버틸 수가 있어야지.

과장 좀 하면 사실상 열다섯 마리의 나무 골렘을 연속으로 상대한 거나 마찬가지였다.

"갑자기 먼저 공격해 오는 게 어딨어!"

—그야……

"아냐, 말하지 마. 알았으니까."

지금 '삶이 너무 쉬우면 재미없다'는 말 들으면 속이 터질 거 같아서 나는 라플라스의 말을 끊었다.

하지만, 어쨌든.

"이긴 건 나지."

나는 가슴을 폈다.

나무 골렘 열 마리를 상대로 승리하다니! 한 마리 상대로 버거워하던 과거를 생각하면 놀라운 발전이었다. 그게 한 달 밖에 안 됐으니, 한 달 동안 단숨에 열 배로 강해진 셈이다.

하지만 이게 쉽게 이뤄낸 성과인 건 아니었다.

연속적으로 이뤄진 전투로 체력도 많이 썼고, 정령력도 마찬가지다. 나무 골렘한테 몇 대 얻어맞기도 했고, 그거 치유하느라 신성력도 꽤 소모했다. 상황이 이런데 내력과 외력이야 말할 것도 없지.

"어우, 좀 쉬어야겠다."

나는 열 마리의 나무 골렘이 나타났던 방에는 진입할 생각을 못 하고 그 자리에 주저앉았다.

혹시 다음 방에 들어서자마자 그다음 방의 문이 열리면서 나무 골렘 스무 마리가 들이닥쳤다간, 지금 상태론 바로 게임 오버다.

푹 쉬고 컨디션을 완전히 회복시킨 다음에나 유적 탐사를 재개해야겠다.

나는 그렇게 생각했다.

하지만 대현자는 나랑 생각이 다른 모양이었다.

"……!"

쿵. 쿵. 쿵. 쿵.

무거운 물체가 땅을 찍는 진동음이 바닥에서부터 느껴졌다. 동시에 위기 감지가 민감하게 반응했다. 별로 보고 싶진 않았지만 나도 모르게 시선이 열린 문 쪽으로 돌아갔다. 그 문을 통해 전신이 금속으로 빛나는 골렘이 내게 달려들고 있었다.

"하하."

나는 웃었다. 물론 유쾌한 웃음은 아니었다. 하도 어이가 없으려니까 웃음이 나왔을 따름이다.

대현자에게 대충 심한 욕설을 늘어놓으며, 나는 몸을 일으켰다. 어느새 다가온 금속 골렘이 그 거대한 주먹을 내게 들이밀고 있었다.

콰앙!

*　　　　*　　　　*

같은 시각.

예언자는 레너드 몬토반드가 죽었다는 소식을 전해 들었다.

"레너드 몬토반드를 죽인 자의 이름은 루에노, 5령급의 정령 검사입니다. 야영지의 불을 두고 시비가 일어난 것이 원인으로, 싸움이 일어났고 레너드는 살해당했습니다."

남자는 떨리는 목소리로 보고를 마쳤다.

시답잖은 죽음이었다. 강자를 알아보지 못하고 시비를 걸었다가 반격을 맞아 죽은 피라미. 그것이 레너드 몬토반드였다. 도저히 예언자의 예언에 등장할 깜냥은 있어 보이질 않는다.

그러나 여기에 이의를 제기하는 것은 예언자의 예언을 의심한다고 말하는 것과 같은 행위. 남자는 무심해지려 애쓰며 예언자의 대답을 기다렸다.

"그래요, 그렇군요."

남자의 보고를 예언자는 별 동요 없이 전해 들었다.

"역시 그는 레너드 몬토반드가 아니었군요."

"……!"

예언자의 혼잣말에 남자는 눈을 부릅떴다.

역시 예언은 틀리지 않았다. 예언자는 모든 것을 알고 있다. 그저 예언을 확신하려는 재료를 얻기 위해 자신을 활용한 것뿐이다.

예언자 본인은 아무 말도 안 했지만, 남자는 제멋대로 스스로를 위한 변명을 만들어내곤 혼자 납득했다.

"표적은 자신의 이름과 외견을 마음대로 바꿀 수 있습니다. 그는 레너드 몬토반드의 모습으로 다녔지만, 지금은 그렇지 않습니다."

예언자는 확신에 찬 어투로 남자에게 말했다.

"그러니 서쪽 변경으로 가, 그를 찾아내십시오. 최근 갑자기 주변을 들쑤시는 외지인이나 갑자기 평판이 변한 현지인을 모조리 확보해 조사하시다 보면 답을 얻으실 수 있으실 겁니다."

예언자의 지시에 남자는 다시금 고개를 깊숙이 숙이며 대답했다.

"알겠습니다, 예언자님."

더 이상 흔들리지 않는 눈동자로, 더없이 충직한 태도로.

*　　　　*　　　　*

남자를 보낸 후, 예언자는 한숨을 내쉬었다.

스스로가 생각해도 잘 둘러댔다는 생각은 들지 않았다. 그러나 그렇다고 그 자리에서 당황하는 모습을 보여주는 것보다는 훨씬 나았다. 적어도 남자가 자신의 말에 이상하다는 것은 느끼지 못했으니까.

예언자가 잘한 것이 아니라, 남자가 단순한 덕이었다.

"단순해서 다행이로군."

아니, 남자가 단순한 게 아니다. 저 남자는 이미 예언자에게 지나치게 많은 것을 걸었다. 예언이 틀릴 수도 있다는 현실은 그에게 있어선 이미 믿고 싶지 않은 진실이 되었다.

그래서 남자는 믿고 싶은 것을 믿었다. '역시 예언자의 예언이 틀릴 리 없지'라고 스스로 논리의 구멍을 틀어막기까지 할 정도로.

예언자는 저런 자들을 많이 봐왔다. 저런 자들이 예언자의 세력이며 그녀가 영향력을 발휘할 수 있게 해주는 자양분이었다.

그러나 저들을 너무 믿고 의지해선 안 된다. 어리석은 이들이 주류인 세력의 수명이 길면 얼마나 길겠는가.

예언자에겐 유능한 존재들이 필요했다. 그러려면 이런 식으로 세력을 돌려선 안 된다. 믿고 싶은 것을 믿게 해주고 듣고 싶은 말을 해주는 식으로는 스스로 생각하는 것을 포기해 버린 어리석은 자들만이 모일 뿐이다.

예언자가 가진 유일한 무기는 예언이다. 예언은 늘 정확해야 했고 어떤 오류가 있어선 안 됐다. 그리고 자주 예언해야 했다. 그래야 유능한 이들도 예언을 믿고 따르기 시작할 거고 예언자의 세력에 속하게 될 테니까.

그런데 지금은 그 무기를 쓸 수 없다. 예언 밖의 존재가 돌아다니며 그녀의 예언에 오류를 만들고 있으므로. 예언을 틀리는 모습을 단 한 번이라도 보였다간 그녀는 끝이다. 이미 그녀는 그렇게 끝난 자신의 미래 모습을 자신의 눈으로 보았다.

"예언 밖의 존재…… 한시라도 빨리 배제해야 해."

예언자가 끝나지 않기 위해서는 예언에 속하지 않은 자, 예언을 엇나가게 하는 자의 배제는 필수적이었다.

배제란 물론 죽이는 것을 뜻한다.

산 자가 태어나면서부터 지닌, 운명을 움직일 힘을 빼앗는 유일한 방법이 그것이니.

*　　　　　*　　　　　*

"아니, 미친! 저거 뭐야!!"

나는 라플라스에게 항의했다.

내가 살아 있을 수 있었던 건 어디까지나 내 발이 빨랐던 덕이었다.

유적 바깥까지 도망 나와서 잽싸게 유적의 문을 도로 닫은 게 결정적인 생존 비결이었다.

만약 저 금속 골렘이 유적의 문을 부수고 바깥까지 날 쫓아왔다면 그럼에도 불구하고 죽었을 수도 있었겠지만, 다행히 그런 일은 일어나지 않았다.

"공격이 하나도 안 박히잖아!"

저 금속 골렘의 외피를 이루고 있는 재질이 대체 뭔지 몬토반드의 왕검은 물론이고 끼릭이의 실탄사격도 이빨조차 박히지 않으니 내 전의는 빠르게 상실되었다.

그래, 차라리 빨리 포기하고 도망 나와 다행이라는 생각마저 든다. 그나마 도망칠 여력이 남아 있을 때 퇴각해 살아남을 수 있었으니 말이다.

─공략법을 구매하시겠습니까?

내 항의에 라플라스는 판촉을 감행했다. 솔직히 대단하다고 생각했다.

"…아니, 잠깐 기다려 봐."

일이 이렇게 되니 오기가 생겨서 안 되겠다.

"이렇게 된 이상 자력으로 답을 찾아내고야 말겠어."

잠시 후.

"어떻게 질문을 던져야 루블 손해가 적을까?"

나는 포기했다.

―그걸 제게 물어보시면 안 되죠. 아, 맞다. 유료입니다.

한번 겨뤄보긴 했지만 답도 없이 패배한 입장에서 저 금속 골렘의 공략법을 나 혼자 힘으로 쉽게 발견해 낼 수 있을 리 없었다.

그냥 금속 골렘이라고 뭉뚱그려 표현하고는 있지만 실제로는 어떤 금속으로 이뤄져 있는지도 모르는데 어떻게 공략법을 알아내겠는가?

결국 공략을 사는 게 정답이다.

나는 그렇게 생각했다.

그렇다고 유적 전체의 공략법을 통째로 살 필요는 없다. 지금 당장은 저 금속 골렘에 대한 공략법만을 거래하면 된다.

아니, 사실 공략법 전체를 살 필요도 없다. 비밀 감지 덕에 금속 골렘의 코어도 어디 위치해 있는지 아는 마당이다. 그런데 금속 껍데기를 못 뚫어서 이러고 있는 거지.

즉, 저놈의 껍데기를 뚫을 방법만 알아도 된다.

좋아, 계속 고찰하다 보니 괜찮은 아이디어가 떠오르는군. 어느 정도 정리도 된 것 같다.

그럼 슬슬 질문을 던져볼까.

"내가 저 금속 골렘의 방어를 뚫고 쓰러뜨리려면 어떤 능력을 손에 넣어야 하지?"

이 정도면 괜찮은 것 같다. 그럼 가격을 볼까?

―5루블입니다.

이래도 5루블인가. 더 깎으려면 어떻게 질문해야 하지?

나는 생각했지만 다음 순간, 완전히 다른 깨달음이 내 머리를 후려쳤다.

중요한 건 질문의 가격을 깎는 것이 아니다.

질문의 대답을 들었다 한들, 그 대답을 실행할 능력이 없다면 아무 의미도 없다.

즉, 내가 해야 할 질문은 그냥 저렴하기만 한 질문이 아니다.

"저 금속 골렘을 쓰러뜨리기 위한 방법 중에, 가장 루블 소모가 적고 효율적인 방법이 뭐야?"

질문의 가격이 중요한 게 아니라, 해결책을 포함한 총합 가격이 더 중요하다.

그렇게 생각해서 낸 질문이 이것이었다.

―1루블입니다.

돌아온 대답은 의외였다.

더 싸졌잖아!

"좋아, 지불하지."

당연히 내 입장에선 나쁠 게 없었기에, 나는 바로 지불하기로 했다.

—1루블을 지불하셨습니다. 지금 새 주인님의 경조사비 계좌에는 409루블이 남아 있습니다.

벌써 그렇게 모였었나. 하긴 세 번째 유적의 다섯 번째 방까지 들어갔다가 쫓겨 나온 거니, 이 정도 모인 건 별로 놀랄 일이 아니다.

—지금 새 주인님께서 사용하실 수 있는 금속 골렘을 쓰러뜨릴 방법 중 가장 루블 소모가 적고 효율적인 방법은 단 한 가지입니다.

나는 마른침을 삼키며 라플라스의 대답을 기다렸다. 돌아온 대답은 의외였다.

—그것은 바로⋯ 3령급에 오르시는 겁니다.

더불어 내게 있어선 의뭉스러운 대답이기도 했다.

"그⋯⋯. 3령급이라는 건 3령급 정령사 말하는 거 맞지?"

—그렇습니다.

"그렇다면 저 금속 골렘을 쓰러뜨리기 위해서는 내가 어떤 특정 정령과 계약해야 하는 건가?"

괜히 정령사를 두고 몇 령급이니 하며 구분하는 게 아니다. 한 단계 더 높은 경지에 오를 때마다 정령사가 늘릴 수 있는 정령의 수는 오직 하나뿐이고, 이 정령의 수가 정령사의 경지를 표현할 정도로 큰 비중을 갖고 있기 때문이다.

게다가 다른 분야도 다 그렇겠지만 정령법도 경지가 오를수록 다음 경지로 올라서는 것이 힘들어진다. 나야 라플라스가 있어서 3령급까지야 300루블만 내면 해결되지만, 그래도 고령급으로 갈수록 더 많은 루블을 요구하는 것은 똑같다.

즉, 정령 소환의 기회비용은 단순히 1로 퉁칠 수 있을 정도로 싸구려가 아니다. 오히려 이제부터는 이제까지보다 더 비싸진다고 봐야 한다.

그런데 이 귀중한 기회비용을 그냥 유적에 나오는 적 하나 처치하자고 낭비한다? 그럴 순 없다. 그러느니 유적 탐사를 뒤로 미루고 말지.

이런 이유로 내가 라플라스의 제의를 거절할 마음을 굳힌 때였다.

─아뇨, 그렇지 않습니다.

라플라스의 입에서 나온 발언은 또 의외의 것이었다.

"특정 정령이 필요 없다고?"

─네, 지금 새 주인님께 필요한 건 정령이 아니라 3령급의 정령력입니다.

정령이 아니라 정령력이라. 이 상황이 정령력으로 뭔가 해결이 되는 건가? 정령력이란 건 정령을 불러내고 부리는 데 쓰이는 비용인 거 아니었나?

내가 의혹의 시선을 보내자, 라플라스는 곤란한 듯 이어 말했다.

ㅡ더 자세히 설명드리려면 추가 요금이 듭니다만……

"아, 그래서 1루블이었구나."

정말로 딱 필요한 내용만 전달하기 위해 깎고 깎아서 1루블이었던 모양이다.

내가 만약 라플라스를 믿지 못했더라면 여기서 추가 설명을 요구해 루블을 낭비했겠지만, 나는 그럴 생각이 없었다.

"좋아, 네 조언대로 3령급의 정령력을 사겠어."

나는 라플라스를 믿으니까.

"얼마지?"

ㅡ지금의 새 주인님 상태라면 100루블로 충분합니다.

본래 2령급에서 바로 3령급을 갔다면 300루블이 들 테지만, 나는 이미 2령급이 된 지 한참 지났고 그동안 정령력을 열심히 쌓아 꽤 할인을 받을 수 있었던 모양이다.

물론 이것만으로 가격이 1/3이 되지는 않는다. 이번에 사는 건 딱 정령력뿐이다. 진짜 3령급이 되려면 향후에 세 번째 정령을 소환하는 법을 배워야 한다. 그 외에 3령급에 해당하는 기술과 지식 또한 따로 구매해야 하고.

즉, 나중에 추가 비용을 지불해야 하니, 이것도 온전한 3령급의 매물인 건 아닌 셈이다. 말하자면 이것도 일종의 분할 판매라고 받아들이는 게 빠르리라.

어느 쪽이든 지금의 내겐 좋은 소식이다.

"지불하지."

―계좌에는 309루블이 남아 있습니다.

3령급의 정령력을 손에 넣고도 300루블이 살짝 넘게 남아 다음 새로운 힘을 얻는 것에 적용할 수 있으니까.

"다 된 건가?"

―네, 이제 새 주인님께서는 3령급 정령사십니다.

"아직 세 번째 정령은 없지만 말이지."

나는 이죽거렸지만, 그렇다고 화가 나거나 기분이 상한 건 아니었다. 오히려 기분은 최고였다.

"이해했어."

3령급에 올라선 나는 1령급이나 2령급이었을 때는 몰랐던 것을 알게 되었다. 또한 왜 라플라스가 우선 3령급 정령력을 얻고 보라고 했던 건지 지금 이해할 수 있게 되었다.

―딱히 더 설명드릴 필요가 없어 다행입니다. 그 설명도 유료라서요.

"하핫, 그러냐."

3령급 정령력을 얻게 된 후 새롭게 알게 된 사실은 그동안 내가 정령력이라는 힘에 대해 크게 오해하고 있었다는 거였다.

정령력은 정령을 소환해 내고 부리기 위한 힘이다. 이 정의는 그다지 틀리지 않다. 그러나 그게 정령력이라는 힘이 갖는 전부인 건 아니라는 점에서 전혀 틀리지 않은 건 아니었다.

"루에노가 왜 정령 검사라 불렸는지 이제야 알겠군."

이미 정령법과 성법의 양다리를 걸친 내가 누구를 말할 처지는 아니긴 하지만, 일반적으로 볼 때 보통은 한 우물만 파는 쪽이 더 높은 성취를 얻을 수 있는 법이다.

그런데 루에노는 라플라스도 없는 주제에 왜 굳이 칼을 들었을까?

그것은 물론 정령에게만 의지하는 것보다는 정령사 자신도 스스로의 몸을 지킬 수단을 갖는 게 더 효율적이기 때문이기도 했지만, 단지 그 이유 때문만은 아니었다.

"그냥 그래도 되기 때문이지."

그 답이 바로 이거다.

나는 이제껏 정령에게 밀어 넣고 있던 정령력을 나 자신의 몸에 밀어 넣었다.

제4장
—
변경의 성자

　나는 이제껏 정령에게 밀어 넣던 정령력을 나 자신의 몸에 밀어 넣었다.

　그러자마자 내 몸의 중심에서부터 알 수 없는 힘이 용솟음쳤다.

　아니, 알 수 없는 힘이 아니지.

　이거 정령력이다.

　그동안 왜 정령들이 정령력에 사족을 못 쓰는지 이제까진 몰랐는데 지금은 알 것 같았다. 나는 헛웃음을 흘리며 내 정령들에게 말을 걸었다.

　"이런 걸 받아먹으니 너희들이 나한테 그렇게 충성하는구

나. 그렇지? 끼릭아, 반짝아."

"끼릭! 끼릭!"

끼릭이는 시끄럽게 소릴 질러댔고 반짝이도 다급하게 반짝거렸다. 마치 자기 간식을 주인에게 빼앗긴 강아지 같은 반응이다. 나는 좀 어이가 없어져서 말했다.

"이거 원래 내 거거든?"

"끼릭……."

끼릭이는 내 눈을 피했고 반짝이도 명백히 광량을 줄였다. 할 말이 없나 보다.

─대현자에 의해 자기 정령화라 명명된 수법입니다. 정령 유지와 성장에 드는 정령력을 제하고도 초과분이 충분할 때만 쓸 수 있죠.

라플라스의 설명이 시작되었다. 내가 정령력의 새로운 용도에 대해 스스로 깨달은 덕에 이 정보가 무료로 풀린 모양이었다.

"이제까진 못 썼던 건 그냥 정령력의 최대치가 부족해서였군."

하지만 라플라스에게 루블을 주고 정령력을 산 덕에, 단숨에 정령력의 최대치와 절대치 모두를 끌어올릴 수 있었고 이자기 정령화의 용법을 나 스스로 깨달을 수 있게 되었다.

이 세계의 존재가 아닌 정령도 끌어와 존재하게 만들고 힘을 발휘하게 만드는 힘이 정령력이다. 그러한 정령력을 이 세계의 존재인 나 자신에게 끌어다 놓으면 어떤 일이 생기겠는가?

결론은, 나 자신의 존재를 강화할 수 있다!

—효과는 이미 아시다시피 존재의 강화로, 여기서 말하는 존재는 육체와 정신, 영혼을 모두 포함하는 개념입니다.

내가 이미 알고 있을 거라는 라플라스의 표현은 결코 과장이 아니었다. 그저 언어화, 개념화하지 못했을 뿐, 라플라스의 설명을 듣자마자 나는 그럴 줄 알았다는 생각부터 했으니까.

—처음 정령법에 대해 말씀드릴 때, 정령법을 익히시면 다른 힘을 익히기 쉬워질 거라 말씀드렸죠? 그 이유 중 절반은 이 자기 정령화에서 비롯됩니다.

"나머지 절반은 정령 소환이겠군?"

—전부는 아닙니다만 거의 그렇습니다. 자세한 정보는 유료입니다만…….

라플라스는 잠깐 헛기침을 했다가 다시 말을 이었다.

—자기 정령화는 장점이 많은 수법이긴 합니다만, 이 수법으로 정령력의 성장을 기대할 수 없음을 인지해 두셔야 합니다.

"자가 발전의 한계인가. 알았어."

정령력이란 본래 정령계의 존재인 정령을 이 세계에 안착시키기 위한 힘이다. 정령에게는 투자할수록 이 세계에서 더 큰 힘을 투시할 수 있는 기반이 되지만, 이걸 나 스스로에게 투여했을 경우는 투자라는 단어와는 거리가 멀어지게 된다.

이미 이 세계의 존재가 된 나에게 추가로 정령력을 투여해 봤자 내가 이 세계에 좀 더 공고히 자리 잡는다고 하는 일은 없다. 단지 일시적으로 존재를 강화할 수 있을 뿐이다.

풍선을 일시적으로 부풀릴 수는 있지만 풍선 입구를 아무리 잘 묶어도 결과적으로는 피시식 꺼지는 것과 같은 원리다.

정령력이 아무리 좋은 힘이라도 이걸 나 혼자 다 처먹고 있을 순 없지. 딸린 식구도 많은데.

게다가 이거 생각했던 것 이상으로 효율이 별로 안 좋다. 오래 지속시킬 수 있을 것 같지도 않고. 어디까지나 단기 결전용의 임시 수단에 불과하다.

뭐, 이 펌핑을 기반으로 쓰러뜨릴 수 없는 적을 쓰러뜨리고 살아남기 힘든 국면에서 살아 나갈 수 있을 테니 쓸모는 있을 테지만 임시 수단은 어디까지나 임시 수단일 뿐이다.

나는 자기 정령화를 꺼버렸다. 그러자 끼릭이와 반짝이가 눈에 띄게 화색을 띠었다. 내가 내 정령력 좀 퍼먹는 게 그렇게 싫었던 거냐. 뭐, 아무튼 좋다. 왜냐면 귀여우니까. 나는 두 정령을 좀 쓰다듬어 주고, 라플라스에게 말했다.

"라플라스, 안전한 야영 장소가 필요해."

정령력은 회복했고 이전보다 더 강력해진 데다 금속 골렘을 쓰러뜨릴 수단을 손에 넣었다지만, 그렇다고 바로 유적 안에 뛰어들 생각은 없었다.

금속 골렘 자체도 강적이었지만, 그 전에 나무 골렘 15개체를 상대하느라 체력과 이것저것 소모가 심했다.

하룻밤 푹 쉬고 만전의 상태로 도전해야지.

─안내해 드리겠습니다.

"어, 공짜로?"

─공짜 아닙니다. 이미 지불하셨습니다.

아, 그렇게 쳐주는 건가? 사실 이미 세 번째 유적에는 도착했기 때문에 공짜로 내게 안전한 야영 장소를 가르쳐 줄 필요는 없다. 아마도 이건 라플라스 나름의 호의겠지.

"고마워."

─그렇게 말씀하시면 곤란합니다만.

"아, 그래. 그럼……. 평소부터 고맙다고 생각했어."

─별말씀을.

기분 탓인지 모르겠지만, 라플라스는 수줍어하는 것 같았다.

*　　　　*　　　　*

결과.

"이겼다! 해치웠다!!"

나는 금속 골렘을 쓰러뜨렸다.

어렵지 않았다.

아니, 이번엔 진짜로 어렵지 않았다. 약점은 이미 알고 있었고, 금속 골렘의 갑피만 뚫을 수 있었다면 진작 결판을 낼 수 있었으므로.

자기 정령화는 나로 하여금 몬토반드의 왕검으로 금속 골렘의 갑피를 갈라낼 충분한 힘을 부여해 주었다.

그럼 끝난 거지.

실제로 끝났고.

"그보다 왕검 되게 단단하네. 이 금속 덩어리를 베고도 이 하나 안 나가다니."

내가 아무리 자기 정령화를 써봤자 칼이 부러지면 아무것도 안 되는 거였는데, 몬토반드의 왕검은 자기 역할을 충실히 수행해주었다.

외력과 내력과 정령력, 축복으로 강화된 내 힘을 버텨내는 동시에 금속 골렘의 갑피를 뚫어냈으니 오늘의 MVP를 주기에 조금도 부족함이 없었다.

─유료입니다.

나 아무것도 안 물어봤는데?

뭐, 왕검의 소재나 가공방법에 대한 거겠지. 그게 유료일 정도로 특별하다는 뜻으로 받아들여도 무방할 듯했다.

"자, 그럼 이제 비밀 통로나 비밀 문을 찾아볼까?"

나는 기대에 가득 찬 채 비밀 감지를 돌렸다.

하지만 금속 골렘이 있던 보스 방에는 아무것도 발견되지 않았다.

"아, 또 이 패턴인가?"

보스 방에서 나온 나는 다시 첫 방부터 비밀 감지를 돌리기 시작했다. 그런데 첫 방부터 마지막 방까지 꼼꼼히 뒤졌음에도 걸려드는 건 없었다.

"이상한데?"

라플라스가 조용하다. 이쯤해서 공략을 사겠냐고 시끄럽게 굴 때가 되었는데.

나는 이 유적의 [탐사 일지]를 꺼내 들었다. 그리고 진실을 알았다.

"아."

일지의 페이지가 반 페이지쯤 여백이 남아 있었다. 비밀 통로나 비밀 방에 대한 내용을 적기엔 너무 적은 공백이다. 그럼 이게 무슨 의미일까?

"설마?"

혹시나 싶어서 금속 골렘의 잔해에 비밀 감지를 돌려봤더니 드디어 반응이 나왔다.

원래는 목뒤의 코어 위치에만 반응하던 비밀 감지가 이번에는 금속 골렘의 가슴 갑판에 반응하고 있었다. 정확하게는 가슴 갑판 뒤의 숨겨진 뭔가 반응하는 거겠지만.

"비밀 감지가 이런 식으로 반응하는 건 처음 보는데."

어쩌면 금속 골렘을 쓰러뜨리기 전까지는 이 '비밀'이 존재하지 않았을 수도 있겠다 싶었다. 그러니까 대현자의 두 번째 던전과 비슷한 기술이 적용되어 있었던 건지도 모른다.

그 던전에서도 내가 나무 골렘을 쓰러뜨리기 전에는 돌아가는 길의 함정이 아예 존재하지 않았었다. 하지만 보스를 깨니 함정이 생겼었지. 같은 메커니즘일 가능성이 높았다.

—…….

내 혼잣말, 그리고 혼자 생각에도 라플라스는 조용했다. 정답인 모양이군. 나는 넘겨짚었다.

금속 골렘의 잔해는 비교적 온전하게 남겨졌는데, 내가 코어만 집중적으로 쳐서 다른 부분에 상처를 주지 않은 채 정지시켰기 때문이었다. 사실 잔해라 하기에도 민망한 모습이었다. 그렇다고 골렘을 두고 시체라고 표현할 순 없잖아.

"아무튼 이걸 까봐야겠어."

나는 금속 골렘의 가슴 갑판에 잠금 해제를 사용해 보았다. 그러자 빠각, 하는 소리와 함께 금속 골렘의 가슴 갑판이 열렸다. 혹시 될까 싶어서 해본 거였는데 잘돼서 다행이다.

"아직 움직이고 있을 때엔 안 되더니……."

자기 정령화를 익히기 전에 나는 금속 골렘의 갑피를 까내기 위해 여러 방법을 시도해 봤는데 잠금 해제도 그중 하나였다.

결론부터 말해 그때는 안 통했다. 지금은 통한다. 이게 뭘 뜻하는 걸까?

그때만 해도 이게 열리지 않았단 소리겠지. 잠겨 있는 게 아니라 아예 열린다는 개념 자체가 존재하지 않았던 구조였을지도 모르겠다.

어쨌든 잠금 해제로 열려서 다행이다. 아니었다면 골렘 가슴에 쇠 지렛대를 꺼내 박고 낑낑거려야 했을 테니까.

나는 계속해서 잠금 해제를 사용해 금속 골렘의 잔해를 분해했다.

그리고 끝내 발견했다.

─축하드립니다, 새 주인님.

줄곧 입을 다물고 있던 라플라스가 마치 오랜 구속에서 해방된 것처럼 상쾌하게 입을 열었다. 이 녀석의 행동이 가리키는 바는 명백했다.

"이거였군."

골렘의 가슴 속에 숨겨져 있던 이 작고 검은 상자가 이 유적의 진짜 보상이다.

내가 이걸 직접 찾아낼 때까지 녀석은 입을 열지 말도록 되어 있었겠지. 당연히 대현자가 내린 지시일 터였다.

"하여간 악취미는."

─……

내가 누굴 욕한 건지 찰떡같이 알아들은 건지, 라플라스는 내 혼잣말에 아무 반응도 보이지 않았다.

뭐, 좋다. 어쨌든 보상은 내 손 앞에 떨어졌으니.

상자는 잠겨 있었으나, 문제없었다.

빠각.

잠금 해제는 상자의 잠금장치도 별 어려움 없이 해제해 버렸으므로.

상자가 쩌억 입을 벌렸고, 내용물이 모습을 드러냈다.

가장 먼저 눈에 띄는 것은 상자의 중앙에 놓인 주먹만 한 보석? 아니, 보석이라기엔 좀 위화감이 있는데. 아무튼 보석처럼 반짝이는 오각형 모양의 장신구였다. 상자에서 들어서 보니 생각했던 것과 달리 얇아서 무슨 판 같았다.

정체를 알 수 없는 귀금속으로 장식된 이 물건에는 목걸이로 연결할 만한 구멍도 보이지 않았고 그렇다고 어디 꿰어 넣을 핀도 없는 것으로 보아 브로치인 것도 아니었다.

대체 이게 뭐지?

"라플라스! 이게 뭐야?"

내가 고민할 필요는 없었다. 답을 줄 상대가 있는데 편한 질문 놔두고 왜 힘들게 고민을 하겠는가? 대답은 바로 돌아왔다.

─[변신 브로치]입니다.

"변… 신?"

브로치가 아니라고 생각했는데 브로치였다!

아니, 이게 문제가 아니라…….

"변신이라니, 내가 생각하는 그 변신 맞아?"

─그렇습니다. 미리 저장해 둔 옷을 단번에 꺼내서 갈아입을 수 있도록 도움을 주는 물건입니다.

내가 생각하는 변신이랑은 다른 모양이었다.

내심 실망한 내 속내를 아는지 모르는지, 라플라스는 계속해서 설명했다.

─직접 한번 사용해 보시는 게……. 아, 새 주인님의 경우에는 그냥 각성창에 넣으시면 바로 사용하실 수 있겠군요.

그러고 보니 그랬지. 나는 라플라스의 말에 따라 [변신 브로치]를 각성창 안에 넣었다. 이것도 유물 취급인지, 나는 바로 사용법을 알게 되었다.

나는 [변신 브로치]에 카를 궁전을 빠져나올 때 쓰러뜨린 병사로부터 얻었던 갑옷을 넣고 작동시켰다. 그러자 놀라운 일이 벌어졌다.

탈의 과정도 없었고 옷을 입는 과정도 생략되어, 마치 처음부터 이 갑옷을 입고 있었던 것 같이 되었다. 이걸로 끝이 아니라, 나랑 체구가 분명히 달랐을 터인 병사의 갑옷이 내 몸에 딱 맞는 걸 보니 세세한 사이즈까지 조정해 주는 모양이다.

"와, 이거 재밌는데?"

지금까지 입고 있었던 잭 제이콥스의 복장은 자동적으로 [변신 브로치] 안에 들어간 모양이다. 과연, 이런 시스템인 건가.

내친김에 나는 각성창 안에 방치되어 있던 원래 카를 페르

디넌트의 옷도 [변신 브로치]에 넣어보았다. 그리고 작동.

"오?"

어린애 옷이었던 카를의 옷도 사이즈가 자동으로 재조정되어 지금의 내 몸에 딱 맞는 것은 물론, 땀과 피, 그리고 진흙으로 더럽혀져 있던 부분도 깨끗해진 걸 보니 세탁 기능마저 붙어 있는 게 분명했다.

"음? 이거 칼도 들어가네."

잭 제이콥스의 복장에 레너드의 칼까지 덧붙여 [변신 브로치]에 넣은 후 작동시키니 낡은 신관복이 바로 입혀지면서 손에 칼까지 들려 있었다. 아쉽게도 이미 낡아버린 옷을 새것처럼 만드는 기능은 없는 모양인지 그냥 낡은 채였지만…….

"……!"

아니, 이게 문제가 아니잖아?

그냥 장난감이라고 생각했는데, 이 물건 활용도가 생각보다 어마어마하다! 상황에 따라 무기나 갑옷, 방패나 사소한 액세서리까지 다 바꿀 수 있고, 거기에 걸리는 시간도 1초 미만. 이게 가리키는 바는 상황 대응 능력의 엄청난 향상을 뜻한다.

덤으로 이거 간이 창고로도 쓸 수 있다. 이미 각성창을 지닌 나한테는 좀 의미가 덜하지만 뭐, 있어서 나쁠 건 없다.

내가 [변신 브로치]를 마음에 들어 하며 이것저것 실험하고 있으려니, 라플라스가 어째 좀 삐친 듯 말했다.

―제가 굳이 설명드릴 것 없이 바로 각성창에 넣으셨으면

됐겠네요.

설마 이 녀석, 자기 역할을 빼앗길까 봐 불안해하는 건가?

"에이, 아니지. 뭔지도 모르고 아무거나 막 집어넣었다간 감당이 안 돼. 너한테 기본적인 설명이라도 들어야 안심하고 쓰지."

─그러십니까. 다행입니다.

말투는 이래도 목소리를 들어보니 명백히 기분이 풀린 것 같다.

이 녀석, 묘하게 귀여운 구석도 있네. 뭐, 알고 있었지만 말이다.

"그런데 이게 왜 브로치야?"

─꺼내서 옷에 붙여보시죠.

라플라스 말대로 해보니, 옷에 자동으로 찰싹 달라붙었다.

"아, 브로치 맞구나."

─맞죠?

핀이 없는 건 아무 문제도 안 됐다. 별다른 접착제도 없이 착 달라붙는 건 신기하지만 뭐 지금 와서 이런 걸 지적해 봐야 해답은 유료라는 대답만 돌아오겠지.

"다음 거 보자."

─네!

다음 거 보자고 하긴 했지만, 사실 별건 없었다.

[변신 브로치] 외의 물건들은 꽤 눈에 익은 물건들이었으니. 다름이 아니라 두 번째 유적에서 얻었던 [내력 증진제]와 [외력 강화제]가 각각 한 병씩 더, 그리고 첫 번째 유적의 찾아냈던 보석들이 2개씩 들어 있었다. 다만 약들은 30일 분량으로 이전의 절반이었다.

다 까고 보니 좀 짜다는 느낌도 들지만, 이 유적의 주된 보상은 골렘 코어일 테니 그냥 넘어가자. 항의한다고 보상이 늘어나는 것도 아니고.

"그럼 이제 [탐사 일지]나 펴볼까?"

그리고 나는 이 유적의 진짜 가치를 뒤늦게 깨닫게 되었다.

그것도 그럴 것이, 이번에 얻은 탐사 점수는 무려 2,610점이나 됐다.

21개체의 나무 골렘과 1개체의 금속 골렘을 합한 모든 골렘들의 코어, 그리고 [변신 브로치]를 비롯한 상자의 내용물이 모두 유물로 판정된 덕인 듯했다. 자투리 10점은 당연히 보석 몫이겠고, 유적 클리어 보상 100점을 합치면 계산이 딱 맞다.

지난번에 남겨둔 350점을 더해 총 탐사 점수는 2,960점.

"이 정도면 한동안 점수 모자라서 고생할 일은 없겠네."

─이제까지도 딱히 고생한 적은 없지 않습니까?

그건 그러네.

─만약 대현자께서 자신의 후임자가 이런 식으로 추가 보상을 얻을 수 있다는 것을 미리 아셨다면 결코 이렇게 놔두

진 않았을 겁니다.

내가 탐사 점수를 얻은 내역을 보고 라플라스는 이런 소릴 했다. 하긴 이게 다 골렘 코어로 얻은 점수니 이런 말이 나올 법도 했다.

"하핫."

나는 라플라스의 말에 가볍게 웃어주고는 실시간으로 문자를 띄우는 탐사 일지의 마지막 페이지를 계속 바라보았다.

―업그레이드 가능한 능력: [위기 감지 3]+[함정 감지 3]+[비밀 감지 3]: 1,000점.

―업그레이드하시겠습니까? YES / NO

그런데 이제까지 못 보던 항목이 생겼다.

"업그레이드? 이게 뭐지?"

―뭔지 모르는 건데, 비싸기까지 하네요.

"…비싼 거니까 좋은 거겠지?"

나는 그런 다소 안이한 생각을 품고 YES를 눌렀다. 그러자 놀랄 만한 일이 벌어졌다.

―업그레이드 대상 능력들이 소멸합니다.

"뭣?!"

그러나 내 패닉은 길지 않았다.

─대상 능력들이 합쳐지고 업그레이드된 새로운 능력을 얻습니다.

─[트레저 헌터의 직감]을 얻으셨습니다.

"아, 아아…… 이런 식이구나."

[위기 감지 3]을 비롯한 기존의 능력들이 완전히 없어진 게 아니라, 그냥 세 능력이 [트레저 헌터의 직감]이라는 하나의 능력으로 합쳐진 것 같았다.

나는 안도하며 어느새 흘러내린 식은땀을 닦았다.

"사람 놀라게 만들고 말이야."

─정말 깜짝 놀랐습니다.

"[탐사 일지]가 대현자도 아닌데 이런 데다 함정을 숨겨둘 리도 없는데."

─…….

라플라스는 도로 조용해지고 말았다.

…내가 심했나?

아니지. 심한 건 대현자지, 내가 아니다.

아무튼 탐사 점수 700점을 들여 추가 능력으로 [잠금 해제 2], 새 능력으로 [함정 해체 1]도 사고 나니 남은 점수는 1,260점. 이 정도면 뭐 그럭저럭 만족할 만한 성과 같다.

"자, 그럼 이제 정산도 끝났으니."

나는 나무 골렘 잔해들을 꺼내다 쏟아냈다.

아무리 내가 이 구역의 에잇톤 트럭이라고 해도 이 22개체에 달하는 골렘 잔해를 다 싣고 다니다 보면 언젠간 과적 상태가 되어버릴 것이다.

이러다 보면 정작 필요할 때 필요한 걸 못 싣고 다닐 수도 있다. 그러느니 그냥 이 유적에 보관해 놓는 게 낫지. 필요해지면 여기 와서 꺼내다 쓰면 되니까.

내 지문에만 반응하는 이 유적은 훌륭한 내 개인용 창고가 되어줄 수 있다. 여기까지 오는 게 좀 귀찮긴 하겠지만, 원래 창고란 게 다 오가기 귀찮은 곳에 있는 법이다.

물론 코어들은 따로 챙겨서 각성창 구석에 쟁여놓았고, 딱 한 개체 있는 금속 골렘 잔해도 챙겼다. 나무 골렘 잔해도 딱 한 세트만 챙겨놓았고.

혹시 필요한 일이 생길지도 모르지 않는가?

다 싣고 다니는 게 문제인 거지, 샘플 정도는 챙겨놓을 여유가 있다.

"이걸로 여기서 볼일도 다 끝냈군."

―수고하셨습니다.

"그럼 이제……"

뭘 하지?

이런 생각을 할 필요는 없었다.

"라플라스, 네 번째 유적."

―네 번째 유적 말씀이십니까?

"그래, 얼마야?"

―30루블입니다.

지금 내가 가진 경조사비는 총 329루블. 다음 유적 정보를 사면 299루블로 아슬아슬하게 300루블이 안 된다. 새로운 힘을 얻기엔 부족한 금액이다. 물론 다시 0루블을 만들 생각은 처음부터 없었으니 아쉬워할 일은 아니지만.

그렇다고 신경 쓰이는 게 없는 건 아니다.

라플라스 이 녀석, 방금 내 질문에 대답하는 걸 망설였다.

평소라면 기다렸다는 듯이 가격부터 제시할 녀석인데, 왜 한 번 되물었지? 혹시 힌트인가? 힌트 줄 거면 좀 대놓고 달라고 말하고 싶지만 그건 대현자가 허락 안 했겠지.

그러니 나로서는 이런 사소한 반응도 힌트로 여기고 민감하게 굴 수밖에 없다.

"아니지."

그러므로 나는 말을 바꿨다.

"혹시 이 주변에… 이 지역에 다른 유적이 있을까? 가능하면 보물을 얻을 수 있는."

몬토반드의 왕검 같은 진짜 보물.

왕검을 처음 각성창 안에 넣었을 때의 일을 아직도 잊을 수 없다. 각성했을 때도 아니고 처음 탐사 일지를 펼쳤을 때도 아닌, 진짜 보물을 사냥해 품었을 때. 그 순간이야말로 내가 진짜 트레저 헌터가 된 순간이었다.

─있습니다.

그리고 라플라스가 대답했다.

기다렸다는 듯이.

"핫하."

아무래도 내가 생각한 게 맞았나 보다.

나는 입술을 핥았다.

자꾸 군침이 나온다.

"그래, 그렇군. 좋아. 아주 좋아."

내 다음 여정이 정해진 순간이었다.

＊　　　　＊　　　　＊

다음 유적으로의 안내장 가격은 100루블이나 됐다.

"아니, 왜!"

─그야 유적과 유적 입장권은 별개니까요.

이야기를 들어보니 일이 그렇게 간단하지는 않은 모양이었다.

─일단 새로운 신분을 손에 넣으셔야 합니다.

"아, 그래?"

몬토반느의 검 유적으로 갈 때도 레너드 몬토반드가 갖고 있었던 칼 한 자루가 열쇠로 쓰였다. 그렇다 보니 납득 못 할 일은 아니었다.

─이 신분값이 50루블입니다.

"어, 그래? 가격이 왜 이렇게 비싸?"

50루블이면 레너드보다 10배, 잭 제이콥스보다도 2.5배나 비싼 가격이다.

비싼 건 비쌀 만한 이유가 있으리라고 생각은 했지만, 50루블이란 가격이 쉽게 턱 하니 치를 수 있는 값은 아니었기에 되묻지 않을 수가 없었다.

─이 신분은 레너드 몬토반드와는 달리 진짜 귀족인 데다, 다른 이유도 있습니다.

"다른 이유? 그게 뭔데?"

─이 이유는 구입 후에 밝힐 수 있는 유료 정보지만요. 신분을 구입하시기 전에 알고 싶으시다면 먼저 따로 구입하시는 것도 가능합니다.

나는 잠깐 고민했지만, 어차피 사게 될 신분에 대한 정보다. 굳이 이유를 사서 볼 필요는 없다. 게다가……

"사면 자연히 알게 되는 이유지?"

─네, 그렇습니다.

당연하다는 듯 나오는 대답에 나도 고개를 끄덕였다.

더욱이 라플라스가 제시하는 가격은 항상 적절했다. 이것도 그렇겠지. 나는 대충 납득했다.

하지만 아직 50루블어치밖에 해명이 안 됐다. 남은 50루블의 이유를 기다리며 눈을 부릅뜬 내게 라플라스는 계속해서 설명했다.

―그리고 유적까지의 위치와 경로는 30루블이고요.

"그건 그렇겠지."

이미 이 가격으로 유적 정보 거래가 4번이나 성립되었다 보니, 30루블은 어느새 정가라고 봐도 될 가격이 되었다.

―유적의 입장 권리와 열쇠를 입수하시는 데 따로 20루블이 듭니다.

"아……."

하긴 이제까지 나는 별 비용을 치르지 않고 대현자의 유적에 입장해 왔다. 그건 내가 카를이기 때문이다. 대현자가 과거의 자신 본인을 위해서 준비한 유적이기에 따로 준비할 게 없었다.

하지만 다른 유적도 그러리라는 보장은 없었다.

당장 몬토반드의 검 유적만 해도 몬토반드의 검이 없었다면 입장이 불가능했다. 검 자체는 5루블짜리 레너드 몬토반드의 시체에서 입수했지만, 검에 얽힌 비밀을 알아내는 데에는 사실 별도 요금을 필요로 했다.

내가 비밀 감지로 알아낸 덕에 유적의 위치 가격만 치러도 됐지만, 항상 이렇게 운이 좋으리란 법은 없다. 보통은 입장 권리와 열쇠를 얻는 데 20루블쯤은 들겠지.

이 정도면 내가 생각해도 적정 가격이다.

이걸 다 합쳐서 100루블.

이야기를 듣고 나니 납득 안 할 수가 없게 됐다.

"…혹시 모르니 일단 신분만 살게."

납득은 했지만 값을 치르는 건 별개다.

가능성이 매우 높지는 않겠지만, 어쩌면 향후에 비밀 감지 등으로 열쇠를 공짜로 손에 넣거나 할 수도 있다. 몬토반드의 검 유적 때처럼 말이다. 이렇게 된다면 조금이나마 루블을 아낄 수 있게 될 거다. 털끝만큼이라도 이 가능성이 남아 있는 한, 덮어놓고 일시불을 할 필요는 없다.

─알겠습니다. 50루블을 지불하셨습니다. 새 주인님의 경조 사비 계좌에는 279루블이 남아 있습니다.

"고맙다……."

─이제 신분을 얻을 수 있는 곳의 위치와 경로를 알려 드리 겠습니다.

라플라스는 그냥 신분을 얻을 수 있는 곳이라고만 말했지 만, 나는 척하니 알아들었다.

아, 역시 시체 찾기부터 해야 되는구나. 레너드가 그랬고 잭 이 그랬듯이. 그리고 해당 신분에 대한 상세한 내용도 시체를 찾은 뒤에나 알 수 있게 될 것이다.

"알았어, 이동하자."

여기서 멈춰 있어봐야 시간 낭비밖에 안 된다. 따라서 나는 라플라스의 인도에 따라 바로 움직였다.

*　　　*　　　*

"그분은 이 서부 변경의 성자십니다."

란첼 자작은 완전히 어이 털린 눈으로 포아드 경과 여관 주인을 번갈아 가며 보았다. 포아드 경도 당혹감을 감추지 못한 듯 손바닥으로 얼굴을 쓸어내리는 것이 보였다.

'가관이구먼.'

일의 발단은 란첼 자작이 포아드 경의 탐문조사에 동행하겠다는 것으로 시작되었다. 포아드 경에게는 주인의 명을 거역할 명분이 없었으므로, 두 사람은 동행하기로 했다.

탐문조사의 시작으로, 포아드 경은 먼저 그들이 머물기로 한 여관의 주인한테 질문을 던졌다. 가벼운 질문이었다. 잭 제이콥스를 아느냐. 그 대답이 이거였다.

서부 변경의 성자?

'가관이야.'

란첼 자작은 자신의 생각이 같은 곳을 빙글빙글 돌기 시작했다는 것을 알아차렸지만 도무지 그 생각을 멈출 수가 없었다. 가관, 가관, 이것보다 가관이 없었다.

세상에, 잭 제이콥스가 성자라니!

'미쳤나?'

여관 주인은 귀족님께서 자신을 미친놈 보듯 하는 시선에도 아랑곳 않고 마치 신앙 간증이라도 하듯 꿈꾸는 것 같은 몽롱한 눈빛으로 늘어놓았다.

"저는 신 앞에 잘못을 저질렀습니다. 그리고 성자님께서도 제가 죄를 범하는 장면을 목격하셨죠. 그런데 성자님께서 제게 무슨 말씀을 해주셨는지 아시겠습니까? 정말 놀라운 말씀이셨습니다. 신께서는 자비로우시니 저희를 용서할 거라고 해주시더군요!"

그쯤 했으면 됐지? 이제 그만 좀 닥치지? 그런 의미를 담은 시선으로 여관 주인을 노려보았지만, 여관 주인은 입을 닫지 않았다.

"헌금을 할 필요도 없었습니다. 그분을 위해 봉사를 할 필요도 없었죠. 면죄부를 발행해 주시진 않으셨습니다만, 그분께서는 그저 제게 죄를 뉘우치기만 하면 된다고 말씀해 주셨습니다. 그러면 용서를 받을 수 있으리라고!"

귀족을 앞에 두고도 이렇게 열렬하게 목소리를 높일 수 있는 평민이 있을까?

사실 있다. 신관이라는 부류다. 그런데 여관 주인은 신관이 아니며 교단을 뒷배로 두고 있지도 않다.

그럼에도 불구하고 여관 주인은 란첼 자작이 봐왔던 그 어떤 신관보다도 뜨거운 종교적 열정을 품고 눈물마저 글썽이며 이렇게 부르짖었다.

"신관분들께선 죄의 용서와 영혼의 세탁을 위해 신께 바칠 금전과 봉사를 필요로 하시는 걸로 알고 있습니다만, 그분께서는 그 어떤 사심도 품지 않고 제 죄를 떠안아주셨습니다. 이러신 분이 성자가 아니라면 대체 무엇이란 말입니까? 오오, 성자시여!"

기어코 여관 주인은 눈물을 터뜨리고 말았다. 그 자리에 주저앉아 어린애처럼 엉엉 울기 시작한 그를, 언제 튀어나왔는지 모를 여관 여주인이 달려 나와 끌어안았다.

그러고는 함께 울기 시작했다.

포아드 경은 어찌할 바를 모른 채 그들을 외면하고 있었다.

'진짜 가관이네.'

란첼 자작은 애써 생각했다.

그러나 만약 이들의 진술이 사실이라면……

막 떠오르려던 생각을 란첼 자작은 급히 지워 없앴다. 그는 포아드 경에게 눈짓했다. 기사와 그의 주인은 두 부부를 그냥 내버려 두고 여관에서 나왔다.

도망치듯, 급히.

란첼 자작은 혀를 찼다. 두 번 찼다. 그대로 한참 입을 다문 상태로 있다가 세 번째로 찼다. 주인의 이런 모습은 포아드 경도 처음 본다. 꽤 오래 모신 주인임에도……

"포아드 경."

란첼 자작은 자신의 기사 이름을 불렀다. 포아드 경은 주인의 입에서 무슨 말이 나올지 몰라 긴장했지만 그렇다고 대답을 망설이지는 않았다.

"예."

"머물 여관을 바꾸도록 하지."

"알겠습니다."

포아드 경은 이 주변에 귀족이 머물 만한 다른 여관이 없다는 것을 잘 알고 있었지만, 이런 상태의 주인에게 변명을 늘어놓는 건 자해에 가까운 행위란 것 또한 잘 알고 있었으므로 괜히 나서지 않았다.

"…잭 제이콥스가 성자라고?"

란첼 자작은 투덜거리듯 혼잣말을 흘렸다. 그렇다고 이게 진짜 혼잣말이라고 받아들이면 곤란하다. 그 사실을 잘 아는 포아드 경은 다소 자포자기한 목소리로 입을 열었다.

"자작께서는 오늘 처음 접하신 발언이실지 모르겠습니다만, 여기까지 오는 동안 자주 들을 수 있었던 이야기였습니다. 저 여관 주인 부부는 그저 일례에 불과할 정도로요."

란첼 자작의 비수와 같은 시선이 포아드 경에게 꽂혔다.

"뭐야? 그런데 왜 보고하지 않았지?"

"잘 모르는 이들의 헛소리라 생각했기 때문입니다."

포아드 경의 대답에, 그를 향한 란첼 자작의 날카로운 시선이 곧장 누그러졌다. 아니, 저건 아마도 안도의 눈빛이리라. 그래, 그래도 너는 제정신이구나. 그런 생각을 하는 눈이었다.

"나는 잭 제이콥스를 만나본 적이 없네."

이어진 자작의 발언은 포아드 경에게 있어선 의외의 것이었다.

"하지만 그에 대해 알고 계셨지 않습니까?"

"그래, 그 위명은 익히 들어 잘 알고 있지."

결국 소문을 들었다는 이야기다.

"소문과 실제가 다르다는 것은 이해하고 있다고 생각했건만, 이건 정도가 심해도 너무 심하지 않은가?"

란첼 자작이 씁어뱉듯 말했다.

"그 소문을 누군가 악의적으로 퍼뜨렸을 가능성도 있지 않습니까?"

"그 가능성에 대해 내가 생각해 보지 않았다고 말하는가?"

자작의 날카로운 되물음에, 포아드 경은 재빨리 대답했다.

"물론 그렇지는 않습니다."

대답을 들은 란첼 자작이 기이한 웃음을 지었다.

"사실 생각해 보지 않았네. 신뢰할 만한 창구를 통해 얻은 소문이었거든."

그러나 포아드 경은 따라 웃을 수 없었다.

"제가 알아도 되는 이야깁니까?"

"아닐 수도 있지만 알아는 두게. 신성 교단이야."

지비 없이 내려진 주인의 말에, 포아드 경은 잠시 아연해했다.

"…모르는 것이 나을 뻔했군요."

"그래, 사실 모르는 게 낫지."

신성 교단은 자신들의 말에 의문을 표하는 것을 신성모독으로 받아들인다. 설령 그게 교단에서 나온 말임을 인지하지 못한 상태에서 저지른 일이라 하더라도 예외는 없다.

그러니 방금 전의 이야기가 만약 다른 이들에게 새어 나간다면, 란첼 자작과 포아드 경 모두 신성모독의 죄를 범한 셈이 된다.

물론 라틀란트 제국은 신의 것도 교단의 것도 아니다. 제국은 어디까지나 황제의 것이니, 신성모독의 죄를 범한다 한들 처형당하거나 하지는 않는다.

그럼에도 불구하고 교단으로부터 죄를 추궁당하는 건 피해야 할 일이었다.

일개 평민이 상대라면 교단이 직접 벌해야 한답시고 나서서 혀를 자를 수도 있다. 엄밀히 보면 제국법을 무시하고 개인이 다른 개인을 사적으로 징벌하는 행위니 영주가 나서면 막을 수 있다. 그러나 교단과 척을 지고 싶은 영주는 어지간하면 없다.

귀족이라면 파문당할 수 있다. 말뿐인 파문이라고 생각하기 쉽지만 이게 꽤나 치명적이다. 사교계에서 매장당할 수도 있고, 시민들에 대한 영향력도 감소한다. 휘하의 기사에게마저 외면당할 수 있다. 결과적으로 지위와 명예, 목숨 모두가 위험해진다.

종교의 영향력을 이런 식으로 교묘하게 이용해 라틀란트 제국의 주류 세력으로 올라선 게 바로 신성 교단이었다. 명시적으로는 그 어떤 실권도 없지만 실질적으로는 어지간한 대영주마저도 껄끄러워할 만한 영향력을 손에 넣었다.

"뭐, 그건 그렇다 쳐두자고."

란첼 자작은 비교적 가벼운 말투로 화제를 전환시켰다.

"일단 잭 제이콥스를 확보하는 게 먼저다. 놈에 대한 평가는 놈을 직접 만나보고 해도 늦지 않아."

"그렇군요. 알겠습니다."

포아드 경은 주인의 결정에 고개를 끄덕였다.

"저 여관 주인 부부는 잭 제이콥스를 직접 만났겠지."

"아마 그럴 테죠. 저들의 반응이 유독 도드라지긴 합니다."

"그래, 거의 광신도더군."

포아드 경은 자신의 주인이 교단의 신관들을 포함한 종교쟁이들을 별로 좋아하지 않는다는 사실을 알고 있었지만, 그 사실을 언급해서 좋을 일이 없을 것 또한 잘 알고 있었다.

"원래 계획대로라면 저들에게서 잭 제이콥스의 위치를 알아내야 합니다만."

"물어도 대답하지 않을 테지."

포아드 경 또한 주인의 말에 고개를 끄덕였다. 여기가 처음이 아니았나. 다른 지역에서도 잭 제이콥스의 추종자들은 좀

처럼 '성자님'의 위치에 대해 입을 열려고 하지 않았다.

잭 제이콥스를 진짜 성자로 여긴다면 거리낄 게 없으련만, 그들 스스로도 현실은 그렇지 않음을 인지하고 있다는 반증이나 다름없었다.

"그래도 알아내야지. 이 마을의 탐문조사를 계속해야겠어."

"불쾌하실 일이 많으리라 봅니다만."

"감내해야지."

포아드 경은 이렇게 말하는 주인의 인내심이 반나절도 채 못 버틸 걸 잘 알고 있었으나, 굳이 지적하지 않고 고개를 조아렸다.

*   *   *

나는 대현자의 세 번째 유적에서 나와 가장 가까운 마을로 향했다.

라플라스의 인도에 따르면 50루블짜리 비싼 신분을 얻기 위해선 여기서 꽤 멀리까지 가야 한단다. 그러니 그 전에 최소한도의 보급을 하고 침대와 목욕물이 있는 곳에서 휴식을 취한 후, 가능하면 말까지 구해다 가는 편이 나을 것이리라 계산하고 한 행동이었다.

그런데 이런 상황을 맞닥뜨릴 줄은 상상도 못 했다.

'라플라스! 왜 포아드 경이 여기 있어?'

시티 오브 카를에서 만났던 기사 양반이 이 마을에 떡하니 나타날 줄이야.

―1루블입니다.

싸구먼. 하긴 지난번에도 쌌다. 포아드 경은 말이다.

'그럼 포아드 경 말고, 란첼 자작은 어디 있어?'

―10루블입니다.

갑자기 가격이 열 배가 오른다. 그냥 위치만 물은 건데 말이다.

그럼 실제로 맞닥뜨렸다간 루블이 얼마나 나갈까?

안 그래도 루블 나갈 곳이 많은데. 골치 아프게 생겼네.

'…됐어. 그냥 여기서 도망쳐야겠다.'

괜히 변수를 만드느니 그냥 없던 일로 하는 게 좋겠다 싶어서 나는 뒤돌아서 마을을 떠나려고 했다. 그런데 세상일이란 게 그렇게 간단히 풀리지는 않았다.

"성자님……!"

누군가가 숨어 있던 나를 알아보고 불렀다. 잘 보니 내 목욕물을 성수로 둔갑시켜서 팔아먹으려 들었던 여관의 주인장이었다.

'설마 그 일로 원한을 가지고 나를 곤경에 빠뜨리려는 건가?'

―그 일 말입니까?

'그 있잖아, 가짜 성수 사건.'

나는 순간적으로 이런 생각을 하고 말았다.

"여긴 위험합니다. 성자님에 대해 캐고 다니는 자들이 있습니다. 도망치십시오."

그런데 여관 주인의 언행은 내가 생각했던 것과는 정반대였다.

'아니, 이 사람이 이렇게 나오면 내가 쓰레기 같잖아?'

—걱정 마십시오. 새 주인님은 인류 평균입니다.

'그렇게 말하면 마치 네가 현생 인류를 쓰레기처럼 여기는 것같이 느껴지는데.'

—그렇지 않습니다.

'진짜로?'

아니, 라플라스와 수다를 떨고 있을 때가 아니다. 더군다나 지금은 여관 주인이 내게 뭐라고 말을 하고 있다.

"말을 준비해 뒀습니다. 타고 가시지요. 아, 잠시만 기다려 주십시오. 안사람에게 말해 음식을 실어달라고 하겠습니다."

너무 잘해줘서 오히려 의심이 들었다.

'이거 혹시 함정 아닌가?'

—유료입니다만……

나는 라플라스의 대꾸를 무시하고 여관 주인에게 말했다.

"그럴 수는 없습니다. 저들은 귀족입니다. 저를 도움으로써

해를 입을 수도 있습니다."

그러니 그냥 못 본 척만 하고 넘어가라, 이런 식으로 설득할 생각이었다.

그러나 여관 주인은 곧장 내 말을 끊고 이렇게 말했다.

"제게는 성자님이 더 중요합니다."

여관 주인의 눈동자는 기이한 열기로 이글거리고 있었다. 마치 사랑 고백 같아서 굉장히, 어마어마하게 부담스러웠다.

"…저는 성자가 아닙니다."

"상관없습니다. 누가 뭐라 하던 제게 있어서 성자님은 성자님이십니다."

이러고선 내가 다른 말을 할까 두려운지 얼른 이어 이렇게도 말했다.

"죄를 사함 받은 값에 전혀 미치지 못함은 알고 있습니다. 그저 제가 좋아서 하는 일이니 부디 받아주소서."

만약 이 모든 게 여관 주인의 연기라면 이런 곳에서 여관이나 운영할 인재가 아니었다.

하지만 마지막으로 만났을 때 속내를 숨기지 못했던 모습을 기억하는 나로서는 더 이상 여관 주인을 의심할 수가 없게 되었다.

"그렇게까지 말씀하신다면 호의를 거절할 수가 없군요."

결국 나는 끝까지 거절하지 못했다.

　알고 보니 여관 주인이 준비한 말이란 게 다름 아니라 바로
내가 타고 다니던 말이었다. 이런 일이 생긴 것도 벌써 두 번
째다. 이 녀석, 내가 놓아주면 일부러 내가 머물던 곳으로 돌
아가 신세 지고 있는 것 같았다.

　하긴 잘 먹어서 투실투실 살찐 거 보니 이 녀석도 맛 들일
만도 했다.

　여관 주인이 신경 좀 썼는지 안장부터 편자까지 싹 다 깨끗
하게 관리되어 있고 낡은 건 새로 교체되어 있기까지 했다. 그
리고 튼튼한 가죽 가방이 하나 새로 매달려 있었는데, 여관
주인의 아내가 그 가방에 도시락을 넣어주었다.

　비록 뜨거운 물에 몸을 불리지도 못했고 편한 침대에서 몸
을 누이지는 못했지만, 아쉬웠던 말도 찾았고 일단은 식량 보
급도 했다. 눈치 빠른 여관 주인 덕에 마을에 들른 목적의 절
반쯤은 이룬 셈이다.

　"고맙습니다. 당신들에게 축복이 있길!"

　나는 도움의 대가로 여관 주인 부부에게 축복을 걸어주었
다. 기왕 하는 거 2륜급도 된 김에 한 사람당 두 개씩. 잭 제
이콥스의 성물 덕에 신성력도 남아돌고 성법도 자주 써야 느
는 거니 아낄 이유가 없었다.

　"감사합니다, 성자님."

"감사합니다, 감사합니다."

말을 달려 마을을 떠날 때, 나를 향해 절을 하는 두 사람의 모습이 보였다.

나는 어째선지 유쾌한 기분이 되어 하하하 웃었다.

"믿음이란 이 어쩌나 가치 있는 자산인가!"

여관 주인을 끝까지 의심하지 않길 잘했다.

─처음에는 의심하셨지만요.

라플라스가 날카로운 태클을 걸었다. 변명의 여지가 없군,

"인류 평균이라며."

그럼에도 불구하고 나는 변명했다. 이러한 내 변명에 대한 라플라스의 답은 다음과 같았다.

─물론 인류 평균이십니다.

역시 이 녀석, 현생 인류를 쓰레기라고 생각하고 있는 거 아닐까?

나는 그런 의심을 속으로 삼켰다. 이 화제를 질질 끌어봐야 내게 유리한 점은 단 하나도 없었으니 당연한 선택이었다.

"자, 가자! 잭젝아!"

딱히 생각나는 다른 화제가 없었기에, 나는 괜히 그냥 잭젝이에게 말을 걸었다.

─잭젝이는 뭔가요?

"이 녀석, 그러니까 말 이름이야. 잭 제이콥스를 줄여서 지어봤어."

―…….

라플라스는 침묵해 버렸다.

갑자기 왜 이러지?

제5장

—

첫인상은 최악이었다.

나는 내가 아직 완전히 위험에서 벗어나지 못했음을 뒤늦게 깨달았다. 이유는 두 가지가 있었다.

먼저 첫 번째 이유는 란쳅 자작과 포아드 경이 내 뒤를 쫓고 있음을 알게 된 것.

여관 주인이 내게 '성자님의 뒤를 캐고 다니는 놈들이 있다'고 말한 이상, 란쳅 자작과 포아드 경이 쫓는 대상이 레너드 몬토반드가 아니라 잭 제이콥스인 것도 확실해졌다.

또 하나는 아직 라플라스가 죽음을 극복했다는 메시지를 보내오지 않은 것.

이 말인즉슨, 나는 아직 란쳅 자작과 포아드 경의 추적을

당하고 있고, 그들로부터 완전히 도망치지 못했다는 의미밖에
안 된다.

"빨리 새로운 신분을 손에 넣어야겠어. 젠장, 잭 제이콥스
좋았는데."

방랑 신관의 신분은 아무한테나 성법을 뿌리며 성법 훈련
을 할 수 있는 데다 극진한 대우를 받을 수 있기까지 한 일석
이조의 장점이 있었지만 그것도 이걸로 끝인 모양이다.

하긴 그렇지. 동네 장사를 하더라도 업종이 겹치면 죽일 듯
이 달려드는 게 인간 세상이다. 신성 교단이 오래 참을 거라
고 생각은 안 했다. 슬슬 파리가 꼬일 거라고 예상은 했다.

나야 얼굴과 복장, 그리고 신분을 바꾸면 그만이다. 그렇다
하더라도 잭 제이콥스의 신분을 아예 못 쓰게 되는 건 내게
도 타격이다.

하긴 지금 당장도 잭 제이콥스는 못 쓰는 거나 다름없지만,
이왕 성자 소리까지 듣게 된 신분이다. 이대로 없애 버리기엔
좀 아쉬운 점이 있다.

"아니, 신분 문제는 나중에 생각하지."

일단 거리를 벌리는 게 먼저다. 그렇게 판단한 나는 이동에
전력을 다하기로 마음먹었다.

―다행히 말을 회수하셨으니, 이동에 쓸 시간이 대폭 줄어
들었군요.

"그래, 그건 다행이지."

여관 주인의 극진한 보살핌에 살찐 말은 약간의 강행군에도 금방 지쳤지만, 나는 말에게 성법으로 축복에 회복까지 걸어가며 하루 종일 달렸다.

해가 진 뒤에는 라플라스가 가르쳐 준 은신처로 가 숨었다. 당연히 불은 피울 수 없었지만, 여관 안주인이 준 도시락이 있어서 그날 밤 저녁은 의외로 든든하게 먹을 수 있었다.

"아무리 상황이 어려워도 할 건 해야지."

실제로는 2령급 정령사인 나지만, 정령력만큼은 어느새 3령급에 더욱 가까울 정도에 이르렀다. 즉, 꽤 남아돌았다. 그러니 평소보다 더 적극적으로 정령력을 소모해야 나 자신의 성장을 도모할 수 있었다. 물론 쓴 만큼 정령들도 성장한다는 건 더 말할 것이 없고 말이다.

투두두두두둑.

"그래도 이럴 땐 소음기가 있어서 다행이다."

나는 끼럭이를 허공에다 겨누고 정령탄을 난사하며 혼잣말을 했다. 만약 소음기가 없었더라면 격렬한 총성 때문에 주변의 이목을 샀을 테니까.

"끼럭, 끼럭!"

끼럭이는 제대로 된 조준사격 훈련을 하지 않는 것에 불만이 있는 모양이었지만, 그래도 정령력은 주는 대로 받아먹었다.

"자, 그만."

"끼럭, 끼럭!"

끼럭이는 더 먹고 싶다며 날 보챘지만, 반짝이에게도 정령력을 나눠줘야 하니 어쩔 수 없다.

"동생도 먹어야지."

"끼럭……."

내 타이름에 끼럭이의 총구가 축 처지면서도 조용해지는 게 꽤 귀엽다. 에라, 기분이다. 나는 끼럭이로 몇 발 더 쏴주었다.

이 행동의 결과가 어떻게 돌아올지도 모른 채.

*   *   *

이튿날. 해가 뜨기도 전에 잠에서 깨어난 나는 바로 떠나기 위해 준비를 시작하며 별생각 없이 끼럭이를 꺼내 어깨에 메었다.

아직 잠에서 덜 깼던지라, 끼럭이의 변화를 눈치채는 게 아주 약간 늦었다.

"끼럭, 끼럭!"

"어, 끼럭이 너……."

말에게 건초를 꺼내다 먹이다가 끼럭이가 말해줘서 겨우 알았다.

끼럭이에게 못 보던 부품이 달려 있었다.

그것은 바로 스코프, 망원 조준경이었다.

"잉?"

사실 나도 K—2에도 스코프를 장착할 수 있다는 전설은 들은 적이 있다. 하지만 그건 전설일 뿐이라고 생각했다. 단 한 번도 실물을 본 적이 없었으니 전설이라 믿을밖에.

하긴 난 정찰병이었지 저격병은 아니었으니 설령 K—2용 스코프가 실존하더라도 나한테까지 보급이 내려올 일은 그냥 없다고 봐도 무방했다.

그런데 끼릭이는 내가 직접 본 적도 없는 스코프를 만들어 냈다.

대체 어떻게? 무슨 수로?

"라플라스, 넌 알아?"

─아뇨.

"하긴……."

끼릭이가 정령이라는 사실조차 받아들이는데 한나절이 걸렸는데 어련하겠는가.

─새 주인님께선 짚이는 데가 없으신가요?

"너도 모르는데 내가 어떻게 알겠어."

모르는 거야 어쩔 수 없으니 그냥 그러려니 하는 수밖에 없다.

그런데 그냥 그러려니 하기엔 이거 성능이 상당하다.

수백 미터 밖의 목표물도 커다랗게 보여주는 배율도 배율인데, 이거 무려 야시경 역할도 겸한다! 그렇다, 밤에도 물체를 식별할 수 있게 해준다는 뜻이다.

마지막으로 이 스코프의 가장 중요한 기능은…….

"끼릭! 끼릭!"

첫인상은 최악이었다. 173

스코프 아래를 긁어주면 끼릭이가 좋아해 준다는 사실이다.

마치 고양이의 목 아래를 긁어줄 때를 연상케 하는 반응이다. 한 마디로… 무지 귀엽다! 아, 이러면 두 마디인가. 뭐 어때.

"후……. 만족스럽군."

―그건 다행입니다만, 슬슬 떠나셔야 할 시각입니다.

해가 떠오르고 있었다. 더 지체할 시간이 없었다.

말도 충분히 배불렀고, 나는 말 위에서 적당히 비스킷이나 씹으면 된다.

아무튼 나는 해가 뜨자마자 이동을 시작해 밤까지 달렸다. 쉬지 않고 움직인 끝에, 나는 드디어 라플라스에게서 죽음을 극복했다는 메시지를 받아낼 수 있었다.

"어휴, 이제야 한숨 좀 돌릴 수 있겠군."

나는 실제로 한숨을 내쉬었다. 역시 쫓기는 건 지긋지긋했다.

"뜨거운 물로 목욕을 하고 푹신한 침대에서 푹 쉬고 싶은데. 다음 마을에서 가능할까?"

이 질문은 미리 공짜인 걸 알고 하는 질문이니 별로 양심 없는 건 아니다.

굳이 따지자면 쌩 공짜인 건 아니고 새로운 신분을 얻는 비용으로 지불한 50루블에 포함된 질문이다. 당연히 그렇다는 대답이 돌아올 걸 기대하고 던진 질문이었는데, 라플라스의 대답은 의외의 것이었다.

―불가능합니다.

"어, 왜?"

—그 질문에 대한 대답은 유료입니다.

"뭐라고?"

나는 잠깐 생각했다. 위험한 이유가 유료라……. 그냥 단순한 위험이라면 말해줄 법도 한데, 굳이 돈을 받는 거라면 어떤 특별한 정보가 포함된 대답 아닐까? 그렇다면 답을 듣는 것도 생각해 볼 법하다.

"그다음 마을에 대한 정보는 얼마야?"

언제나 그랬듯이 가격부터 물어보고.

—30루블입니다.

30루블이라. 익숙한 가격이 나왔다.

참고로 시티 오브 카를의 가격은 4루블이었다. 도시로 향하는 안전한 루트를 포함한 가격이었으니 실제로는 3루블이라 봐야 하겠지.

그런데 다음 마을에 대한 정보가 30루블이란다. 이 극명하리만큼 큰 가격 차이가 뜻하는 바는 과연 뭘까?

"뭐야, 거기 유적이라도 있는 거야?"

어차피 1루블짜리 자투리 정보를 사기 시작했겠다, 잔돈 처리하는 개념으로 물어봤다.

아니나 다를까 대답에는 1루블이 필요했다. 나는 별 부담 없이 지불했다. 이제 1루블 정도는 턱턱 낼 정도로 여유가 생긴 것에 내심 감동했지만 라플라스가 놀릴까 봐 내색하진 않았다.

─네, 있습니다.

그리고 라플라스의 대답은 놀라운 것이었다.

"뭐라고?! 그런데 왜 미리 안 말해줬어?"

내가 따지자 라플라스에게선 원론적인 대답이 돌아왔다.

─그야 새 주인님께서 이전에 하신 질문은…….

"그래, 보물이 있는 유적을 알려달라고 했었지. 게다가 전부 알려달라고도 안 했고."

내가 잘못했네.

하지만 지금이라도 알았으니 됐다.

오히려 좋다.

"사겠어. 29루블이면 되지?"

내가 은근슬쩍 1루블은 아까 질문한 유적의 유무 정보 값이다.

…작은 것부터 아껴야 잘 살지.

─네. 정산하겠습니다. 새 주인님의 계좌에는 268루블이 남아 있습니다.

"애매하게 남았네. 하긴 다음 유적에서 또 벌면 되겠지."

더욱이 다음 마을에는 위험이 도사리고 있는 모양이니, 루블을 벌 기회도 있을 것이다. 혼자 그렇게 생각하다, 문득 정신이 퍼뜩 들었다.

이러다 위험을 기회로 여기게 되면 끝장이라고 생각한 적이 있었는데, 지금의 나는 이미 그렇게 된 것 같다는 생각에 입맛이 썼다.

＊　　　＊　　　＊

"라플라스."

나는 '다음 마을'의 성벽을 올려다보며 라플라스를 불렀다.

—네.

라플라스의 대답은 지극히 사무적이었다. 따라서 나도 사무적으로 항의했다.

"이건 마을이 아니라 도시잖아."

성벽이 높은 거야 둘째 문제다. 그 성벽이 좌우로 쭉 늘어선 모습은 이 세계에 와서 처음 보는 장관이었다. 시티 오브 카를을 두고 무늬만 도시라고 하던데, 이 성벽의 높이와 길이를 보니 대충 감이 잡힌다.

—제가 마을이라고 한 적은 한 번도 없는 것으로 기억합니다만.

그러고 보니 그랬다.

아무튼 라플라스에게 30루블을 내고 다음 마을 아닌 도시에 대한 정보를 다운로드받은 나는 확실히 잭 제이콥스의 신분으로 저 도시, 시티 오브 툴루 안에 입성하는 것은 무모한 일이라는 결론을 내릴 수 있게 되었다.

아무리 이 지역이 교단의 색채가 옅은 변경 지역이라지만 도시에마저 신성 교단의 신전이 없는 건 아니었다. 신전이 있으니 신관이 없을 리 없고, 교단의 영향력이 약할 리 없다. 저런 곳에서 잭 제이콥스 같은 방랑 신관이 멋모르고 영업했다간 무슨 일을 당할지 모른다.

아니, 영업을 안 해도 위험할 수 있다. 내 입으로 이런 말하긴 좀 그렇지만, 이 변경 지역에서 잭 제이콥스는 꽤 명성을 쌓았다. 일부에선 성자라 불릴 정도니 말 다했지. 가만히 있어도 교단 측에서 시비를 걸 거나 몰래 처리하려 들 가능성이 낮다고만은 볼 수 없었다.

애초에 라플라스가 위험하다고 공언하기도 했지. 대현자도 이 도시에서 잭 제이콥스 신분을 썼다가 불벼락을 맞았던 적이 있었던 모양이다. 그 덕에 데이터가 모였고, 내게 도움이 되었으니 이게 전화위복인가. 정확히는 대현자의 화가 내 복이 된 거니 좀 틀리지만, 뭐 아무튼.

잭 제이콥스의 신분으로 시티 오브 툴루에 들어갈 수 없다는 게 확실해졌다.

그러면 어떻게 해야 하나?

"레너드 몬토반드, 출격!"

오랜만에 레너드의 신분을 활용할 때가 되었다.

이게 내 결론이었다.

*　　　*　　　*

그리고 곧 나는 후회하게 되었다.

"아, 맞다. 레너드 놈 망나니였지."

시티 오브 툴루는 원래 마을이었다가 카를 페르디넌트의 지원을 위해 행정적으로 도시화되었던 시티 오브 카를과는 달리 역사와 전통이 있고 인구수와 산업 규모가 받쳐주는 진짜 도시였다.

그 말인즉슨 진짜 귀족들도 많다는 뜻이고 그 귀족들을 지키기 위해 고급 병력인 기사단도 주둔하고 있다는 의미다.

"이 도시에서 말썽을 피웠다간 쥐도 새도 모르게 없애 버릴 줄 알아라!"

그동안 레너드 몬토반드가 쌓아온 업이 있으니 어쩔 수 없다지만, 이 도시의 경비대장을 맡은 기사가 내 뺨을 툭툭 치면서 협박할 때는 나도 꽤 자존심이 상했다.

아무리 이제는 귀족이 아니라지만 그래도 몬토반드 가문의 혈통을 상대로 이렇게 나오는 걸 보니, 아마도 상대도 귀족이거나 귀족 출신이겠지. 뭐, 설령 그렇지 않더라도 내가 할 수 있는 건 별로 없지만 말이다.

이 작은 사건 외에는 별문제 없이 도시에 들어올 수 있게 되어 다행이긴 했지만……

"포아드 경은 그래도 레너드를 꽤 사람 대접 해주는 편이었군."

처음부터 반말을 하긴 했지만 레너드에게 경칭을 붙여줬던 것에서 포아드 경이 레너드를 꽤 존중해 줬음을 뒤늦게 알 수 있었다.

─죽음을 극복하셨습니다.

"아, 여기서도?"

대체 무슨 짓을 하다가 살해당한 거지, 카를?

─여러 번 살다 보면 별일이 다 있는 법이라고 전 주인님께선 말씀하셨습니다.

"이제는 상투적이로군."

뭐, 별일 없이 20루블 더 먹은 거야 기뻐해야 할 일이다. 더욱이 경비대장의 태도로 보아, 레너드든 잭이든 여기서 몇 번쯤 죽었을 것 같기도 했다.

이래저래 이 도시, 시티 오브 툴루의 첫인상은 최악이었다.

"빨리 해 먹고 떠야겠어. 일단 빨리 레너드부터 벗어던져야지."

어차피 관문을 통과할 때만 쓸 레너드 몬토반드의 신분이었다. 이 정도로 큰 도시다. 레너드 한 명 모습을 감췄다고 소란이 일거나 하진 않겠지.

뭐, 소란이 일어도 상관없다. 그때쯤 나는 도시를 떴을 테니까.

"뒷골목에 들어서자마자 바로 갈아입어야겠어."

나는 그렇게 굳게 다짐하며 도시 관문을 통과했다.

                    *   *   *

　도시 관문 너머로 펼쳐진 시티 오브 툴루의 전경은 솔직히
대단했다.

　탱크가 서너 대쯤은 동시에 다닐 수 있을 정도로 넓은 대
로가 도시 전체를 가로지르듯 쭉 뻗어 있었다. 그 대로를 중
심으로 좌우에는 건물들이 쭉 늘어서 있었다. 건물 거의 대
부분이 복층이었는데, 건물의 1층에서는 온갖 물건을 내다 팔
고 있었다.

　그리고 그 물건을 사고파는 사람들이 오가며 드넓은 대로
를 빼곡히 채우고 있었고, 흥정하는 소리, 화를 내는 소리, 웃
는 소리, 거리 연주자의 노랫소리와 연주 소리로 어마어마하
게 소란스러웠다.

　대로의 중앙에는 마차들이 쉴 새 없이 오가고 있었다. 길을
건너려는 사람들과 조금이라도 빨리 가려는 마차들의 눈치
싸움이 격렬했다. 짐을 잔뜩 실은 짐마차, 사람을 잔뜩 실은
우마차, 그냥 말 위에 올라 대로를 터벅터벅 걷는 사람까지.

　이 광경이 나로 하여금 군대 정훈 시간에 틀어줬던 비디오
속의, 이방인이 쳐들어오기 전 시대 지구 도시의 도심 광경을
연상케 했다.

　"…이게 일개 지방 도시의 풍경이라, 이거지."

　—네, 제국의 수도는 겨우 이 정도가 아닙니다.

이게 겨우 이 정도? 헛웃음이 절로 나왔다. 잘 모르긴 해도 이쪽 세계가 지구보다 훨씬 더 발전한 것 같았다. 이방인들이 찾아오기 전의 지구였다면 또 모를까.

나는 그런 생각은 슥 감추고, 입으로는 다른 소릴 했다.

"시티 오브 카를은 진짜로 도시가 아니었군."

─행정상으로는 도시였습니다만.

도시의 풍경과 소란스러움에 놀라 주변을 두리번거리는 내가 촌사람처럼 보였는지, 남자애 하나가 내게 다가와 말을 걸었다.

"형씨, 도시는 처음이야?"

고작해야 10대 초반이 됐을까 한 어린애의 건방진 말투에도 나는 화내지 않았다. 저 녀석이 날 일부러 도발한다는 걸 잘 알고 있었기 때문이다. 내 뒤로 살짝 돌아와 내 호주머니를 노리는 또 다른 녀석이 작업 치기 좋게 일부러 내 주의를 끄는 거다.

사실 허리춤에는 아무것도 없고 귀중품은 모조리 각성창 안에 들었기에 그냥 내버려 둬도 나한테 손해는 없다. 하지만 미리 알고 있는데 당하는 것도 이상하지. 나는 내 허리춤에 손을 뻗은 꼬마의 손목을 휙 잡아챘다.

"헉!"

"혀, 형!"

날 도발하던 어린애는 놀라 눈을 휘둥그레 떴고, 내게 붙잡힌 꼬마는 애처롭게 목소리를 냈다. 잠깐 고민하는 것 같던 좀 큰 애는 뒤도 돌아보지 않고 쌩하니 도망가 버렸다.

"어, 형! 형!!"

내게 붙잡힌 꼬마의 목소리가 다급해졌다.

"사람도 못 알아보고 아무 데나 작업을 거니 그렇게 되는 거다, 라앙."

"……!"

꼬마의 커다란 눈동자가 한층 더 커다래졌다. 내게서 이름을 불린 것에 놀란 모양이었다.

"뉘, 뉘신지……."

"네 보스랑 아는 사이지."

"헉!"

꼬마는 울상이 되어버리고 말았다.

"사, 살려주세요! 손목만은 자르지 말아주세요!!"

레너드도 그렇고, 이쪽 세계 놈들은 소매치기를 보면 손목부터 자르고 보나?

"네 손목은 남겨둘 테니 날 안드레에게 안내해라."

"…정말로 보스를 알고 계세요?"

"그렇다니까, 그러니까 빨리 안내해."

나는 장난기가 들어서 굳이 한마디 더 덧붙이고 말았다.

"확 손목 잘라 버리기 전에."

효과는 굉장했다.

*   *   *

시티 오브 툴루의 뒷골목은 도시의 역사만큼이나 복잡하다. 이 도시는 라틀란트 제국 이전의 고대 제국 시대부터 도시였고, 고대 제국에 의해 점령당하기 전에는 툴루 토후국의 수도이기도 했으니.

내가 지금 발을 내디딘 이 뒷골목은 '옛 구'자를 세 개 붙여도 될 정도로 오래된 시가지였다. 대로였던 곳에 멋대로 집을 올리고 골목을 뚫어대 어느새 미로가 되었다. 사방이 막다른 길로, 벽을 넘고 개구멍을 뚫고 다니는 게 제대로 된 이동법이라 할 정도다.

외지인은 발을 들인 지 10분이면 길을 잃을 이 뒷골목은 범죄의 온상이다.

이 구역에 배정되는 경비병은 툴루 토박이로 대부분 부패해 여길 장악한 범죄 조직과 대놓고 손을 잡고 있으니 치안 이야기는 안 꺼내는 게 낫다. 차라리 조직이 이 구역의 룰을 정하고 질서를 지키고 있다고 봐도 무방하다.

시티 오브 툴루에 오자마자 내가 이 뒷골목부터 방문한 이유는 단순했다. 레너드 몬토반드도 잭 제이콥스와 마찬가지로 란첼 자작과 포아드 경에게 쫓기는 몸이니 일단 행방을 묘연하게 할 필요가 있어서였다.

라앙은 날 어느 정도 인도하는 척하더니 어느새 내빼 버렸다. 내가 길을 헤매다 누구한테든 걸려 된서리라도 맞길 기원하는 모양이지만 녀석의 바람은 이뤄질 일이 없다.

"그 어린애가 뭘 몰랐지."

나는 얼굴을 한 번 스윽 훑었다. 그러자 내 얼굴은 시티 오브 카를의 건달 중 한 명의 얼굴로 바뀌었다. 굳이 이 얼굴을 선택한 이유는 시티 오브 카를의 도시 정보를 다운로드받을 때 같이 붙어온 데이터라 그렇다. 즉, 공짜라서 선택한 거였다.

[변신 브로치]로 복장까지 싹 갈아 치운 나는 구구구시가지의 뒷골목을 내 마음대로 걸었다.

라플라스로부터 다운로드받은 정보에는 이 구구구시가지의 지도도 포함되어 있었다. 그러니까 내가 헤맬 일은 없다고 봐도 된다. 설령 헷갈려서 헤매게 되더라도 라플라스가 애프터케어를 해줄 테니 걱정할 게 없다.

"저기요."

하지만 곧 또 다른 문제가 생겨났다.

"처음 보는 얼굴이시네요."

척 봐도 뒷골목에서 한 주먹 할 거 같은 남자가 날 불렀다.

일견 무식해 보이는 남자가 높임말을 쓰며 예의를 차리는 걸 보니 위화감이 굉장하다. 하지만 위화감이 느껴지는 건 오직 말투뿐이다. 그 얼굴에는 위협적인 표정이 떠올라 있었고, 한 손에는 단단해 보이는 육각봉이 들려 있었으므로.

그림으로 그린 것 같은 뒷골목 깡패다.

"초행길이라 모르시나 본데, 이 골목을 지나가시려면 통행 세를 내셔야 합니다."

날 위협하는 건 남자 하나뿐만이 아니다. 어느새 나는 포위 당해 있었다.

그러나 나는 아주 약간의 위협감도 느낄 수가 없었다.

그야 그렇다.

"통행세? 통행세를 내야 한다고? 별일이로군. 우리 고향하고 풍습이 같아."

입으로는 아무렇게나 말하며, 나는 검을 빼어 들었다.

왕검이 아닌 그냥 검, 카를의 궁전을 빠져나올 때 병사에게 서 빼앗은 한 손 검이었다. 왕의 검법은 왕검으로 펼치는 것이 가장 좋으나, 그냥 검으로도 펼치지 못할 이유는 없다.

게다가 뭐⋯⋯. 그런 말도 있지 않은가?

닭 잡는 데 소 잡는 칼을 꺼낼 이유가 없지.

"고향에선 통행세를 돈 대신 피로 냈지만 말이지."

"⋯허허, 설마 싸울 셈이신지."

남자가 슬슬 본색을 드러낼 기미를 보였다.

"통행세를 내야 하니 어쩔 수 없지."

"하하, 어쩔 수 없군."

"하하하."

"하하하하!"

좁은 골목이 웃음소리로 가득 찼다. 그러나 그것도 잠시.

"쳐라!"

누구라도 예상 가능한, 뻔한 전개로 이어졌다.

*   *   *

안드레는 지금 일어나고 있는 이 상황을 이해할 수가 없었다.

일의 발단은 이러했다.

평소에 돈을 먹이고 있는 경비대의 영감님에게서 레너드 몬토반드가 시티 오브 툴루에 제 발로 굴러들어 왔다는 소식을 들었다.

잘 알려지지는 않았지만 레너드 몬토반드에게는 현상금이 걸려 있었다. 국가 공식 현상금은 아니었지만, 안드레 같은 군상에게 있어 뒷세계 조직의 현상금은 국가에서 주는 것보다 확실하고 가치 있었다.

따라서 안드레는 소식을 전해 듣자마자 즉시 행동했다. 꼬마 하나를 붙여서 레너드 몬토반드를 자신들의 영역에 끌어들이게 한 것이 바로 그거였다.

그런데 작전이 틀어졌다.

레너드 몬토반드를 자신들의 영역으로 낚아와야 할 꼬마는 이상한, 처음 보는 덜 생긴 남자를 물어왔다.

첫인상은 최악이었다. 187

사실 꼬마는 일을 제대로 한 거였지만, 안드레가 그 사실을 알 리는 만무했다.

'꼬마 놈들, 나중에 치도곤이다.'

별 상관도 없는 다른 사람을 포위해 버린 건 우연의 결실이 었지만, 안드레는 이 남자를 그냥 보내줄 생각이 없었다. 사람이 먹고 살려면 돈이 필요하지 않은가? 그것도 누가 봐도 이 도시에 처음 찾아온 외부인이니만큼, 주머니를 우려내면 꽤 묵직하게 나오지 않을까 싶었다.

상대의 근육이 꽤 발달해 있긴 했지만 안드레는 그다지 긴장하지 않았다. 악명 높은 툴루의 뒷골목에 명성을 떨치고 자신의 몸값을 올리기 위해 들어오는 방랑 기사들은 많았다.

안드레는 그들을 해치우는 걸 별로 어렵게 여기지 않았다. 만약 안드레가 지닌 게 검의 재능이었다면 진작 기사가 됐었으리라. 그를 더러운 일에 쓰기 위해 잠시 부렸던 귀족님이 하신 말씀이니, 그의 육각봉 솜씨가 대단함은 이미 증명된 바다.

그러니 그저 근육만 디룩디룩 찐 근육 돼지야 안드레가 딱 좋아하는 스타일의 사냥감이었다.

그러니 도망가는 것만 막으면 변수는 없다. 안드레는 그렇게 판단했다.

"싸움에 근육이 무슨 상관이야?!"

그러나 정작 실전에 들어가니 결과는 딴판으로 나왔다.

동시에 덤빈 다섯의 싸움꾼은 상대의 왼손에 들린 이상한

봉에서 발사된 뭔가에 의해 단번에 무너져 내렸고, 안드레 본인도 단 한 수에 제압당했다.

"어, 맞아. 근육이랑은 상관없네?"

사내는 익살맞게 웃었다. 그런 사내의 반응에, 안드레는 온몸에 전율이 흐르는 것을 느꼈다.

아무리 목재라지만 철심을 박고 리벳으로 보강해 무겁기 짝이 없는 육각봉의 일격을 무슨 어린애가 휘두르는 나뭇가지 쳐내듯 흘려내고 바로 정수리를 치는 일격은 그걸 맞는 안드레조차 흘리게 만들 정도였다.

정식 기사에 준하는, 아니, 어쩌면 그보다도 뛰어난 솜씨다. 안드레의 깜냥으로 감히 그 경지를 논할 수 없을 정도로.

'혹, 혹시 명가의 기사인가……?'

그렇다면 상대가 안 되는 것도 당연하다.

안드레는 곧장 전의를 잃었다. 그래서 일격에 맞고 쓰러진 김에 그냥 기절한 척하기로 마음먹었다. 아무리 뒷골목이라지만 설마 기절한 상대의 목숨까지 빼앗겠느냐는 계산이었다.

"이거, 이거."

안드레와 다섯 싸움꾼을 내려다보며, 정체불명의 사내는 혀를 쯧쯧 찼다.

"안 죽이는 게 더 피곤하고 힘들군. 그냥 다 죽여 버릴 걸 그랬나."

기절한 척 누운 안드레의 살갗에 소름이 오소소 돋아 올랐다. 사내의 목소리에 농담기나 허세 같은 게 섞여 있지 않음을 알아차린 탓이었다.

만약 방금 전의 싸움에서 사내가 안드레를 칼날로 후려쳤다면 안드레는 그냥 죽었을 것이다. 그 사실을 누구보다 잘 아는 게 안드레 본인이었다.

"기절 안 한 거 알고 있어. 일어나."

동일 인물이 낸 목소리라고는 믿을 수 없을 정도로 차갑고 가라앉은 목소리에, 안드레는 자기도 모르게 마른침을 삼키고 말았다.

"아니면 뭐, 영원히 기절하게 해줄까?"

"아, 아닙니다!"

안드레는 벌떡 일어나려고 했지만 곧 그 자리에 주저앉았다. 머리를 얻어맞은 탓인지 심하게 어지러웠다. 하긴 칼 등으로 쳤다곤 해도 쇳덩어리에 얻어맞은 거다. 몸이 멀쩡할 리 없었다.

그러한 안드레의 반응을 즐기기라도 하듯, 사내는 히죽 웃었다. 안드레가 온몸에 솟아오른 소름을 쓸어내기도 전에, 사내는 이어 말했다.

"너희에게 시킬 일이 있다."

*   *   *

내가 안드레를 죽이지 않고 그냥 사로잡은 이유는 단순했다.

아무리 무법 지대라는 시티 오브 툴루의 뒷골목이라지만 살인죄를 저질러서 이목을 끌 필요가 없기 때문이었다.

안 그래도 쫓기는 입장인 데다 툴루에선 외지인인데, 뒷골목은 무법 지대라는 말만 믿고 학살을 했다가 경비대의 이목을 끌어 모으고 싶지는 않았다.

그리고 사실 이유가 하나 더 있긴 했다.

"툴루에 있는 동안 머물 곳이 필요해. 당연히 다른 놈들의 눈이 닿지 않는 곳이어야 하고. 뜨거운 물과 삼시 세끼가 제공되었으면 좋겠군. 아, 침대도 필요해."

"그거라면… 여관에 가시는 게……."

안드레는 소심하게 반항했다. 아픈 곳을 찌르는군. 당연하게도 놈의 말을 맞받아줄 필요가 내겐 없었다. 나는 우격다짐으로 놈을 몰아붙였다.

"멍청한 소리 말고 네 목숨의 대가를 내놔."

"…알겠습니다. 저희 아지트로 가시죠."

"좋아. 진작 그래야지."

나는 만족스럽게 고개를 끄덕였지만, 안드레는 아직 납득하지 못한 듯했다.

"하지만 한 가지 부탁이 있습니다."

"네가 내게 부탁할 입장이냐?"

"제게 검술을 가르쳐 주십시오."

안드레의 동공에 열망이 타오르고 있었다.

이게 내가 굳이 안드레의 영역에 들어온 이유였다.

안드레라는 인물의 검술에 대한 열망.

이 열망을 채워줄 수 있다면 안드레는 결코 나를 배신하지 않을 것이다. 이 무법 지대 툴루의 뒷골목에서 신뢰할 만한 인간을 만나는 것은 대단히 드문 일이며, 그런 의미에서 안드레는 분명 희귀한 군상이라 할 수 있었다.

"안 돼."

그럼에도 불구하고 나는 단호히 말했다.

안드레가 뭐라고 말하기도 전에, 나는 이어서 말했다.

"나는 검술을 모른다. 나는 누구에게도 검술을 배우지 않았고, 당연히 제자를 둔 적도 없다. 그러니 가르치는 것은 무리지."

거짓말은 아니다. 내가 레너드 몬토반드의 칼 쓰는 법을 라플라스로부터 다운로드받긴 했지만, 이것은 검술이라고 하기에는 지나치게 조야했으니.

더욱이 레너드 또한 누구에게도 검술을 배우지 않았다. 몬토반드 가문이 검의 가문인 것도 옛날 일이고, 현재는 더 이상 후계들에게 검술을 사사하지 않는다.

그리고 나는 검을 다룰 줄 알지만, 이건 검술이 아니라 검법이다. 여기서 검법이란 당연히 몬토반드의 왕검으로부터 얻은 왕의 검법을 말하는 것이다.

어쨌든 누구에게도 배우지 않은 것은 사실이다.

믿을 수 없다는 안드레의 시선에, 나는 한심하다는 듯 한숨을 내쉬었다.

"나는 내가 알아서 검술을 익혔다. 직접 맞부딪혀 싸워보기도 하고, 센 놈들끼리 싸우는 걸 구경도 하고 그랬지. 당연히 죽을 뻔도 했고 흠씬 두들겨 맞았던 일도 흔했다. 그렇게 고생 많이 하면서 익힌 거라고, 이거."

이것도 다 거짓말은 아니다. 내가 지구에서 살아남고 더 나아가 유적을 찾기 위해 벌인 짓들이 이거였으니까. 다만 검술이라는 단어 하나만이 뻥카일 뿐이다.

이 정도면 양심적이지 않은가?

괜히 칼을 휙휙 휘둘러 보인 나는 안드레를 노려보고 거친 말투로 타박했다.

"그런데 너는 뭐냐? 고작 잠 좀 재워주는 걸로 내 검술을 날로 먹겠다고? 이런 도둑놈 심보를 봤나. 안 돼, 가르쳐 주지 않겠다. 차라리 내 너희 놈들을 다 죽이고 다른 데서 신세를 지고 말지!"

"알, 알겠습니다. 검술을 가르쳐 주지 않으셔도, 상관없습니다!"

일견 안드레는 목숨이 아까워서 졸아붙은 것처럼 굴었지만, 나는 놈의 동공 안쪽에서 번뜩이는 빛을 놓치지 않았다.

아무리 내가 직접적으로 가르침을 내려주지는 않더라도 알아서 훔쳐보고 배워야겠다는 생각을 하고 있는 게 분명했다.

하긴 이렇게 힌트를 대놓고 줬는데도 눈치 못 채면 섭섭하지.

이걸로 체크인을 하지 않고도 머무를 수 있는 방을 찾았다.

─죽음을 극복하셨습니다. 경조사비 계좌에 축의금으로 20루블이 송금되었습니다.

그리고 20루블도.

잉? 20루블?

'카를은 이런 머저리한테도 죽은 적이 있는 거냐.'

─…살다 보면 별일이 다 있는 법이죠.

하긴 수십만 번을 살았다는데 별일이 다 있을 법도 했다.

그리고 다시 생각해 보니 이 안드레라는 놈은 꽤 강한 축에 속했다. 나야 왕의 검법으로 크게 어려움 없이 안드레를 제압했지만, 만약 카를이 별생각 없이 레너드처럼 살았더라면 이놈에게 몇 번쯤은 걸려 죽었을 수도 있겠다 싶었다.

'…뭐 아무튼 20루블 받았으니 좋지.'

좋은 게 좋은 거라고. 나는 깊이 생각하지 않기로 했다.

*   *   *

촤아아악.

나를 안드레의 구역으로 인도해 준 꼬마, 라앙이 낑낑대며 열심히 물을 길어 나르고 있었다. 물통의 물은 김이 풀풀 나고 있었다. 물의 정체는 바로 내가 쓸 목욕물이었다.

"그 정도면 됐다, 라앙. 수고했어."

"아, 아뇨! 더 할 수 있습니다!!"

라앙은 알아서 기고 있었다. 하긴 자기네 조직 보스가 '이분은 내 스승님이시다'라고 공언했는데 기지 않을 도리가 없지.

라앙은 본인이 이 뒷골목에 인도해 온 내 정체를 모르는 눈치지만, 내가 굳이 사실을 알려줄 이유는 없을 것 같다.

"아니, 이제 목욕할 거니까 나가."

"아, 알겠습니다. 좋은 시간 되십시오!"

당황한 탓인지 라앙은 이상한 인사를 남기고 서둘러 옥상을 나갔다.

여기는 툴루 뒷골목 어느 건물의 옥상이었다.

안드레의 조직은 딴에는 꽤 강성이라 자기 구역을 확실히 가지고 있었고, 따라서 그들의 아지트 건물도 주변에선 가장 높고 좋은 건물일 수밖에 없었다. 그러니 옷 다 벗고 목욕을 하더라도 프라이버시가 침해될 일은 없었다.

"그럼 씻어볼까?"

옷을 벗고 뜨거운 물로 몸을 한 번 헹궈낸 나는 딱 좋게 식은 목욕물에 몸을 밀어 넣었다.

"…풍경이 참 기괴하네."

옛 툴루 토후국의 독특한 건축양식인, 바위를 직접 깎아 만든 반지하 건물 위에 고대 제국 스타일의 콘크리트 건물이 오르고, 그 위에 현시대 주민들이 목재로 층을 쌓아 올린 시티 오브 툴루만의 기묘한 건물들이 눈에 띄었다.

그리고 그 정식 건물들 사이사이로 제국 교체기에 대로를 점거하고 난립한 판잣집들이 어지럽게 들어섰다. 이걸로 끝이 아니라, 그 집들의 담벼락이나 벽을 칸막이 삼아 천으로 주변을 둘러 자기 살 곳을 확보한 하층민들의 주거지가 빈자리를 채웠다.

그야말로 혼돈 그 자체인 모습이다.

"이 정도로 오래된 도시니 지하에 유적도 남아 있겠지."

―그렇습니다.

이런 아무것도 아닌 혼잣말에도 대꾸를 하는 걸 보니 라플라스도 꽤나 심심한 모양이었다. 아마 내가 도시에 관한 거의 대부분의 정보를 다운로드받은 탓에 설명할 일이 줄어든 탓이겠지.

―이미 아시겠지만 이 도시의 지하 던전은 툴루 토후국 시절의 지하 수로로 쓰이던 곳입니다. 그런데 수위가 내려가며 수로는 말라 버렸고, 거기 고대 제국의 반란군이 스며들었죠.

―고대 제국의 대대적인 소탕 작전으로 인해 통로 곳곳이 폐쇄되었고, 반란군도 증축을 거듭해 수로는 미로화되었습니다.

―소탕 작전은 거의 성공할 뻔했습니다만, 그새 고대 제국이 망해 버리고 맙니다. 고대 제국은 툴루에서 손을 뗐었고, 거의 궤멸되었던 반란군 잔당들도 수로에서 나와 양지에 나서

게 됩니다.

—제국 교체기의 혼란 동안 이 미로는 사람들의 관심에서 잊혔다가, 어떠한 계기로 던전이 되어버리고 말았습니다.

그 어떠한 계기가 뭔지는 도시 정보와 관련 없는 내용인지 다운로드받은 정보에도 포함되어 있지 않았다. 아마 그 정보는 유료일 거다. 아니라면 라플라스가 이미 설명했을 테니까.

—…이미 아시는 내용을 말씀드리려니 재미없네요.

아니나 다를까, 뭔가 설명하려고 시도하던 라플라스는 그대로 김이 샌 듯 입을 다물어 버렸다.

"너 되게 심심했나 보구나."

—별로 그렇지는 않습니다.

아무튼 그렇다. 이제껏 라플라스의 설명에 등장한 그 던전, 달리 말해 유적이 내 다음 목적지다. 그리고 그 유적으로 갈 수 있는 통로가 바로 이 근방에 있다. 내가 괜히 안드레의 아지트를 베이스캠프로 삼은 게 아니다.

"일단 푹 쉬고 몸을 좀 푼 뒤에 바로 가봐야지."

나는 뜨뜻한 목욕물에 머리까지 푹 담갔다.

*　　　*　　　*

인생이 계획대로 흘러가는 일은 드물다. 물론 나도 경험해

봐서 알고 있었다.

"흠."

나는 몬토반드의 검을 휘둘렀다. 칼에 묻은 피가 땅바닥에 흩어졌다.

"끄악!"

칼을 꼬나쥐고 내게 달려들다가 손목을 베인 놈이 비명을 내지르며 그 자리에 주저앉았다. 쥐고 있는 칼은 바닥에 떨어져 땡그렁 소릴 냈다.

"쫄지 마, 이 새끼들아! 한꺼번에 달려들어! 그럼 된다고!!"

누가 뒤에서 돼지같이 꽥꽥대는 소릴 냈지만, 그 명령을 듣는 놈은 아무도 없었다. 그야 그렇다. 이미 내 주변에 똑같이 피를 뿌리고 주저앉은 놈이 다섯이다. 먼저 나서면 먼저 당한다. 이러한 법칙을 몸에다 새겨놓았으니, 누구도 쉽게 달려들 수 있을 리 없다.

나는 내 주변, 정확히는 안드레의 아지트를 포위한 면면들을 바라보며 중얼거렸다.

"다 아는 얼굴이구먼."

정확히는 라플라스에게서 다운로드받은 정보에 들어 있는 얼굴들이었다. 이 주변 폭력단과 범죄 조직의 면면들로, 다행히 내가 제압하기 힘든 인물은 하나도 섞여 있지 않았다.

다운로드받은 정보의 퀄리티에 감탄하는 것도 잠시였다. 이 정보에 따르면 이 주변에서 가장 공고한 세력을 구축하고 있는 게 안드레의 조직이라고 했다. 그러니 안드레의 조직을 장악하고 아지트에 들어앉으면 적어도 하루 정도는 편하게 쉴 수 있을 거라고도 말이다.

그런데 내 눈앞에서 펼쳐지고 있는 이 상황은 대체 뭐지? 그냥 목욕 좀 하고 눈을 살짝 붙였을 뿐인데, 아직 해도 안 졌는데 포위를 당하다니?

─도시에 대한 정보는 모두 넘겨 드렸지만, 외부 변수에 의한 변화까지 알려 드릴 순 없었습니다.

라플라스가 변명했다.

'추가 요금이 드니까?'

─제 입으로 그 말씀을 드리고 싶었습니다만.

아니, 변명이 아니라 추심인가?

'외부 변수라.'

나는 곰곰이 생각했다. 생각이 끝나기도 전에 라플라스가 말했다.

─유료입니다.

'나구먼.'

─……

내가 안드레의 대가리를 터뜨려 놓은 게 안 좋은 방향으로 흘렀나 보다. 안드레의 조직은 안드레의 개인기에 의존하는 면이 큰데, 그 안드레가 큰 부상을 당했으니 다른 조직들이 좋은 기회라고 여긴 탓일 가능성이 컸다.

아무리 그래도 평소에 별로 사이가 좋지 않다고 알려진 범죄 조직 세력들이 서로 연합해서 한꺼번에 쳐들어오는 상황을 상정하지는 않았지만.

'안드레가 어그로를 좀 심하게 끌었나 보군.'

—어그로요? 그게 뭐죠?

'덤 하나다.'

—네!

망설이지도 않네. 나는 대충 어그로라는 단어에 대해서 설명했다.

—아, 적의 같은 거로군요.

그렇게 말하면 내가 괜히 문자 쓴 것 같잖니. 뭐, 어그로란 단어가 딱히 문자인 건 아니지만.

아무튼 그냥 두면 내가 쉴 곳까지 다 망가져 버릴 기세였기에, 나도 나서지 않을 수가 없는 상황이 되어버리고 말았다.

나는 긴 한숨을 내쉬며 혼잣말을 흘렸다.

"칼로만 처리하기엔 너무 숫자가 많군."

"그래, 그러니 항복해라!"

내 혼잣말을 들은 적들 중 하나가 크게 외쳤다. 그러나 그놈조차도 내게 달려들지는 못했다. 나한테 덤비는 놈마다 칼침을 맞고 나자빠지는 모습을 그동안 봐왔기 때문일 터였다.

그놈을 향해 칼끝을 까딱까딱 흔들어 덤비라는 제스처를 취해 보였지만 소리 지른 놈은 두 발 물러나 다른 조직원 뒤에 숨었다.

"하는 수 없군."

쉬운 방법 놔두고 어려운 방법을 쓸 이유가 없다.

나는 끼릭이를 꺼내 들었다. 어디서 소문을 들은 건지, 끼릭이를 보자마자 놈들이 흠칫했다.

"쫄지 마, 새끼들아! 저거 맞는다고 안 죽어!!"

부하들의 사기를 끌어 올리려는 의도인지, 털보에 몸 좋은 아저씨가 나서서 외쳤다.

"딱 좋은 표적이군."

나는 조준은커녕 견착조차 하지 않은 채, 끼릭이의 방아쇠를 무심하게 당겼다. 타앙! 일부러 소음기를 빼놓고 한 사격이라, 경쾌한 폭발음이 좁은 골목을 뻥 뚫고 지나갔다.

"으악!"

미간에 정령탄을 맞은 놈이 그 자리에서 피를 뿌리며 쓰러졌다.

"헉! 마, 마법이다!"

"주, 죽었어!?"

안 죽었어. 죽었으면 비명을 질렀겠냐.

그러나 나는 굳이 내 입으로 사실을 말해줄 필요를 느끼지 못했다.

"자, 끼럭아. 부탁한다."

대신 나는 끼럭이로 하여금 소음기를 장착하도록 하고 조정간을 연사에 놓았다. 그리고 그대로 방아쇠를 당겼다.

투두두두두둑. 단추 떨어지는 것 같은 맥 빠진 소리와 함께 K—2가 불을 뿜었다. 물론 불을 뿜는 건 부가적인 효과에 지나지 않는다. 진짜는 정령탄, 수십 발의 정령탄이다.

"끄악!"

"꺼윽!"

"으아악!!"

끼럭이의 사격이 빚어낸 결과물은 결코 맥 빠진 소리와 같을 수 없었다. 나는 그냥 대충 적들을 겨누고 끼럭이의 방아쇠를 당겼을 뿐인데, 안드레의 아지트를 포위한 50여 명쯤 되는 조직 연합의 조직원들 중 절반 정도가 그 자리에 나자빠졌다.

물론 이건 모든 정령탄의 궤적을 내 의도대로 휘어버렸기에 가능한 곡예였다.

"으억! 으어어……."

"이, 이럴 수가……!"

"괴, 괴물!!"

그리고 정령탄에 맞지 않은 적들도 나자빠졌다. 믿을 게 압도적인 수적 우위밖에 없었는데, 그것마저 꺾이니 전의를 잃은 것이리라.

사실은 아직도 저들이 아군… 이 아니라 안드레의 조직원들보다 많았지만 이것도 내 연사 앞에서 금방 뒤집히리라고 생각하면 더 싸워볼 의욕이 나지 않을 만도 했다.

"와……!"

"미쳤다!"

"우리가 저런 분을 상대로……. 헉."

반대로 안드레의 조직원들은 감탄성을 냈다. 물론 마지막 발언을 한 놈은 내 눈총을 받고 그 자리에 찌그러졌지만, 이거야 뭐 사소한 해프닝일 뿐이다.

나는 연기를 피워내고 있는 K—2를 한 바퀴 휘릭 돌리는 퍼포먼스를 보여준 후에, 이번엔 제대로 견착하곤 혼잣말처럼 중얼거렸다.

"이거 꼭 살려줘야 하나? 그냥 다 죽이는 게 낫지 않을까?"

사실 혼잣말치고 크게 말하긴 했지. 들으라고 한 말이거든.

"히, 히익!"

"살려, 살려주십시오!"

아니나 다를까, 내 혼잣말을 듣고 기겁한 적 잔당들이 그 자리에서 무기를 떨어뜨리고 양손을 올렸다.

항복하는 모습은 어느 세계를 가든 다르지 않다는 사실에 나는 새삼 감탄했다.

…진짜 새삼스럽긴 하네.

─죽음을 극복하셨습니다. 경조사비 계좌에 축의금으로 20루

블이 송금되었습니다.

라플라스의 나지막한 목소리가 이걸로 상황이 종료되었음을 알렸다. 이렇게 많은 놈들을 동시에 제압했는데 축의금이 고작 20루블이라니, 대현자도 참 짠돌이다.

'그렇게 생각 안 해?'

—…….

예상했던 대로 라플라스로부터 대답은 돌아오지 않았다. 크큭, 하고 웃음을 흘린 나는 견착하고 있던 끼릭이를 어깨에서 떼고 안드레에게 말했다.

"안드레, 뒷정리는 네게 맡기겠다."

"알겠습니다, 스승님."

든든하기도 하지. 방금 전까지 얼빠진 얼굴로 적들이 쓰러지는 모습을 보고 있었던 주제에, 어느새 무게감 있는 모습을 보여주고 있었다.

하긴 지금쯤 안드레도 직감적으로 깨달았을 것이다. 이 시간부로 요 주변 구역이 모조리 자신의 구역이 되었음을.

이제까지보다 두 배쯤은 내게 깍듯한 모습을 보니, 누가 보면 내 밑에서 10년쯤은 배운 줄 알겠다. 당연하지만 사실 난 이 녀석에게 아직 뭐 하나 가르쳐 주지도 않았는데도 말이다.

아무튼 이렇게 대대적으로 쳐들어오는 모습을 보니 여기도 오래 머물긴 글렀다. 이걸로 습격이 끝이리라고 믿기는 어려웠다.

이놈들은 항복했어도, 다른 놈들이 또 쳐들어오겠지.

따라서 나는 결심했다.

더 쉴 생각 말고 오늘 밤부터 바로 유적에 들어갈 준비에 들어가야 쓰겠다, 고 말이다.

제6장
—
정의로운 도둑

　남자, 제국의 감찰 대대 '이름 없는 대대'를 이끄는 감찰 대대장 프란치노는 레너드 몬토반드가 시티 오브 툴루에 나타났다는 소식을 뒤늦게 접했다.

　프란치노가 레너드에게 현상금을 건 당사자임에도 불구하고 늦게 소식을 전해 듣게 된 이유는 아이러니하게도 그가 건 고액의 현상금 탓이 컸다. 현상금을 독식하려고 정보 조직끼리 서로 정보 공유를 꺼렸기에 빚어진 해프닝이었으니 말이다.

　그 탓에 각자 정보 통제를 하느라 상부라 할 수 있는 프란치노에게의 보고도 늦어지고 말았다.

이유는 그것 하나뿐만이 아니었다. 변경의 정보통들 사이에서 레너드 몬토반드라는 남자는 이미 죽었다고 알려졌다. 그 탓에 레너드 몬토반드의 출현 정보가 허위로 받아들여지는 경우가 있었다.

그러나 정작 프란치노 본인은 그 모순된 정보에도 크게 당황하지 않았다.

"역시, 예언자님의 말씀대로군."

예언자는 처음에 레너드 몬토반드를 처리하라고 명령을 내렸지만, 프란치노가 레너드의 죽음을 보고하자 그럴 줄 알았다며 대상은 레너드 몬토반드를 사칭하고 있다고 말해주었다.

프란치노가 조금이라도 이성적이고 객관적인 판단이 가능했다면 예언자가 도중에 말을 바꿨음을 알아차렸겠지만, 예언자에게는 다행이게도 그는 예언자의 말이라면 덮어놓고 믿는 타입의 인간이었다.

"그 자칭 레너드 몬토반드를 처치하고 목을 가져와라."

이미 각 조직에 현상금을 걸어두었음에도 불구하고, 프란치노는 일을 확실히 처리하기 위해서 직속 부하를 시티 오브 툴루로 파견했다.

마음 같아선 본인이 직접 가고 싶었지만, 프란치노에게는 더 중요한 임무가 있었다.

이 소식을 예언자에게 보고하는 일이 바로 그것이었다.

"기다려 주십시오, 예언자님. 지금 당신의 프란치노가 갑니다!"

예언자의 아름다운 얼굴을 곁눈으로나마 지켜볼 수 있는 이 임무만큼은 다른 누구에게도 맡길 수 없었다.

*   *   *

틀루의 지하 수로 유적으로 가는 방법은 쉽지도 간단하지도 않았다. 그야 그렇다. 그게 쉬웠다면 옛날 옛적에 이미 다 털리고 텅 빈 통로만이 남아 있었을 테니.

"먼저 열쇠부터 구해야지."

괜히 시티 오브 틀루에 오자마자 숙소부터 구한 게 아니다.

물론 뜨거운 물로 목욕을 하고 푹신한 침대에서 충분한 수면을 취하고 싶은 마음도 있었지만, 그건 두 번째 이유에 불과했다.

첫 번째 이유는 틀루의 유적에 입장하는 것만으로도 적어도 이틀 이상의 시간을 소요하기 때문이었다.

"라플라스, 지금 몇 시야?"

—새벽 1시 28분입니다. 앞으로 2분 남았습니다.

라플라스에게 지금 시각을 물어본 건 열쇠를 얻기 위해서는 특정 일시에 이곳, 시티 오브 틀루의 구 시청 터를 방문할 필요가 있기 때문이었다. 그 특정 일시란 건 오늘 오전 1시 30분. …지금이다.

하늘은 맑고, 달빛은 밝았다. 만약 구름이라도 끼었다간 달이 다시 보름달이 될 때까지 며칠을 더 낭비해야 했을 테니 다행이 아닐 수 없었다.

그 달빛이 구시가지의 건물들 틈을 타고 새어 나와 구 시청 건물 뒷담의 벽돌 하나만을 비췄다.

"이 벽돌이로군."

―그렇습니다.

내가 손에 힘을 주어 벽돌을 누르자, 벽돌이 뒤로 밀렸다. 이 벽돌은 달빛을 받을 때만 움직인다. 이유나 원리 같은 건 나도 모른다. 루블을 내면 알 수 있을지도 모르지만 이런 사소한 수수께끼를 풀기 위해 목숨 걸고 번 루블을 써버릴 순 없지.

아무튼 그 벽돌을 밀어낸 나는 뒷담의 틈새에 있는 열쇠를 손에 쥐었다.

"이게 그 열쇠로군."

―겉보기엔 열쇠처럼 보이지 않습니다만, 틀림없습니다.

라플라스의 말대로 열쇠는 전형적인 열쇠 모양을 취하고 있지 않았다. 손에 알맞게 쥐어지는 납작한 돌멩이. 이게 유적의 입구를 열기 위한 열쇠라니. 적들을 기만하기에 딱 좋은 적절한 외형이다.

"이걸로 일단… 오늘 일정은 끝이로군."

이 열쇠로 유적 입구를 열려면 또 몇 시간을 기다려야 한다. 아주 그냥 귀찮아 죽겠다. 대체 뭘 숨겨놨기에 이렇게 복잡한 과정을 거쳐야 되는 건지. 이 도시의 정보를 통째로 다운로드받은 나도 그건 모른다. 왜냐면 유적 내부에 대한 정보는 또 따로 사야 하거든.

─그럼 여기까지 오신 김에 구 시청이나 관광하시는 게 어떠신가요?

"이 밤중에?"

라플라스의 말에 나는 피식 웃으며 되물었지만, 그렇다고 이 녀석의 의도를 읽지 못한 것은 아니다.

─정의로운 도둑이라는 단어에 모순이 있다고 생각하십니까?

"보통은 그렇지."

하지만 내가 하면 로맨스다.

*　　　*　　　*

시티 오브 툴루의 구 시청은 고대 제국 시대에 세워진 건물로, 구시가지의 중심지에 위치해 있다. 물론 시청 앞 광장이었을 곳은 무허가 건물들이 난립해 이제는 더 이상 로터리의 역할도 못 하게 되어버렸지만.

고대 제국의 옛 영화를 상징하듯 상당히 화려한 건축양식을 자랑했을 터이나, 제국 교체기에 심하게 파손된 후 시청에 눌러앉은 난민들에 의해 조잡하게 보수되어 어떻게 손대기도 힘든 흉물이 되어버렸다.

고대 제국의 문화에 심취한 라틀란트 제국마저도 이건 답도 없다 싶었는지 결국 이 건물은 버리고 시티 오브 툴루 신시가지에 현 시청을 새로 세웠다.

그렇게 버려진 구 시청을 차지한 세력이 바로 시티 오브 툴루 암흑가의 최대 세력인 툴루멘즈다. 이놈들은 협박과 갈취, 매춘, 납치, 인신매매에 마약 거래까지 손 안 대는 범죄가 없다. 그중에서도 가장 큰 수입원은 고대 제국의 미술품 복제와 위조, 그리고 위조품 거래다.

이놈들은 고대 제국의 것이라면 사족을 못 쓰는 라틀란트 귀족들을 대상으로 대범하게 가짜 미술품을 팔아치웠다.

귀족을 대상으로 사기를 쳤음에도 이들이 잡히지 않은 건, 피해자들이 본인의 피해 사실이 밝혀지는 것을 두려워 숨겼기 때문이다. 미술품 보는 눈도 없어 가짜나 사고 사기나 당하는 문외한으로 낙인찍히면 체면이 말이 아니라나.

그러한 귀족 고객들의 성향 덕에 이놈들은 한동안 이 사업으로 꽤 크게 벌어먹을 수 있었다.

그러나 이것도 오래가지 않았다. 이들의 대범한 사업은 5년 후에 파탄이 난다. 점점 더 대범하게 범죄를 저지르던 이들은 사소한 실수로 꼬리가 잡히고 마니까.

이 탓에 툴루멘즈는 라틀란트 제국에 의해 대대적으로 소탕당한 끝에 후신은커녕 생존자 하나 못 남기고 깔끔하게 소멸하고 만다.

"그리고 그때 이놈들의 본거지인 툴루 구 시청에 엄청난 양의 진품 미술품들과 유물들이 쌓여 있다는 게 밝혀졌다, 이거지?"

─그렇습니다. 그런데…….

괜히 범죄자 놈들이 아닌지라 다른 놈들에게 빼앗기느니 불 질러 없애 버리고 말겠다는 근성으로 그 미술품과 유물에 특별한 장치를 해뒀고, 그걸 몰랐던 행정관들이 어설프게 장치를 건드리는 바람에 유물들은 물론 구 시청 건물 통째로 홀랑 태워 먹었다는 결말에 이르게 된다.

"이번에는 그런 슬픈 결말에 도달하게 놔둬선 안 되지."

미술품이야 어떻게 되든 상관없지만, 유물은 이야기가 다르다. 트레저 헌터가 유물을 보고 그냥 지나갈쏘냐. 적어도 내 각성창에 넣었다 빼보기라도 해야지.

어차피 그냥 놔두면 누구의 것도 되지 못하는 결말에 이른다면, 내가 그걸 좀 챙긴다고 천벌을 받지는 않을 것이다.

"문제는 툴루멘즈의 전력이 결코 무시할 만한 수준이 아니라는 건데……."

안드레의 실력이 정식 기사 수준의 1검급 실력자라고 치면 툴루멘즈에는 비슷한 수준의 실력자가 최소한 10명, 그리고 이들보다 한 수준 더 높은 2검급 실력자가 셋은 더 있다.

괜히 귀족들 상대로 간 크게 사기 행각을 벌이는 게 아니고, 도시에서 가장 크고 강한 범죄 조직을 유지하는 게 아니다.

그럼에도 불구하고 내가 툴루멘즈의 본거지에 난입하겠다고 마음먹은 데에는 나름 믿는 구석이 있기 때문이다.

—상대하지 않으면 그만이죠.

라플라스의 말이 맞다.

싸워서 질 가능성이 높다? 그렇다면 애초에 그냥 안 싸우고 넘어가면 된다.

그러기 위해서 필요한 준비물이 있다.

일단 루블.

"마침 어제 저녁에 300루블이 모였지."

—현재 새 주인님의 잔고에는 328루블이 남아 있습니다.

라플라스가 내 오류를 정정해 주었다.

"아, 그거나 저거나……. 아니지. 28루블은 소중하지."

시티 오브 툴루에 들어오기 직전의 잔고가 268루블이었는데, 불과 한나절 새에 60루블이 모였다. 즉, 나는 이 도시에 오자마자 목숨의 위협이 될 만한 일을 세 번이나 겪었다는 소리다. 대체 어떻게 되어먹은 도시냐.

물론 그 덕에 나는 새로운 힘을 얻을 수 있을 정도의 루블을 마련할 수 있게 되었다.

"좋아, 라플라스. 나는 흑법을 익히겠다."

[흑법]이라는 단어에서 느껴지는 느낌은 사악함, 죽음, 악마, 뭐 이런 것들이다.

적어도 내가 제대로 설명을 듣기 전에 품고 있던 이미지는 그랬다.

하지만 실상은 전혀 달랐다.

흑법은 지금부터 내가 할 일에 반드시 필요한 힘이었다.

―300루블입니다.

오랜만에 할인 혜택 하나 없이 돈 다 내려니 위장이 뒤틀리는 것 같지만 어쩔 수 없다.

성법 배울 때처럼 미리 흑법에 관련된 정령이라도 소환하면 더 싸지는 모양이지만, 아직 끼럭이와 반짝이가 다 크지도 않았는데 괜히 식구 늘려서 셋 다 성장이 지지부진해지는 것보다는 루블 쓰는 게 낫다.

게다가 지난번에 나는 3령급 정령력만 샀지, 3령급 정령사가 된 건 아니다. 세 번째 정령을 소환하려면 어차피 추가 비용을 지불해야 된다. 이것저것 따지고 보면 루블도 별로 아껴지는 것도 아니다.

"지불한다."

따라서 나는 이를 악물고 지불 승인을 내렸다.

―다운로드를 시작합니다.

이제는 익숙해질 법도 하지만, 여전히 익숙해지지 않는 다운로드의 두통에 진저리치면서도 나는 눈을 반짝였다.

이로써 나는 흑법을 얻었다.

"음, 그렇군. 이게 흑법인가."

다운로드받은 정보를 되새김질해 보니, 이번 쇼핑은 별로 손해 본 것 같지가 않다. 이 능력은 내게 보다 큰 이득을 가져다줄 게 분명했다.

"그림자 숨기."

내친김에, 나는 막 얻은 따끈따끈한 흑법을 사용해 보았다. 흑법을 발동시키기 위해 굳이 입으로 말할 필요는 없지만, 나는 그냥 그러고 싶어서 말했다.

흑법을 발동하자 기묘한 힘이 내 몸을 감쌌다. 팔다리를 내려다보니, 내 몸이 일렁이면서 안개처럼 보였다. 내게는 이렇게 보이지만, 다른 사람에게는 아예 보이지 않을 것이다.

1야급 흑법 그림자 숨기는 그중에서도 기초 중의 기초인 은신술에 속한다. 이 기초적인 흑법은 주변의 시선으로부터 나 자신의 모습을 감출 수 있다.

물론 기초 중의 기초인 이상 단점이 없는 것은 아니다. 기본적으로 낮에는 쓸 수 없고, 움직이는 동안에는 그림자가 일렁이는 것처럼 보여 은신을 들킬 확률이 생긴다. 접촉당하거나 공격당하면 은신이 벗겨지고, 게다가 이미 들킨 상태에서는 흑법을 써도 별 효과가 없다.

하지만 반대로 해석하면 밤에는 별걱정 없이 몸을 숨길 수 있고, 움직이거나 접촉, 공격만 안 당하면 은신이 들킬 일은 없다. 기초적인 능력치고는 꽤 신뢰할 만한 힘인 셈이다.

그렇다. 흑법은 내가 품고 있던 이미지와 달리 기본적으로 은신, 잠입, 그리고 암살에 용이한 힘이었다. 뭐, 암살이 착한 일은 아니니 굳이 따지자면 나쁜 쪽의 힘인 건 맞지만 내 상상과는 거리가 먼 것도 맞았다.

─1야급 흑법사가 되신 걸 축하드립니다.

내가 성공적으로 1야급 흑법을 발동시킨 걸 보고, 라플라스가 축하 인사를 건넸다.

이렇게 말하면 뭐라도 된 것 같지만, 사실 1야급은 단독 암살행에 나설 수 없는 수준으로 이 힘으로는 기껏해야 잠입 임무를 수행할 수 있을 따름이다. 본격적으로 암살행에 나서려면 2야급을 넘어 3야급은 되어야 한다.

물론 지금 당장은 1야급으로 족하다. 누굴 죽이려는 것도 아니고, 그냥 정의로운 도둑이 되어 범죄자 본거지 털러 가는 거니까.

"사실 나는 흑법이 시체를 일으키거나 악마 같은 걸 소환하는 힘 아닐까 예상했었어."

나는 라플라스에게 내 옛 오해를 뒤늦게 털어놓았다.

─엄청난 오해를 하셨군요.

"오해하는 것도 어쩔 수 없지. 이름부터가 흑법인 데다, 네가 설명해 줄 때 성법이랑 상극이라고 설명해 줬잖아?"

신성의 반대가 사악인 건 상식 아닌가? 그래서 나도 상식적으로 유추했을 뿐이다.

─네, 물론 그렇게 설명했습니다. 그게 사실이니까요.

라플라스는 뻔뻔한 말투로 긍정했다.

"그런데 왜 상극인 거야?"

─성법을 쓰면 빛이 나니까요.

"…아, 그런 이유였어?"

─중요한 이유죠.

라플라스의 말대로 어떤 성법을 쓰든 뭔가 빛이 반짝거리는 데다, 사실 성법을 안 쓰고 있어도 성법사의 머리 뒤에는 거의 항상 후광이 반짝이고 있다.

물론 후광을 의식적으로 끌 수는 있지만 그러려면 신경을 좀 써야 했다. 게다가 뭔가 머리에 안 맞는 모자를 뒤집어쓰고 있는 것 같은 불편함이 느껴지기도 하고.

여하튼 성법의 빛이 이렇게 반짝이고 번쩍이고 있으면 확실히 은신이고 뭐고 다 의미가 없을 거 같긴 하다.

─실제로 성법을 쓰고 있는 동안에는 흑법을 사용하지 못합니다. 흑법을 쓰고 있는 동안 성법을 쓰면 흑법 쪽이 자동적으로 취소되어 버리기까지 하죠.

굳이 상하 관계를 따지자면 성법이 우위에 놓이는 셈이지만, 둘 다 익힌 내 입장에서는 좀 더 까다로운 선택이 필요해져서 별로 안 좋다.

—그렇다고 미리 걸어둔 축복까지 취소되는 건 아니니, 흑법을 사용하기 전에 축복을 써두시는 것을 추천드립니다.

"아, 그래? 귀찮군."

—이 문제를 해결할 방법이 없는 건 아닙니다만.

"유료겠지?"

—당연히 그렇습니다.

"당연하긴 뭐가 당연해."

—대현자께서 말씀하시길…….

"어쨌든 이걸로 툴루멘즈 놈들을 털어먹을 수 있게 되었군."

나는 재빨리 입을 열어 라플라스의 말을 끊어먹었다.

아무튼 좋다. 새로 얻은 힘의 단점보다 장점에 시선을 돌려보도록 하자. 암살을 못 하는 게 무슨 문제겠는가? 지금부터 하려는 일에만 부합하면 될 일이다.

"빈집 털이에 뭐 성법까지 같이 쓸 일이 있겠어?"

그런데 라플라스는 내 표현에 불만이 생긴 모양이다.

—그렇게 말씀하시면 마치 새 주인님이 나쁜 일을 하는 것 같지 않습니까?

"아냐?"

—아니죠.

라플라스의 대답은 단호하기 짝이 없었다.

—새 주인님께서는 불타 없어질 운명에 놓인 불쌍한 미술

품과 유물들을 '구출'하러 가시는 겁니다.

"그거 대현자가 말해줬니?"

―네.

"과연 대현자로군."

나는 대현자의 고견에 깊은 감명을 받아 고개를 끄덕였다.

"좋아, 그럼 구출하러 가보자."

정의롭게 말이다.

＊　　　　＊　　　　＊

라플라스와의 이런저런 잡담으로 적당히 긴장을 푼 나는 심호흡을 한 번 한 후 곧장 행동을 개시하기로 했다.

'좋아, 간다!'

지금은 사용되지 않는 구 시청이라지만 관공서로 지어진 건물답게 담장이 꽤 높았고 담장 위에는 철창살까지 설치되어 있었다.

하지만 나는 별 어려움 없이 단번에 뛰어넘었다. [민첩한 하루] 축복으로 신체 능력을 증폭시켜 둔 덕택이었다.

흑법 사용 중에 성법을 사용하지는 못하지만, 그나마 이미 걸어둔 축복의 효과는 받을 수 있어서 다행이었다. 아니었다면 꽤 힘들었겠지. 물론 내력과 외력을 잘 활용하면 어떻게 됐을 수도 있었겠지만, 아마 지금처럼 조용히 넘긴 힘들었을 거다.

문제는 담장을 넘은 뒤에 일어났다. 착, 하고 멋지게 착지한 건 좋은데, 그 순간 동초를 돌던 보초와 눈이 딱 마주쳐 버린 거였다.

보초는 보통 그렇듯이 2인조로 구성되어 있었다. 왜 법을 어기는 게 일상인 범죄 조직 놈들이 이런 기본을 지키고 사는지 모르겠다.

아무튼 들킨 건 들킨 거다. 그렇다고 지금 해야 할 건 후회나 자포자기가 아니다. 다음 행동을 결정하는 것이다. 처치하려면 둘을 동시에, 그리고 단숨에 처치해야 했다. 둘 중 한 놈이라도 건물 안에 신호를 보내게 돼선 안 된다.

나는 놈들에게 달려들기 위해 디딤 발에 힘을 주었다.

그러나 다음 순간, 내 움직임이 멈췄다.

눈이 마주친 보초의 눈동자가 이리저리 움직이고 있었다. 마치 내 모습을 찾는 것처럼. 나는 여기 뻔히 보이는 곳에 있음에도 불구하고 말이다.

"야, 뭐야? 어딜 보고 있는 거야?"

옆의 보초 동료가 발을 멈춘 보초에게 말을 거는 걸 듣고서야 나는 뒤늦게 떠올렸다.

'아, 맞다. 그림자 숨기 걸어놨었지.'

나는 그림자 숨기의 효과를 얻은 채 담의 그림자 아래 있다. 그러니 평범한 보초의 눈에 내가 보일 리 없다.

만약 보초가 비범한 능력이나 특별한 힘을 갖고 있다면 들켰을 수도 있겠지만, 다행히 이번엔 그런 케이스가 아니었다.

어째 위기 감지가 발동 안 하더라. 위기 상황이 아니니까 발동을 안 했던 거겠지.

"…이상하다. 무슨 소릴 들은 것 같았는데."

그 혼잣말을 듣고서야 나는 내가 조금 더 주의해야 한다는 사실을 깨달았다.

그림자 숨기는 모습은 숨겨도 소리까지 완전히 지워주지는 못한다. 따라서 보초는 내가 착지했을 때 난 소리를 들은 거겠지. 어쩌면 착지할 때의 궤적을 목격한 걸지도 몰랐다.

어쨌든 중요한 건 보초가 날 완전히 인식한 건 아니라는 뜻이다.

즉, 은신은 완전히 벗겨지지 않았다.

나는 움직임을 완전히 멈췄다. 숨까지 멈췄다.

내가 움직이지만 않으면 들킬 일은 없다. 그렇게 믿고서.

"무슨 소리? 무슨 소리 났냐?"

보초의 동료가 말했다. 그 덕에 내가 있던 방향을 주시하던 보초의 시선이 비로소 다른 곳으로 돌아갔다.

"넌 못 들었어? 아, 그럼 내가 헛걸 들었나 보네."

"야, 야. 괜찮냐? 피곤하면 신전 가서 축복이라도 받아봐."

나는 보초 동료의 말에 숨 참던 것도 잊고 하마터면 뿜어버릴 뻔했다. 범죄 조직원이 신전에서 축복이라니?

하기야 저런 놈들일수록 이상하게 종교에 독실하단 소린

들어본 적이 있긴 하지만 직접 들으니 위화감이 장난 아니었다. 그런데 이어지는 소리는 더 장난 아니었다.

"우리 조직원한테는 신전에서 축복값 반값으로 할인해 주는 거 알지?"

"알지, 알지. 우리 조직이 복지 하나는 끝내준다니까. 그래, 축복이나 받으러 가봐야겠다."

둘은 그런 잡담을 나누면서 저쪽으로 가버렸다.

휴, 괜히 긴장했네. 내가 안도의 한숨을 내쉬고 있으려니, 느닷없이 라플라스가 한마디 했다.

─죽음을 극복하셨습니다. 경조사비 계좌에 축의금으로 20루블이 송금되었습니다.

카를은 여기서 들켜서 목숨을 잃은 적이 있나 보다. 뭐, 한두 번 있는 일도 아닌데 굳이 언급할 것도 없다. 대신 나는 다른 질문을 던졌다.

'신전 놈들이 왜 범죄 조직 놈들한테 축복을 반값에 해줘?'

─툴루멘즈 보스가 신전에 헌금 하나는 잘 내기로 정평이 나 있죠.

뭐, 신전도 서비스업이니 돈 내는 놈들한테 약할 수도 있지. 나는 깊게 생각하지 않기로 했다.

'아무튼 흑법 덕에 살았군.'

─다행입니다.

골치 아파질 수도 있는 트러블을 회피했으니, 다행이라 치자.

나는 잠시 긴장으로 인해 굳은 근육을 가벼운 스트레칭으로 풀어주는 여유를 가졌다. 물론 소리 나지 않게 주의하는 걸 잊지 않은 상태다.

아무리 그림자 숨기를 쓴 상태라지만 달빛 아래 노출되어 좋을 일이 없다. 나는 담장 아래의 그림자에서 빠져나와 빠른 속도로 구 시청의 본관 건물로 접근했다.

건물의 그림자 아래로 들어왔으니 다시 내 모습은 보이지 않게 되었을 테지만, 아무리 그래도 침입자인 데다 도둑인데 정문으로 당당히 들어갈 수야 없다. 나는 건물 뒷문 쪽으로 돌았다.

툴루멘즈 놈들도 바보가 아닌 다음에야 뒷문을 열어놨을 리 없고, 나도 잠겨 있다는 사실을 이미 다운로드받아 알고 있었다.

그래도 쓸 수 있는 수는 있다.

나는 단단히 잠긴 건물 뒷문에다 대고 트레저 헌터 능력인 잠금 해제를 사용했다. 그러자 철컥하는 소리와 함께 뒷문은 간단히 열렸다.

문이 열릴 때 난 소음이 신경 쓰여서 10초 정도 모습을 숨긴 채 대기하던 나는 건물 안에서도 밖에서도 아무런 반응이 없는 걸 확인하고 열린 뒷문을 통해 건물 안으로 침입했다.

'자, 그럼 여기서부터는…… 내 힘으로 헤쳐 나가야지?'

건물 내부의 정보는 도시 정보에 포함되어 있지 않았기 때문에, 여기서부터는 자력으로 헤쳐 나가야 했다.

—따로 공략을 구입하실 수도 있고요.

'돈이 없잖아.'

지금 남은 경조사비는 48루블에 불과하다.

—48루블어치만 구입하실 수도…….

'됐어.'

불완전한 공략은 듣느니만 못하다.

공략에 대한 망설임을 지운 나는 문을 소리 없이 다시 닫고 어둠 속을 바라보았다.

평소에 쓰지 않는 통로라 그런지 조명이라곤 하나도 없었고, 문을 닫으니 달빛조차 들어오지 않아 너무 어두워서 아무것도 보이지 않는다.

'[어둠 꿰뚫어 보기].'

이름 그대로 어둠 속을 훤히 볼 수 있게 해주는 흑법이다. 색까지는 구별하지 못하지만 사물의 윤곽 정도는 구분할 수 있다.

내 흑법 실력은 아직 1야급에 불과한지라 동시에 하나의 흑법밖에 유지하지 못한다. 따라서 새로운 흑법인 어둠 꿰뚫어 보기를 활성화하자마자 그림자 숨기의 효과가 사라졌다.

이상하게 갑자기 벌거벗겨진 기분이다. 방금 전엔 존재조차 잊고 있었는데, 한번 효험을 보자마자 이러다니. 사람 마음이 참 교활하다.

하긴 이 짙은 어둠 속에서 누가 날 찾아내겠냐만. 내가 소리만 안 내면 된다.

나는 발소리를 죽이고 통로를 나아갔다. 어두운 통로에는 이것저것 잡동사니가 마구잡이로 쌓여 있었기 때문에 꽤 신경 써서 발을 옮겨야 했다.

"……!"

두 번째 코너를 돌 때쯤 해서, 갑자기 함정 감지와 위기 감지가 동시에 반응했다.

발목 부근에 철사 하나, 목 부근에 철사 하나. 건드리면 창살이나 화살 같은 게 튀어나오거나 하겠지. 기초적이지만 조명 하나 없고 영 경비가 부실해 보이는 통로에선 꽤 효과적으로 허를 찌를 수 있을 법한 함정이었다.

나는 적당히 철사를 넘어 통과했다. 해체할 수도 있지만 그러지 않았다. 굳이 시간 낭비할 이유가 없지.

─죽음을 극복하셨습니다. 경조사비 계좌에 축의금으로 20루블이 송금되었습니다.

'오.'

내 생각과 달리 알람이 아니라 건드리면 어떤 식으로든 죽을 수도 있는 함정이었나 보다.

'이거 오랜만에 유적 도는 기분인데.'

─오랜만은 아니죠.

'아니, 요즘 돌았던 유적이 다 싸우는 유적이었잖아. 이런

식으로 함정을 뚫고 가는 건 꽤 오랜만 아냐?'

라플라스의 반론에 적당히 대꾸하면서도 나는 혹시나 싶어 각성창을 열어보았다. 그리고 나는 희열에 찬 미소를 지을 수 있게 되었다.

'빙고.'

[탐사 일지]가 내 손 위에 뿅 하고 나타났다.

—네?! 어, 여기 던전 아닌데요?

'던전은 아니지만 고대 제국 시대의 구 시청이라면 유적 맞지.'

라플라스는 어느새 유적을 던전과 동의어로 여기고 있었나 보다. 사실 나도 그랬으니 큰소리칠 입장은 아니지만. 어쨌든 오랜만에 라플라스의 놀라는 목소리를 들으니 이상하게 기분 좋다. 나도 모르는 새 이상한 취향에 눈을 뜬 건 아니겠지?

'여기가 유적이라는 게 밝혀진 이상, 철저하게 털어야겠어.'

—어차피 그러실 생각이시지 않으셨나요?

물론 그건 그랬다. 그건 그랬는데…….

에이, 아무렴 어때.

'가자!'

루블도 벌고 탐사 점수도 벌어야지!

＊　　　　＊　　　　＊

나는 행동의 방향성을 바꾸기로 했다.

원래는 구 시청 어딘가 있을 창고를 찾아서 유물을 회수하고 바로 빠져나가려고 했지만, [탐사 일지]가 생성된 이상 최대한 탐사를 진행해야 했다. 그래야 탐사 점수가 잘 나올 테니까.

아무리 그래도 상대하기 껄끄러운 적들이 있으니 건물 곳곳을 다 뒤적거리고 다닐 수는 없다. 무리는 하지 말고 적당히 할 수 있는 만큼만. 가능한 한 강적은 피하는 방향으로.

'그럼 일단 한 바퀴 쭉 돌아볼까?'

언제든 흑법을 그림자 숨기로 바꿀 수 있게 염두에 둔 채로, 나는 심기일전하고 구 시청 건물 내부의 탐색에 돌입했다.

그런데……

'나 심기일전한 지 5분도 안 지났는데.'

[트레저 헌터의 직감]이 비밀에 반응했다. 무슨 비밀일까? 나는 반응이 나타난 곳 주변을 살피기 시작했다. 비밀에 가까워질수록 직감이 강하게 반응했기에 별로 오래 걸리지도 않았다.

'이거로군.'

─이건 사기예요.

라플라스가 뭐라고 불평했지만, 나는 무시한 채 잡동사니 속에서 찾아낸 스위치를 눌렀다. 그러자 왼쪽 벽에서 찰칵하는 소리가 들렸다. 자동문은 아닌지 저절로 열리지는 않았지만, 벽을 밀면 열릴 것도 같다.

'내 참, 이래서야 안 들어가 볼 수가 없는데?'

트레저 헌터가 비밀 문을 그냥 지나칠 리 없지. 차라리 참새가 방앗간을 그냥 지나치는 게 쉽겠다. 따라서 나는 비밀 문으로 보이는 벽으로 접근했다.

그런데 이번에는 함정 감지가 발동했다.

'오.'

그냥 들어가면 함정이 작동하는 모양이었다.

'위기 감지가 조용한 걸 보니 알람 계열인 것 같군.'

―진짜 사기예요…….

라플라스의 불평 소리가 잦아들었다.

이걸 끄려면 어떻게 해야 하지? 아마 다른 곳에서 열쇠 같은 걸 가져오거나 해야 할 것 같았지만, 나는 더 간단하고 알기 쉬운 방법을 쓰기로 했다.

[함정 해체]가 바로 그거였다.

'아, 이런 식으로 발동하는 거였군.'

함정을 해체해야겠다고 마음을 먹은 순간, 이걸 어떻게 해체해야 하는지에 대해 바로 알 수 있게 되었다. 신기한 감각이다. 각성창에서 지구산 공구 상자를 꺼내 송곳과 니퍼로 선몇 개를 끊자, 제대로 함정 해체가 됐는지 함정 감지가 꺼졌다.

―이렇게 쉽게…….

라플라스가 감탄과 한탄을 반반씩 담은 한숨을 내쉬었다.

―적어도 이 문을 여는 법에 대한 건 제게 물어보실 줄 알았는데요.

'어, 그래. 어떻게 여는 거야?'

―이미 여셨으니 유료가 아니죠. 사실은 이 건물 어딘가 있는 스위치를 작동시켜야 열 수 있는 문이었습니다.

함정 해체를 하지 않았더라면 꽤 돌아서 와야 했을 거라는 이야기로군. 뭐, 아무튼 잘됐다.

이제 아무 장치도 걸리지 않은 비밀 문을 밀어 열었다. 그러자 문은 소리 없이 밀려 올라가고, 그 너머에는 지하로 내려가는 계단이 보였다. 물론 빛이라곤 조금도 없으니 내게는 윤곽만 보일 뿐이지만 저게 계단이라는 걸 파악하기엔 아무런 어려움이 없었다.

―죽음을 극복하셨습니다.

좀 뒤늦은 느낌이긴 했지만 라플라스의 알림이 20루블의 입금을 알려왔다.

나는 계단을 통해 조심스레 발걸음을 옮겼다.

계단이 별로 길게 이어진 것도 아닌데, 계단을 내려가는 동안 위기 감지가 세 번 발동했다. 잘못 밟으면 아래로 추락하게 되는 계단, 아무 생각 없이 지나가면 목을 잘릴 법한 얇고 튼튼하고 날카로운 와이어, 마지막으로 고전적인 화살 함정까지.

물론 이 정도 함정이 지금 와서 내 목숨을 위협할 수는 없다. 나는 큰 어려움 없이 모든 함정을 극복했고 따라서 60루블을 벌었다.

'카를은 죽었었군.'

—그럴 수도 있죠.

'하긴.'

대현자라면 함정의 존재를 간파했음에도 후일을 위해 일부러 죽어둔다는 별종 짓을 해뒀어도 이상하지 않다. 아니, 대현자가 아니라 카를이라면 그냥 죽었을 수도 있나. 헷갈리는데.

'어느 쪽이야?'

—…지금 새 주인님의 잔고는 148루블입니다.

라플라스가 말 돌리는 걸 보니 후자였나 보다.

*　　　*　　　*

이 정도로 철저한 보안장치를 해둔 걸 보면, 분명 이 계단 끝에는 대단한 보상이 있을 것이다. 나는 그렇게 예상했다. 그리고 사실 그 예상은 아주 틀린 건 아니었다.

그런데 유감스럽게도 아주 틀린 건 아니라는 말은 좀 틀리긴 했다는 의미도 된다.

'이게 뭐야?'

계단은 지하실로 연결되어 있었다. 지하실은 철창문으로

닫혀 있었는데, 철창 너머로 그 안의 모습이 보였다. 그리고 그 철창 안에는 또 다른 철창이 있었다. 마치 동물원의 맹수 철창과도 같은, 비좁은 철창 박스 안에는 사람이 갇혀 있었다.

사람.

어린애였다.

그러고 보니 툴루멘즈 이 녀석들 인신매매도 했었지. 나는 다운로드받은 정보의 일부를 피상적으로 떠올렸다.

그러나 단순한 인신매매라면 과연 어린애를 이런 곳에 가둬둘까?

피비린내. 오물의 냄새. 이 냄새는 내게 익숙했다. 사람이 죽어나갈 때 나는 냄새였다. 그것도 큰 공포에 질렸음에도 살려고 발버둥 치다 죽은 이가 풍기는 냄새였다.

누가 다른 누군가에게 팔아넘길 상품을 이런 더러운 곳에 보관할까? 하는 기본적인 의문은 이제 가질 필요도 없다.

두 개의 철창 안에 단단히 가둬진 어린애는 아직 살아 있었다. 병에 걸린 것 같지도 않았고, 거동에 불편이 있을 정도로 큰 상처를 입은 것 같지도 않았다. 숨소리는 안정되었고 신음 소리도 새어 나오지 않았으니까.

그리고 저 두 눈. 형형하게 타오르는 두 개의 눈은 절대 공포에 질린 어린애의 눈이 아니었다. 오히려 눈동자에서 묻어 나오는 감정은 지독한 무관심과 권태였다.

내가 잘못 본 걸까?

아니, 그렇지 않을 것이다. 내가 별로 길지도 않은 계단을 내려오면서 돌파한 세 개의 함정. 그 함정이 향하는 방향은 계단을 내려오는 이를 노린 게 아니었다.

물론 영문 모르고 들어온 침입자의 목숨은 충분히 앗을 수 있겠지만, 화살 함정과 와이어 함정이 노리는 대상은 명확하게 계단을 오르는 자였다.

아마도 저 어린애의 탈출을 경계했기에 설치한 함정일 것이다.

저 어린애가 대체 뭐길래?

—설명이 필요하십니까?

'어? 어.'

—유료입니다만.

어째 먼저 묻더라. 나는 입술을 비집고 새어 나오려는 헛웃음을 참고 물었다.

'얼만데?'

—1루블입니다만.

의외로 저렴하다. 망설일 가격이 아니었기에 나는 바로 딜을 외쳤다.

정산을 마친 후 라플라스의 입에서 나온 말은 충격적이었다.

'악마?'

저게?

—네, 악마의 이름은 카오아만입니다.

나는 귀를 의심했다.

'악마가 실제로 존재하다니…….'

—…그것부터 말씀드려야 할 줄은 몰랐습니다.

물론 지구에도 악마라는 개념 자체는 존재한다. 그러나 악마가 실존한다는 증거는 지구 어디에도 없었다. 더욱이 악마보다 더한 놈들이 지구에 쳐들어오는 바람에 사실 난 악마라는 단어 자체를 방금 전까지 까먹고 있었다.

지구 시절의 나나 내 동료들은 악마 같은 놈들, 같은 소릴 들어도 별로 크게 반응하지 않을 테지만 이방인 같은 놈들, 같은 소릴 들으면 확 돌아버릴 것이다.

아니, 이런 건 별로 중요하지 않다. 다 전생 이야기잖아.

중요한 건 지금, 이 자리에 있는 저 악마의 정체다.

'아니, 범죄 조직 아지트 지하에 왜 악마가 갇혀 있어?'

—악마가 그러길 원했기 때문이죠.

지구의 악마가 어떤 존재인지는 잘 모르겠지만, 이 세계의 악마는 인간의 악성을 먹고산다고 한다. 악성이 뭐냐고 물으니 악한 성질, 악한 성품 같은 걸 가리키는 말이라고 한다.

확실히 범죄 조직의 악당들만큼 나쁜 놈들이 없을 테니 그 악성이란 게 풍부하긴 하겠지.

'악마야 그렇다 치지만, 이놈들은 무슨 생각으로?'

―툴루멘즈의 보스는 악마가 자기 물건이라고 생각하고 있습니다. 원한다면 언제든 팔아넘길 수 있는 상품이라고 여기고 있죠.

라플라스의 설명에 나는 어이가 없어 혀를 찰 뻔했다.

'과연 인신매매범들이로군. 사고방식이 달라.'

악마마저도 상품 취급을 하다니. 평범하고 정상적인 인간은 할 수 없는 발상이다. 그러나 황당해하기에는 아직 일렀다.

―더욱이 툴루멘즈가 시티 오브 툴루의 뒷세계 패권을 차지한 건 악마 덕이 큽니다.

'잉? 악마가 이놈들에게 힘이라도 줬다는 거야?'

―비슷합니다.

비슷하다니, 이건 YES or NO로 대답할 수 있는 질문 아니었나? 나는 그렇게 되물으려 했지만, 라플라스의 설명이 아직 끝나지 않았다.

―이들은 악마와 거래를 했습니다. 어린아이를 제물로 바칠 때마다 평범한 방법으로는 쉽게 얻을 수 없는 힘과 능력을 얻게 되는 거래였습니다.

라플라스의 대답을 들은 나는 한동안 입을 열지 못했다. 이 지하 감옥에 찌들 대로 찌든 악취의 정체를 깨달았기 때문이다.

아니, 아닐지도 모른다. 그래서 나는 라플라스가 아니라고 내답하기를 바라며 되물었다.

'설마 악마가 아이들을 잡아먹은 거야?'

ㅡ네, 그렇습니다.

그러나 라플라스는 아니라고 말해주길 바랐던 그 가설을 실로 담백한 목소리로 긍정했다.

ㅡ사실 악마가 사람을 잡아먹을 필요는 없습니다. 생물이 아니니, 음식을 섭취할 이유가 없죠.

라플라스는 마치 다큐멘터리 프로그램의 진행자처럼 말했다.

ㅡ그러나 악마는 그저 인간이 인간을 다른 존재에게 제물로 바치는 그 현상 자체에서 희열을 느끼고 즐겼습니다. 그 과정에서 악마의 진짜 먹잇감인 인간의 악성이 먹기 좋게 숙성되었다는 점에서 일석이조였죠.

악마에게 있어 진짜 제물은 어린아이를 제물로 바친 툴루멘즈 일당이라는 점이 이 이야기의 백미입니다, 하고 라플라스는 동화를 읽듯 마무리 했다.

아니, 그걸로 끝난 게 아니잖아.

'그래서 진짜 제물인 악당들은 더 악해진 동시에 더 강해졌다는 소리지?'

ㅡ네, 타인의 희생을 대가로 원하던 힘을 손에 넣었습니다. 그 힘으로 시티 오브 툴루의 밤을 장악했고, 더 큰 악을 저지를 수 있게 되었습니다.

'그리고 악마는 그 악성을 또 빨아먹었겠군'

—그렇습니다.

결국 모든 게 악마가 원하는 대로 돌아갔다는 이야긴가.

구역질이 나는 이야기다.

'…신전 놈들은 이 사실을 모르고 있나?'

시티 오브 툴루는 분명 신성 교단의 직할 신전이 세워져 있다고 들었다. 그래서 나도 잭 제이콥스의 신분이 아니라 오랜만에 레너드 몬토반드의 신분으로 굴욕을 감수하면서까지 검문을 통과한 거고 말이다.

이름이 신성 교단인데 도시 지하에 떡하니 앉은 악마를 모르는 척하고 있는 건 아니겠지? 내가 설마 하며 던진 질문에 대한 라플라스의 대답은 다음과 같았다.

—아느냐 모르느냐로 따지자면 모르고 있다고 말씀드려야 될 것 같군요.

설마는 늘 사람을 잡는다.

—툴루멘즈가 악마와 거래했다는 그 어떤 직접적인 물증도 발견되지 않았거든요. 사실 뜬소문은 떠돌고 있습니다만, 그건 증거가 아니죠.

'그럼 조사를 할 법도 하잖아?'

—아까 말씀드린 바 있습니다만, 툴루멘즈는 신전에 고액의 헌금을 내고 있습니다. 신전 입장에서는 굳이 툴루멘즈를 들쑤셔서 돈줄을 스스로 끊어버리는 짓을 할 이유가 없는 거죠.

할 말이 없다.

'…거참, 훌륭들 하시군.'

힘을 얻기 위해 약자를 자신 대신 희생시키는 인간과 그 희생을 보며 희열을 느끼는 악마. 그리고 자신의 이득을 위해 그걸 부득불 못 본 척하는 교단.

환장의 컬래버라는 표현은 이럴 때 쓰는 걸까.

내가 그렇게 쓴맛을 삼키고 있으려니, 라플라스로부터 믿기 힘든 발언이 튀어나왔다.

―하지만 새 주인님께는 좋은 기회입니다.

'뭐가? 설마 나더러 악마와 거래를 하라는 건 아니겠지?'

나는 기겁하며 되물었다.

―원하신다면 그것도 가능은 합니다만, 다른 방법으로도 이득을 얻으실 수 있습니다. 제가 말씀드릴 내용도 그거고요.

나는 라플라스를 믿고 있었다. 혹시나 하긴 했지만, 그거야 뭐 아무튼.

좌우지간 이득이라는 말에 솔깃해진 나는 넌지시 되물었다.

'뭔데? 그게.'

―악마를 처치하시면 얻을 수 있는 부산물의 가치가 꽤 높습니다. 여기저기 쓸데도 많고요.

'부산물?'

―네. 뿔이나 어금니 같은 거요. 최고는 두개골을 통째로

얻는 거긴 합니다만······.

뿔? 어금니? 나는 악마 쪽을 바라보았다. 그냥 인간 어린애처럼 보였다. 그리고 인간 어린애에게는 뿔이 나 있지 않았다. 어금니야 있겠지만 작을 거고······. 그럼 두개골을?

내가 무슨 생각을 하고 있는지 눈치라도 챈 건지 라플라스가 곧이어 말했다.

―저 모습은 그냥 인간들을 기만하기 위한 모습에 불과합니다. 새 주인님께서 저 악마를 처치하려 나서신다면 악마도 본모습을 드러낼 것입니다.

아하, 그렇군.

하지만 그 전에 먼저 만족시켜야 할 전제 조건이 있다.

'그래서··· 내가 악마를 처치할 수 있어?'

―지금 상태론 힘드실 수 있습니다만, 새 주인님께는 방법이 있습니다.

라플라스가 뭘 말하고자 하는지 뒤늦게 깨달은 나는 헛웃음을 흘리지 않을 수 없게 되었다.

'2류급 성법을 사라는 거지?'

―맞습니다. 정확하십니다.

뭔가 했더니 판촉이었다.

'뭐, 나쁘지 않군.'

흑법 습득에 루블을 거의 다 쓰는 바람에 한동안 긴축재정이었지만, 구 시청에 들어선 후만 계산해도 벌써 100루블 넘게 벌었다. 쌓아두는 것도 좋지만, 필요할 때는 써야 힘들게 번 보람이 있다.

'좋아, 그럼……. 2류급 성법 중에 짜라스트라 계열 성법을 익히겠어.'

짜라스트라 계열 성법이라는 건 신성 교단에서 믿고 있는 삼성신 중 정의와 심판, 징벌을 관장하는 신의 이름을 따 분류한 성법의 계통을 가리킨다.

1류급 성법, 교단에서 말하기론 1류급 기도술은 모든 신관이 공통으로 사용할 수 있지만 2류급부터는 이야기가 달라진다. 삼성신 중 어떤 신을 주로 섬길지 정하고, 그 계통의 기도술만을 사용할 수 있다.

예를 들어 짜라스트라 계열 기도술을 익힌 신관은 더 이상 신관이라 불리지 않고 성기사라 불리게 된다. 그리고 성기사는 1류급의 공통 기도술을 제외하고는 2류급 이상의 다른 계통 기도술을 익힐 수 없다.

다만 이건 기도술을 익히는 교단 소속의 신관들의 이야기고 성법을 익히는 나하곤 관계없다. 나는 계열 상관없이 라플라스에게 루블만 내면 다 배울 수 있다.

문제는 기도술에 조금이라도 조예가 있는 사람이 내가 계열 상관없이 성법을 쓰는 걸 보게 된다면 대단히 수상쩍게 볼 거라 눈치를 좀 봐야 한다는 거다.

하지만 다른 보는 눈 없는 이런 지하실에서야 신경 쓸 것도 없는 이야기다.

―50루블을 소모하셨습니다. 잔고는 97루블입니다.

2륜급 성법 중에 1/3만 배우는 데다 내 신성력의 총량과 성법을 다루는 기술은 이미 2륜급 성법사라 하기에 손색이 없었으므로 루블 소모는 그리 크지 않았다. 그동안 치유와 축복을 뿌리고 다닌 보람이 이런 데서 느껴졌다.

'이렇게 쌀 줄 알았으면 진작 배울 걸 그랬네.'

짜라스트라 계열 성법을 다운로드받은 나는 약간의 후회와 함께, 그동안 끄고 있었던 헤일로를 켰다. 몸에 꽉 조이는 벨트를 하고 있다가 푼 것 같은 해방감과 함께 신성력의 존재를 다시 인지할 수 있게 되었다.

'그동안 숨이라도 참고 있었던 것 같군.'

헤일로를 켬에 따라 그동안 유지시켜 놓았던 흑법이 자동적으로 취소되어 어둠 속의 시야가 소실되었지만, 내 헤일로가 발하는 은은한 빛이 시커멓던 지하실을 밝혔기 때문에 별 문제는 없었다.

나는 잭 제이콥스의 성물을 꺼내 왼손에 쥐고, 오른손에는 몬토반드의 왕검을 꺼내어 들었다. 그리고 새로 배운 지 1분도 채 지나지 않은 새 성법을 발동했다.

성법에 반응하여 성물에서 신성력이 기운차게 뿜어져 나왔다. 나는 그 신성력을 성법으로 통제했다. 그러자 오른손에 든 몬토반드의 왕검에 빛무리가 선명하게 드리웠다.

이것이 짜라스트라계 2류급 성법인, [심판의 칼날]이다. 사람을 상대로는 그저 빛나는 칼날에 지나지 않지만, 심판의 대상을 상대로는 치명적이고 회복하기 어려운 피해를 입히는 힘을 지니고 있다.

"…기분 나쁜 냄새가 나는군."

아이의 목소리가 들렸다.

"불쾌한 빛이야."

아니, 이건 악마의 목소리다.

철창 박스 안에 갇혀 멍하니 주저앉아 있던 악마는 조금 전까지의 모습이 거짓말같이 형형한 눈빛으로 날 노려보며 일어섰다.

결코 크지는 않은 박스에서 갑자기 일어나는 바람에 천장에 머리를 부딪치는 모습은 조금 우스꽝스러웠으나 나는 웃지 않았다.

사람이 머리로 철창을 찢어버리는 모습을 보고도 웃을 수 있는 이는 그리 많지 않으리라.

"네놈, 짜라스트라의 개냐? 이런 곳까지 냄새를 맡고 찾아오다니. 지긋지긋하군, 아주!"

처음에는 분명 아이의 목소리였던 게 점점 더 굵게 변하며, 후반부에 이르러선 짐승의 으르렁거림처럼 들렸다.

바뀐 것은 목소리만이 아니었다. 조그맣던 놈의 체구가 확 불어나며 철창 박스 전체를 찢어버렸고, 아이의 부드러운 살결은 상어의 그것과 같이 억세고 질기게 바뀌었다.

가장 인상적인 변화는 두 개의 커다란 뿔이 솟아나고 긴 송곳니가 입술 사이를 비집고 나온 것이었다.

"과연, 저게 라플라스가 말한 전리품이로군."

놈을 처치하고 나면 잊지 말고 꼭 뽑아 가야지. 나는 악마의 뿔을 보며 새삼스럽게 다짐했다.

"뭐?"

악마의 얼굴이 일그러지는 게 일품이다.

"아이쿠, 혼잣말을 할 셈이었는데 입 밖에 나와 버린 모양이로군."

물론 거짓말이다. 악마에게 도발이 통할지 어떨지 모르지만 통하면 좋겠다는 생각으로 한 건데, 의외로 잘 먹혀서 내가 더 놀랐다.

"자, 머리통을 내놔라!"

나는 진심을 담아 외쳤다.

물론 그 진심은 욕망으로 잘 버무려져 있었다.

제7장

대가리!

악마의 이름은 카오아만이라 했다.

카오아만이 시티 오브 툴루의 지하에 자리를 잡은 것도 어느새 백 년 전의 일이다. 지금으로부터 백 년 전, 카오아만은 한 성자에 의해 큰 타격을 입고 대부분의 힘을 잃어 모습을 숨겨야 했다.

지하 수로가 거미줄처럼 뻗은 이 오래된 도시는 카오아만이 몸을 숨기기에 참으로 적합한 곳이었다. 숨을 죽인 채 성자와 그 추종자의 추격을 피한 카오아만은 한동안은 조용히 지냈으나, 그것도 오래가지는 않았다.

악마는 모든 종류의 미덕과 별 인연이 없는 법이다. 그리고 인내라는 이름의 미덕도 그 예에서 크게 벗어나지는 않았다.

카오아만은 자신의 모습을 누구도 의심하지 않을 무해하고 연약한 어린아이의 모습으로 바꾸고 시티 오브 툴루의 지상으로 나섰다.

거의 힘을 잃은 악마에게 있어 그것은 모험이나 다름없는 일이었으나, 악마는 지상으로 나온 그 당일 바로 인신매매 집단에게 납치당하는 행운을 맞이할 수 있었다.

실상을 따지자면 누가 누굴 납치한 건지 애매하긴 했다. 아무리 약화되었다고는 하나 악마는 악마, 평범한 인간 열이나 스물쯤 씹어 먹는 건 일도 아니었으니.

그러나 나쁜 놈들이긴 했으나 아직 완전히 타락하지 않은 인신매매범들은 악마에게 있어 숙성 중인 치즈나 마찬가지였다.

인신매매 집단, 툴루멘즈의 악성을 흠뻑 빨아들인 카오아만은 비록 전성기와는 비견도 되지 않지만 당장은 쓸 만한 힘을 되찾을 수 있었다.

힘을 되찾자마자 카오아만은 툴루멘즈의 행동 대장인 남자, 헬람에게 거래를 제안했다. 그의 아버지, 툴루멘즈의 보스를 죽인다면 힘을 주겠다고.

맛보기로 악마의 힘을 조금 넘겨주자, 헬람은 홀랑 악마의 유혹에 빠져 자신의 아버지를 죽였다. 그날이 바로 헬람이 툴루멘즈의 보스가 되는 날이었으며, 카오아만이 10년 넘게 악성을 빨아먹을 숙주를 얻는 순간이기도 했다.

이 헬람이라는 남자는 실로 탐스러웠다. 본래부터 뿌리까지 악에 물든 것은 아니었으나, 그렇기에 더더욱 그 타락이 지켜볼 만했다. 카오아만의 유혹에 넘어간 헬람의 악성은 점점 깊어졌으며, 카오아만은 게걸스럽게 헬람을 비롯한 툴루멘즈 조직원들의 악성을 탐식했다.

그러나 화무십일홍이라, 요즘 들어 카오아만은 헬람에게 실망하고 있었다. 사람의 악성에도 재능이라는 게 있는 것일까. 악을 저지르기 위해서도 능력은 필요한 탓일까. 한때는 그렇게도 탐스러웠던 헬람이었건만, 이제는 그의 악성이 더 이상 익지 않고 있었다.

슬슬 헬람을 통째로 삼켜 버리고 다른 곳으로 떠나야 하나. 카오아만은 고민했다.

성자에게 당한 상처는 아물었으나, 아직 전성기의 능력을 완전히 되찾았다고 할 수는 없는 상황. 지루하지만 안전한 이 공간을 떠나 새로운 숙주를 찾는다는 것은 카오아만으로서도 위험 부담이 적지 않은 결정이다.

그렇게 고민 중이던 카오아만 앞에 신성한 빛이 나타났다.

어둠 속에서 갑자기 나타난 빛에, 솔직히 카오아만은 얼어붙었다. 그도 그럴 만했다. 악마가 마지막으로 본 신성한 빛은 그에게 치명상을 입히고 어둡고 답답한 툴루의 지하로 내몬 성자의 빛이었기에.

그러나 카오아만이 몸을 움츠린 시간은 길지 않았다. 곧 이것이 그에게 있어 둘도 없는 기회임을 깨달았기 때문이다.

머리 뒤에 비치는 헤일로는 두 겹이었다. 즉, 상대는 고작 2류급. 신성력을 칼에 두른 것을 보아하니 짜라스트라의 개일 테고, 그것도 이제 막 성기사가 된 애송이에 불과할 터였다.

꼴을 보아하니 바로 몇 주 전, 심하면 며칠 전에 신관에서 성기사가 되었을 터. 이런 애송이가 싸울 줄이나 알겠는가?

악마와 싸워본 적은 당연히 없을 것이고, 인간과 싸우는 법에 익숙할지조차 의문이다.

그럼에도 겁도 없이 자신에게 덤비는 것을 보니, 그저 신성력이 악마에게 치명적이라는 이론만을 머리에 새기고 다른 근거 없이 자기가 더 유리하다고 판단했을 게 틀림없다.

더욱이 놈은 혼자 왔다. 어리석게도!

막 성기사가 되어 공명심에 차올라 공포마저 잊은 탓일까?

그렇다면 더더욱 좋다. 아직 악마의 무서움을 모르는 저 애송이에게서 신성의 빛을 꺼뜨리고 그 빈자리를 공포와 절망으로 채울 수만 있다면 그보다 더 달콤한 과실도 없으리라.

신성력이 악마에게 있어 치명적인 힘이라는 건 사실이지만, 맞지 않으면 그만이다.

카오아만은 이미 수백의 성기사를 먹어 치우고 그 신앙심에 피를 끼얹은 적이 있는 대악마다. 비록 성자에 의해 퇴치당한 후 힘을 잃어 지금은 대악마조차 아니지만, 그게 무슨 문제인가? 저 성기사를 잡아먹어 힘을 되찾으면 될 일인데!

따라서 카오아만은 도망치고자 하는 마음을 버리고 일어섰다. 용기는 악마에게 어울리지 않는 미덕이니 그를 일으킨 것은 욕망이라 이름하리라.

"덤벼라!"

애송이 성기사가 외쳤다. 실로 건방진 목소리였으나, 그렇기에 카오아만에겐 성기사의 모습이 더더욱 탐스럽게 보였다. 아직 풋내는 좀 나지만, 이걸 얼마나 잘 익혀서 먹을지는 악마에게 달렸다.

비록 방금 전에 좀 이상한 혼잣말을 늘어놓은 게 신경은 좀 쓰이지만, 뭐 어떠랴.

"그래, 그래. 원하는 대로 해주지!"

악마, 카오아만은 성기사, 레너드 몬토반드에게 덤벼들었다.

*   *   *

나와 악마 사이에는 철창이 가로막고 있었지만, 악마는 그런 철창이 처음부터 없었던 것처럼 뚫고 나와, 나를 향해 다섯 개의 창날과도 같은 손톱을 휘둘렀다.

"동작이 크군."

나는 신성력으로 감싸인 몬토반드의 왕검을 휘둘러 악마의 손톱을 잘라내려 했다. 그러자 악마는 처음부터 이걸 노리기라도 한 듯 자연스럽게 오른손을 빼고 대신 통나무 같은 왼쪽 다리로 내 허리를 노렸다.

"다리를 내놔라, 애송이!"

악마의 공격은 빠르고 강력해 쉽게 피할 수 있을 것 같지 않았다. 따라서 나는 피하지 않았다. 몬토반드의 왕검이 유연하게 움직여 바닥에 박혔고, 그 탓에 악마는 자기 힘으로 자기 다리를 칼날에다 밀어 넣는 것 같은 형국이 되었다.

내 대응에 당황했는지, 악마는 급히 발차기를 멈췄지만 신성력에 휩싸인 왕검에 다리가 살짝 닿았다. 제대로 공격이 들어간 것도 아닌데도, 악마의 왼쪽 다리에서는 치이이익 하는 소리와 함께 하얀 연기가 피어올랐다.

"크아악!"

악마의 입에서는 비명이 새어 나왔다. 신성력이 악마한테 잘 듣기는 하는 모양이다.

"이 애송이 성기사가!"

"내가 애송이인 건 맞아. 인정하지."

성기사가 된 지 몇 분도 채 지나지 않았으니, 양심상 도저히 아니라고 할 수가 없다. 그러나 내 쿨한 인정이 악마에게는 도발로 여겨졌는지, 악마는 분통을 터뜨렸다.

"검술에는 자신이 있는 것 같으나, 검술만으로 악마를 쓰러뜨릴 순 없다!"

"검술 아니고 검법인데."

몬토반드 왕의 검법. 아마 이 검법이 없었더라면 나는 이미 악마의 첫 공격조차 막지 못하고 여섯 조각으로 나뉘어 죽었을 것이다. 악마가 괜히 악마인 게 아니더라. 되게 빠르네.

"이 대악마 카오아만을 앞에 두고도 여유롭구나, 네놈!"

악마 카오아만의 말에 나는 어리둥절해서 라플라스에게 물어보았다.

"진짜 대악마야?"

—아닙니다. 옛날엔 그랬던 적이 있긴 하지만 지금은 그냥 일개 악마입니다.

"크아악, 네 이놈!!"

라플라스의 대답이 들릴 리 없음에도, 나와 라플라스의 대화를 듣던 악마 카오아만은 격분해 입을 쩍 벌렸다.

—불꽃 입김 패턴입니다.

"알았어!"

라플라스의 친절한 안내에, 나는 또 다른 짜라스트라계 성법 [믿음의 방패]를 펼쳤다. 아니나 다를까, 내가 성법을 펼치자마자 카오아만의 입에서 맹렬한 불꽃이 쏟아져 나왔다. 그 불꽃이 어찌나 강렬한지, 불꽃에 닿은 돌바닥이 흐물흐물해지는 게 보였다.

그러나 내가 왼손에 쥔 짜라스트라의 성물에서 전에 본 적이 없을 정도의 출력으로 신성력이 뿜어져 나왔고, 이 신성력은 모조리 악마의 불꽃으로부터 나를 보호하는 데에 쓰였다.

비록 성물 안의 광휘석은 꽤 작아졌겠지만, 어쨌든 나는 끝까지 악마의 불꽃을 막아내는 것에 성공했다.

"이런… 미친! 2류급 주제에 무슨 신성력이 남아도나……!"

카오아만은 내가 불꽃 입김을 막아낼 수 있을 거라 생각조차 안 했는지 꽤나 당황한 기색이었다. 하긴 남아돌긴 하지. 내 거가 아니라 성물에서 빌려 온 거니. 하지만 나는 그렇게 되받아치는 대신 순간적으로 움직임을 멈춘 놈을 향해 몬토반드의 왕검을 휘둘렀다.

방금 전까지 신성력을 [믿음의 방패]에 집중시키느라 꺼뒀던 [심판의 칼날]을 재활성화시키자 카오아만의 얼굴에 경악이 번졌다.

"뭣! 기도조차 하지 않고 [심판의 칼날]을 다시 뽑아?!"

아무래도 카오아만은 내가 순식간에 두 개의 성법을 돌려 쓰는 걸 보고 놀란 모양이었다.

사실 그렇다. 평범한 성기사라면 두 개의 기도술을 이런 식으로 돌려쓰지 못한다. 그야 기도술은 발동하기 위해 기도를 해야 하니 다음 기도술을 쓰기 위해선 당연히 시간이 걸린다.

그런 의미에서 카오아만의 전술은 그리 나쁘지 않다고 볼 수 있었다. 이미 칼을 뽑았으니 보호막을 펼치진 못할 거라는 추론은 틀리지 않았다. 평범한 성기사가 상대였다면 그랬을 테지.

문제는 내가 평범한 성기사가 아니었다는 점이다. 평범하지도 않고, 성기사조차 아니다.

뭐? 성기사는 두 개의 기도를 동시에 못 올려? 그게 나랑 무슨 상관인가. 나는 성법사다. 성법은 그냥 쓰면 된다. 기도 술처럼 기도문을 읊을 필요가 없다.

그러한 성법의 특성 덕에 얻은 귀중한 기회다. 나는 곧장 왕검을 휘둘렀다. 내력이 힘차게 몸 안을 휘저었고 외력은 버텨 그 힘을 위력으로 바꾸었다. 내가 이제껏 휘둘렀던 그 어떤 공격보다도 빠르고 강맹한 일격이 악마의 목을 노렸다.

퍽!

"……!"

그럼에도 불구하고 칼은 악마의 목을 완전히 끊어내지 못하고 중간에 박혔다.

아니, 뭐가 이렇게 단단해? 마치 냉동창고에 10년은 방치해 뒀던 멧돼지 고기같이 뻑뻑했다. 칼날의 움직임이 멈췄다. 악마의 근육이 내 칼날을 꽉 물어버린 탓이었다. 이젠 칼을 빼지도 못한다!

이 상황이 가장 위험함은 나도 알고 악마도 안다. [트레저 헌터의 직감]도 같은 생각인지 위기 감지가 요란하게 울렸다.

"놈!"

심판의 칼날 탓에 치이이이익 하는 연기를 목에서 뿜어내고 있음에도, 악마는 굴하지 않고 어깨를 뒤로 젖혔다. 이 일격으로 나를 반드시 해치우고 말겠다는 일념이 세로로 찢어진 악마의 동공에 서렸다.

설령 내가 칼을 뒤로 놓고 빠지더라도 악마의 공격에서 벗어날 순 없으리라. 그럼 어떻게 해야 하지?

나는 순간적으로 판단을 내렸다.

"반짝아!"

내 외침과 동시에 반짝이가 반짝이라는 이름이 무색하게 번쩍하고 빛났다. 미리 눈을 감았음에도 눈앞이 하얘질 정도의 엄청난 광량!

신성의 정령은 그냥 정령력을 신성력으로 바꿔주기만 하는 신성력 자판기가 아니다. 빛의 정령이 빛으로 반짝이듯, 신성의 정령은 신성으로 반짝인다. 인간이 볼 땐 큰 차이가 없지만, 악마가 볼 때는 과연 어떨까?

"크아아아악!"

신성한 빛에 노출된 악마의 피부가 치이이이이익 하는 소리와 함께 삽시간에 익다 못해 탄화됐다. 생각했던 것보다 훨씬 효과가 좋다. 그 덕에 악마의 공격은 무위로 돌아갔고, 나는 빈틈을 메울 기회를 얻었다.

"……!"

문제는 악마의 몸에 박힌 채인 몬토반드의 검이 아직도 꿈쩍을 안 한다는 거였다. 내력과 외력을 총동원해도 말이다. 아무래도 이 칼을 뽑으려면 더 센 힘이 필요할 것 같았다.

예를 들어……. 그래! 자기 정령화다!

"에잇, 이거 우리 애들 먹여야 되는데!"

나는 안타까움을 토하면서 나의 몸에 정령력을 불어넣었다.

다급한 마음에 출력을 조절할 경황이 없어 단번에 내가 가진 정령력의 절반이나 뭉텅 빠져나갔지만, 그만큼 효과는 절륜했다. 악마의 몸에 박혀 있던 칼날이 다시금 기기기긱 움직이더니 끝내 악마의 목을 마저 잘라낼 수 있었으니까!

마치 썩은 고기를 내려쳐 끊어낸 것 같은 감각과 함께, 악마의 머리가 아직 달아오른 채 돌바닥에 나뒹굴었다.

"이런 썩을!"

몸과 분리된 카오아만의 머리가 욕설을 내질렀다.

악마 놈 입장에서는 억울할 만도 하다. 단 한 번의 방심으로 목이 날아갔으니. 사실 방심이라고 할 수도 없지. 내가 반칙을 쓰고 있는 거니.

악마는 내가 평범한 2류급 성기사라고 보고 덤빈 것 같지만, 나는 성법 외에도 정령법에 내력과 외력, 왕의 검법까지 동원하고 있으니 당황하는 것도 무리는 아니다.

─조심하세요!

신성의 정령이 방출한 강렬한 신성의 번쩍임에 노출되고 심판의 칼날로 활활 불타는 몬토반드의 왕검에 목을 베였음에도, 놀랍게도 목이 달아난 악마의 몸은 아직 움직이고 있었다.

"나도 알아!"

[트레저 헌터의 직감]이 전달해 오는 강렬한 위기감을 신호로 나는 곧장 뒤로 크게 뛰었다. 칼을 휘두른 기세가 있어 몸에 큰 무리가 가는 동작이었으나, 자기 정령화로 인해 강화된 신체 능력은 어떻게든 버티고 피할 수 있게 해주었다.

반대로 카오아만은 목이 잘리고 왕검에 의해 기세가 줄어들어 의도한 것보다 공격의 기세가 줄어들었다. 그럼에도 위기 감지가 켜질 정도로 위협적인 공격이 날아든 것은 변함이 없었다.

콰앙! 돌바닥이 부서지며 굉음을 냈다. 방금 전까지 내가 있던 자리에 카오아만의 두 주먹이 크게 휘둘러져 바닥으로 떨어진 탓이다. 뭔가 하나라도 잘못됐더라면 저렇게 부서지는 건 내 몸이었겠지.

"어떻게 알았지?!"

바닥에 나뒹굴던 악마의 머리가 혼자 경악 섞인 목소릴 냈다. 머리 잘리면 보통 목소리를 못 낼 텐데 어떻게 내는 거지? 어떻게는 무슨, 악마니까 낼 수 있는 거겠지. 나는 바보 같은 의문을 무시하고 악마에게 내뱉었다.

"너 악마잖아. 악마가 목 좀 날아갔다고 죽겠냐?"

목을 버리고 날 방심시킨 틈에 역습을 가하겠다는 전술은 나쁘지 않았다. 문제는 상대가 나, 정확히는 대현자의 지식과 경험을 이어받은 라플라스로부터 브리핑을 받고 있는 나라는 점 정도였다.

나는 곧장 역습을 시도했다. 악마의 심장을 향해 신성력으로 번쩍번쩍 빛나는 몬토반드의 왕검을 힘차게 내찔렀다. 이놈 몸이 생각보다 단단하니 보통 힘으론 안 된다. 이제까지 썼던 힘의 두 배는 몰아넣어 전력으로 찔렀다.

그러나 내 공격은 무위로 돌아갔다. 펑, 하는 소리와 함께 악마의 몸이 안개처럼 흩어져 버렸기 때문이다. 몬토반드의 왕검은 치이익 하며 뭔가 태우는 소릴 내긴 했지만, 이게 악마에게 치명상을 입혔다는 의미는 아니었다.

"네놈! 두고 보자! 오늘의 수모는 결코 잊지 않겠다!!"

악마의 목소리가 음산하게 지하실에 울려 퍼졌다. 악마의 머리통도 어느새 자취를 감췄다.

"모습을 숨긴 건가?"

ㅡ도망치려는 것 같아요.

어둠 속에 완전히 흩어진 악마의 모습은 신성력의 빛으로도 비치지 않았다. 하지만 이 경우 어떻게 해야 하는지에 대해서도 이미 생각해 두었다.

나는 자기 정령화를 끔과 동시에 [변신 브로치]를 이용해 순간적으로 왕검을 집어넣고 끼릭이를 꺼내 들어 견착했다.

자동적으로 끼릭이의 스코프가 내 눈에 들이대졌다.

"끼릭!"

성상한 끼릭이의 스코프는 본래 눈으로 볼 수 없는 존재도

볼 수 있게 만들어준다. 내가 볼 수 있게 만들기도 하지만, 끼릭이 자신도 예외는 아니다. 굳이 내가 직접 찾을 것도 없이, 끼릭이가 곧장 악마의 본체를 조준해 주었다.

"좋았어, 끼릭아!"

나는 끼릭이에게 정령력과 신성력을 동시에 불어 넣었다. 정령력이야 물론 정령탄을 쏘기 위함이지만, 신성력은 짜라스트라게 성법, [징벌의 활촉]을 쓰기 위함이었다. 이 성법은 원래는 활 쏠 때 쓰는 성법이지만 끼릭이의 정령탄에도 신성력을 실어줄 수 있을 것이다.

끼릭이의 조정간은 이미 연사에 놓여 있었다. 이제 방아쇠를 당기기만 하면 된다. 사실은 당기지 않아도 끼릭이가 알아서 해주지만 나는 굳이 직접 당겼다.

투두두두둑. 소음기 탓에 조금 기운 빠지는 발사음과 함께 신성력이 실린 정령탄이 빛의 궤적을 그리며 허공을 꿰뚫었다. 그러나 그 허공은 허공이되 허공이 아니었다. 기체화되어 도망치려던 악마의 뒤꽁무니를 정확히 저격했으니.

"끼에엑!"

다행히 내 아주 작은 우려를 불식시키고, [징벌의 활촉]으로 강화된 정령탄은 악마에게 유효타를 박아 넣었다. 카오아만은 듣기 싫은 비명을 내지르며 실체화되어 그 자리에 나자빠졌다.

기회다! 나는 [변신 브로치]로 다시 몬토반드의 왕검을 꺼내 [심판의 칼날]을 두르고 카오아만을 향해 달려갔다. 그리고 땅을 기어서라도 도망치려던 악마의 등을 노려 칼날을 내질렀다.

"이야아아압!"

온 힘을 다한 일격이기에 의도하지 않았음에도 내 입에서는 기합성이 튀어 나갔다.

푸우우욱, 하는 손맛과 함께 카오아만의 등을 꿰뚫고 칼날은 두부처럼 박혔다. 칼로 악마를 땅에 꿰어 박고 알았는데, 이 녀석 조금 전보다 체구도 작아졌고 몸도 약해졌다.

"꺄악! 살려, 살려줘! 죽고 싶지⋯⋯!"

악마는 생명체도 아닌 주제에 마치 연약한 생명체 같은 소릴 내뱉었다. 약해진 건 몸만이 아니라 마음도 마찬가지였나 보다.

그렇다고 내 마음까지 약해질 리는 없다. 나는 카오아만의 애절한 목소리에도 아랑곳 않고 왕검을 쥔 손에 힘을 주었다. 정확히는 신성력을 폭발적으로 밀어 넣었다.

자신을 살려주지 않을 것을 본능적으로 깨달았는지, 악마의 눈동자에 악심이 서렸다.

"너⋯⋯! 이런⋯⋯! 저주받을⋯⋯!!"

악마는 끝까지 유언을 남기지 못했다. 놈의 심장에 박힌 신성력의 칼날이 번쩍하는 빛을 내며 소리 없이 폭발했기 때문이다.

짜라스트라계 성법인 [성스러운 폭발]이다. 원래는 공처럼 뭉친 신성력 덩어리를 던져 수류탄처럼 폭발시키는 성법인데, 나는 그냥 심판의 칼날을 폭발물 삼아 터뜨렸다.

결과는 절륜했다. 카오아만은 시체도 제대로 못 남기고 가루가 되어버렸으니.

"악! 안 돼!"

아니, 이러면 안 되잖아! 내가 뭐 때문에 루블 쓰고 신성력 써가며 악마랑 싸운 건데!

"내 전리품!"

그런 내 노파심을 비웃기라도 하듯, 악마의 두개골이 돌바닥에 데굴데굴 나뒹굴며 딸그락거리는 소릴 냈다.

"휴!"

혹시나 전리품까지 날려먹었을까 노심초사하다 안심한 나는 안도의 한숨을 내쉬었다.

─죽음을 극복하셨습니다. 경조사비 계좌에 축의금으로 20루블이 송금되었습니다.

라플라스의 나지막한 목소리가 내 승리를 장식했다.

"다행이다. 다행이야."

나는 카오아만이 남긴 두개골을 주워 들며 승리를 자축했다. 악마의 두개골은 칠흑빛으로, 훌륭하게 자라난 두 개의 뿔이 괜찮은 그립감을 선사해 주고 있었다.

"혹시 이게 날아갔으면 어쩔까 걱정했는데."

―괜찮을 거라고 말씀드렸잖아요.

맞다. 들었다. 그래도 폭발력이 내가 생각했던 것보다 훨씬 세서 혹시나 했다.

그런데 내가 생각했던 것보다 셌던 건 [성스러운 폭발]의 폭발력뿐만이 아니었다.

"이 악마 놈, 생각했던 것보다 셌잖아."

라플라스가 2류급 성법만 익히면 쉽게 이길 수 있을 것처럼 말해서 방심할 뻔했는데, 정작 붙어보니 내 거의 모든 능력을 총동원해서야 겨우 이길 수 있었다.

―이 정도면 쉽게 이기신 겁니다. 팔다리 다 멀쩡하시니까요.

그러고 보니 그랬다. 어쨌든 한 대도 안 맞고 이긴 건 맞았다. 한 대라도 맞았으면 온몸이 토막토막 나거나 불에 한 줌 재가 되거나 피떡이 되어버리거나 했겠지만 말이다.

"…네 기준이 대현자의 기준인 걸 깜박했어."

―삶이 너무 쉬우면……

"알았어, 알았어. 아무튼 네 덕에 쉽게 이겼다."

나는 이번 전투의 틀림없는 일등 공신인 라플라스를 치하했다. 이제는 듣기도 지겨운 대현자의 명언 아닌 명언을 듣기 싫어서 그런 건 아니었다.

…사실 그게 맞았다.

틀루멘즈의 보스, 헬람은 대단히 불쾌한 기분으로 침실에서 빠져나왔다.

"…빌어먹을 악마 놈. 거지 같은 배 속에 뭐가 들었길래 또 꼬장이야?"

악마의 힘을 빌리는 대가로 거리의 고아들을 잡아다 먹인 지 근 10년 가까이 지났다.

세월이 갈수록 악마의 요구는 감당하기 버거워졌다. 처음에는 분명 한 번만 먹여주면 된다고 했지만, 그게 1년에 한 번씩으로 바뀌더니 지금에 와서는 한 달에 한 번으로 바뀌었다.

지금까지는 헬람이 신전과 경비대에 돈을 발라 무마하고 있지만, 저 훌륭하고 고고하신 분들이 거리의 부랑아들 씨가 완전히 말라 버릴 때까지 눈감아주지는 않을 것이다.

그렇다고 지금 와서 악마의 도움을 뿌리칠 수는 없었다. 악마가 부여해 주는 힘은 헬람과 그의 조직, 틀루멘즈가 시티 오브 툴루의 밤을 석권하려면 필수 불가결 했으니.

그걸 잘 아는 악마는 가끔씩 이렇게 예고도 없이 헬람에게서 힘을 빼앗는다.

있던 힘을 빼앗기는 감각은 더럽다는 한마디로 치우기에는 지나치게 더러웠다. 그것은 마치 어린아이로 돌아가 버리는 듯한……. 아니, 그 반대다. 순식간에 늙어버리는 것 같았다.

잘 서 있던 게 그 자리에서 허물어지는, 그런.

이건 비유가 아니라 실제였다. 따라서 헬람은 실망의 빛을 애써 숨기려 하는 여자를 침실에 남겨놓고 혼자 방 밖으로 빠져나온 거였다.

"악마 놈, 고의가 분명해."

아니라면 하필이면 '경고'를 이날 이때에 할 리가 없다. 헬람은 그렇게 굳게 믿었다.

어쨌든 이 경고는 악마의 호출 신호이기도 했다. 헬람은 이 호출 신호를 거부할 수 없었다.

툴루멘즈의 보스가 악마와 거래를 하고 있다는 소문은 암암리에 퍼지고 있었고 그건 사실이었지만, 어쨌든 비밀은 비밀이었다. 비밀은 아는 사람이 적을수록 좋다.

그래서 헬람은 따라오겠다는 호위들을 떼어놓고 자신의 서재에 있는 비밀 스위치를 작동시킨 후, 홀로 아무도 찾아오지 않는 이 아지트 건물의 지하로 향했다.

이미 악마와 거래를 한 지도 10년 가까이 지났음에도, 헬람은 악마를 만나러 갈 때마다 가슴이 조여지는 것 같은 불안감을 느꼈다. 이것은 악마라는 초월적인 존재를 앞에 둔 필멸자의 본능적인 반응일지도 모른다.

헬람은 불안감을 쫓기 위해 랜턴을 켰다. 무고한 아이를 몇이나 악마에게 먹이며 얻은 힘으로 시티 오브 툴루의 밤을 장악하고 범할 수 있는 모든 범죄를 저지른 악당들의 보스가 빛에서 위안을 얻는다는 것은 실로 아이러니했으나, 헬람 본인은 자신의 모순을 자각하지 못했다.

비밀 문을 열 때도 아무런 위화감을 느끼지 못했고, 세 개의 함정을 피하며 계단을 내려갈 때도 이상함을 감지하지 못했다. 헬람이 이변을 알아차린 건 그가 계단을 완전히 내려왔음에도 악마에게서 그 빌어먹을 불 좀 끄라는 짜증 섞인 목소리가 들리지 않은 그때였다.

랜턴을 들어보니, 악마를 가두고 있었을 터인 철창이 찢겨져 나가 있었다.

"악마 놈! 여길 떠난 건가?!"

철창만 찢겨져 나간 건 아니었다. 악마가 불을 뿜어 흐물흐물해졌던 돌바닥이 기이한 형태로 다시 굳어진 흔적, 악마의 피와 살이 신성력에 의해 태워지느라 일어난 매캐한 연기, 이것들을 비롯한 숨길 수 없는 전투의 흔적이 지하실에는 아직 남아 있었다.

그럼에도 헬람은 악마가 퇴치당했으리라는 상상은 하지도 못했다. 악마를 가둬두기 위해 철창을 이중으로 치고 함정을 설치하고 비밀 문을 닫아두긴 했지만, 이런 걸로 악마를 붙들어둘 수 없다는 건 헬람 자신이 가장 잘 알고 있었다.

악마는 초월적이며 불멸하는 존재인 데다, 사람이 상대할 수 없을 정도로 강력하다.

헬람의 그러한 인식은 틀린 것은 아니었다. 그러니 악마가 죽은 대신 여길 떠났으리라는 헬람의 추측 또한 이치에는 맞았다.

그저 이번에는 그것이 사실이 아니었을 뿐.

"하……!"

헬람은 웃음인지 한숨인지 모를 소릴 토해놓고 그 자리에 주저앉았다. 악마로부터 해방되었다는 환희는 조금도 느껴지지 않았다. 이제껏 그를 최고의 자리에 올려주었던 악마의 힘이 이제는 다시 돌아올 일 없다는 상실감 쪽이 훨씬 컸다.

그때였다.

눈앞에 기이한 형상이 일렁인 것은.

헬람은 뭔가에 홀린 듯 그 형상에 손가락을 가져다 대었다. 그리고 소스라치게 놀랐다. 손가락에 닿은 형상은 모습을 드러냈는데, 그 모습이 바로 헬람 그 자신의 얼굴이었기 때문이다.

"사… 사신!"

헬람은 자기도 모르게 그렇게 외치고 말았다.

악마는 그렇게 말한 적이 없지만, 헬람은 스스로 언젠가 자신이 사신에게 잡혀갈 거라고 각오하고 있었다. 그것이 바로 그로 하여금 타락의 마지막 선을 넘지 못하게 한 원인이었으나, 이제 와서 그것은 아무런 상관도 없는 이야기다.

왜냐하면 사신은 실제로 큰 칼을 들어 그의 목을 단번에

베어냈으므로.

'아아……'

헬람은 신음성을 토해내려 했으나, 잘려 나간 목은 목소리를 낼 수 없다.

'이날이… 오고야 말았군……'

그렇기에 헬람의 체념 어린 유언은 허공에조차 새겨지지 않았다.

—죽음을 극복하셨습니다. 경조사비 계좌에 축의금으로 20루블이 송금되었습니다.

라플라스의 달콤한 알림을 들으며, 나는 경쾌하게 외쳤다.

"암살 성공!"

—아뇨, 실패입니다만.

라플라스가 가혹한 평가를 내렸다. 확실히 어설프게 움직이다가 그림자 숨기를 들키고, 마지막엔 접촉당해 은신도 벗겨졌으니 엄밀히 말하면 흑법사의 암살로선 실격이다.

"어쨌든 죽였고, 죽은 걸 아무도 모르니 성공이야."

평소엔 결과론을 신봉하지 않지만 오늘만큼은 결과주의자가 되기로 마음먹은 나는 선언했다.

—하지만 순간적으로 [천변의 백면]을 사용해 상대의 얼굴을 취한 것은 괜찮은 응용법이었습니다. 그 덕에 헬람이 빈틈을 보였으니까요.

"칭찬 참 고맙군, 그래."

대현자의 도시 정보에 기록되어 있던 바로는 기사대장급의 무력을 갖추고 있다고 하던 헬람을 단칼에 죽일 수 있었던 건 결과적으로는 운이 따랐기 때문이다.

사실 나는 헬람이 악마가 죽었다고 바로 지하실로, 그것도 혼자 뛰어 내려올 줄은 몰랐다.

라플라스와 수다를 떨고 있던 나는 갑작스레 난 발소리와 횃불의 빛 덕에 급하게 헤일로를 끄고 흑법 그림자 숨기를 켜 숨을 수 있었다. 그 덕에 기습을 할 수 있었고, 비교적 손쉽게 승리를 거둘 수 있었다.

반대로 헬람의 접근을 눈치채는 게 몇 초만 늦었어도 헬람과 정면 대결을 해야 했을지도 모르고, 어쩌면 헬람이 부하들을 끌고 왔을 수도 있었다.

그렇게 됐다면 나도 카를처럼 죽었겠지.

그리고 이건 내가 결정한 게 아니라 헬람이 결정한 거였다. 만약 헬람이 발소리를 낮추고 불을 끈 채 지하실로 내려왔더라면 결과는 많이 달라졌을 것이다.

2검급쯤 되면 어둠 속을 꿰뚫어 보진 못해도 날카로운 감각 덕에 행동의 제약이 별로 없었을 터임에도 헬람이 왜 불을 켜고 들어왔는지 좀 의문이긴 하다.

─아, 오늘 본 헬람은 2검급의 실력지는 아니었을 겁니다.

그런 내 의문에 라플라스가 대답해 주었다.

라플라스의 설명에 따르면 악마가 죽음으로써 헬람을 비롯한 툴루멘즈의 조직원들에게 제공되던 악마의 축복이 거둬들여졌고, 따라서 헬람도 약해졌다고 한다.

—밝은 빛 아래에 있다가 어둠 속에 오면 어둠이 더 짙어 보이듯, 악마의 힘에 기대는 것에 익숙해진 헬람은 더욱 감각이 흐려진 것으로 느꼈을 겁니다. 그러니 햇불이 필요해진 것일 테고, 발소리도 죽이지 못했던 것일 테죠.

"…결국 운이 좋은 건 매한가지군."

악마를 먼저 죽였기에 헬람을 손쉽게 해치울 수 있었다. 악마의 힘을 지닌 상태인 헬람이라면 초인적인 감각으로 은신 중인 날 발견해 낼 수도 있었을 테니까.

"뭐, 전장에서 죽고 사는 게 다 운이지."

그리고 운도 능력이다. 살아남았으니 됐지.

나는 몬토반드의 검에 묻은 헬람의 혈액을 제거했다. 사실 칼을 비롯한 무기도 [변신 브로치]에 넣었다 빼면 깨끗하게 세척되지만, 이 작업은 왠지 내가 해야 될 것 같았다.

"그럼 이제 헬람이 되어야겠군."

레너드 몬토반드와 잭 제이콥스, 둘 다 쓸 수 없으니 마침 새 신분이 필요했다. 더욱이 툴루멘즈의 보스, 헬람이라는 신분은 사실 꽤 위험할 수도 있었던 구 시청 유적 탐사에 프리패스 권한을 선사해 줄 터였다.

"앤 얼마야?"

아무리 그래도 얼굴만 헬람으로 바꾼다고 위장이 제대로 될 리 없다. 나는 라플라스에게서 정식으로 헬람의 신분을 루블 주고 사기로 했다.

―5루블입니다.

의외로 저렴했다.

"레너드급이군. 그래도 조직 보스인데.

―악마의 힘이 없으면 딱 그 정도죠.

헬람을 살해함으로써 죽음 극복 축의금 20루블을 벌었으니, 헬람에 대한 정보값을 지불하고도 흑자인 셈이다.

나는 헬람의 시체에서 옷을 벗겨내어 변신 브로치에 넣었다. 그리고 휘리릭 뿅.

이제 나는 헬람이다.

나는 헬람의 머리를 챙겨 각성창 속에 이미 챙겨뒀던 악마의 머리 옆에 나란히 진열해 뒀다. 이것도 따로 쓸 데가 있다. 게다가 시체의 정체를 감추기 위함도 있었다. 목도 없는 데다 알몸 상태인 헬람의 시체를 보고 누구의 시체인지 바로 알아채긴 힘들 것이다.

그 후, 나는 지하실을 한 바퀴 죽 돌았다.

혹시 비밀 감지가 뜰까 싶어 꽤 치밀하게 조사했지만 그런 건 없었다. 아쉽다면 아쉽지만 사실 아쉬워할 일은 아니다.

ㄱ 시청의 탐시는 지금부터 시작이니까.

탐사는 싱겁게 끝났다.

나는 보안 점검을 명목으로 구 시청 곳곳을 돌아다녔다.

헬람의 얼굴을 한 나는 어딜 가도 프리 패스였다. 남들 다 자는 새벽에 조직원들의 침실을 휘저어놓는 폭거를 행했음에도 적어도 내 귀에는 뒷말이 안 들리는 걸로 보아, 헬람이 툴루멘즈를 완전히 휘어잡고 공포정치를 행하고 있었음을 잘 알 수 있었다.

그 덕에 나는 아무 방해도 받지 않으며 탐사 일지의 페이지를 완전히 채운 것은 기본이고, 헬람의 비밀 금고를 털어 묵직한 금괴 몇 개와 이중장부를 손에 넣기까지 했다.

이게 끝이냐? 물론 아니다. 툴루멘즈가 긁어모은 막대한 미술품과 유물들이 있었다.

그러나 이 중에서 내가 탐사 점수를 얻을 수 있는 '진짜 유물'은 10여 점에 불과했다. 그것도 특별한 기능이나 능력도 붙어 있지 않은 단순한 골동품에 불과했다. 나머지는 모두 가짜, 복제품, 잡동사니였다.

하긴 예상은 했다. 정말로 이 구 시청에 막대한 미술품과 유물, 보물들이 있었다면 시티 오브 툴루에 대한 정보의 가격이 고작 30루블밖에 안 될 리가 없다.

"아니, 엄청나게 많은 양의 유물과 미술품이 불에 탔다며?"

그럼에도 불구하고 나는 라플라스에게 따지고 들었다.

─네, 기록에는 분명 그렇게 나와 있죠. 대외적으로도 그렇게 알려질 예정이구요.

라플라스는 태연히 대꾸했다.

─이건 비밀 정보라 추가 요금이 붙습니다만, 누군가가 불에 타버린 가품들을 진품인 걸로 해둔 겁니다. 그렇게 처리하는 게 자신의 안위에 더 좋기 때문이죠.

라플라스가 유료 비밀 정보를 공짜로 알려주는 데에는 이유가 따로 있다. 이제는 공짜가 되었기 때문이다.

"그 누군가가 바로 여기에 기록되어 있고."

나는 헬람의 이중장부를 넘기며 라플라스의 말을 받았다.

헬람은 진짜 귀중한 보물들은 고위 귀족들에게 넘기고, 자신이 감당할 수 있는 상대에게만 가짜를 팔았다. 애초에 누군가의 뒷배 없이는 해 먹기 힘든 사기 행각이었다. 진품을 받은 고위 귀족이 그 뒷배가 되어준 거라면 모든 게 다 설명된다.

명단에 실린 고위 귀족들이 헬람으로부터 받아먹은 건 비단 미술품이나 유물뿐만이 아니었다. 마약과 인신매매에도 관련이 되어 있었고, 헬람이 그들의 닭 잡는 칼이 되어준 적도 있다. 이 정도면 차라리 한데 묶어 카르텔이라 불러도 손색이 없다.

"이 장부에 기록된 귀족들을 찾아다니며 비밀 창고를 털어 보는 것도 재미있겠군."

어차피 나쁜 놈들이다. 털어먹는다고 별로 죄책감이 느껴질 것 같지는 않았다.

─정의의 괴도 새 주인님이 되시겠군요.

"아니? 난 사리사욕 채울 건데?"

유물과 보물은 내 각성창 안에 차곡차곡 쌓아놓고 내 힘으로 쓸 거고, 돈과 재물은 나 자신의 탐욕을 채우는 용도로 쓸 거다.

─그럼 그냥 괴도가 되시겠군요.

"어, 응. 그렇지."

그건 괴도라 포장할 게 아니라 그냥 도둑이지 않을까? 이런 생각이 들긴 했지만 나는 군이 라플라스의 말을 수정하려 들지 않았다. 포장할 수 있으면 포장해 놓는 게 좋지, 뭐.

─쉽진 않을 겁니다.

"그야 그렇겠지만."

제국의 고위 귀족들은 실체적인 권력을 가진 자들이다. 당연히 평범한 방법으로는 쉽게 털어먹기 힘들겠지. 하지만 영 불가능한 일은 아니다. 이쪽도 평범하지 않은 방법을 동원하면 되니까.

"이번에 흑법도 배웠겠다. 그때쯤 가면 나도 더 세져 있기도 할 테고."

그러다 문득, 나는 아쉬움을 느꼈다.

"그래도 고작 이거 먹자고 300루블이나 써서 흑법 배운 건 좀 아깝군."

—양심이 있으시면 그렇게 말씀하시면 안 되죠!

라플라스가 보기 드물게 강경한 반응을 보였다.

왜냐면 내 경조사비 잔고에는 672루블이 남아 있었기 때문이다.

군이 지금 와서 복습하자면, 구 시청의 담을 넘기 전 내 잔고는 328루블이었다.

흑법을 배우는 데 300루블, 짜라스트라계 성법을 배우는데 50루블, 그리고 헬람의 신분을 손에 넣는 데 5루블을 썼으니…….

"계산이 잘 안 되네. 구 시청에서만 얼마나 번 거야?"

—700루블입니다만.

"와, 미쳤다."

이렇게 잔뜩 벌어들일 수 있었던 건 다 툴루멘즈의 조직원 여러분 덕이었다.

보아하니 이놈들, 다 한 번씩은 카를을 죽여본 것 같았다. 이것도 개개인이 아니라 분대 단위로 따졌음에도 극복한 죽음이 30회를 가볍게 넘긴다.

헬람의 얼굴과 복장을 취한 채 어깨를 두드리고 지나치기만 해도 20루블씩 짤랑짤랑 들어오는 게, 나로 하여금 구 시청 탐사를 즐겁고 행복하게 만들어주었다.

"응? 1루블이 비는데?"

―그건 악마에 대한 정보를 사는 데 쓰셨습니다.

뒤늦게 루블 손익을 손꼽아 계산해 본 내 의문을 라플라스가 해결해 주었다.

"아, 그랬었지. 와하하."

―게다가 이걸로 끝나는 게 아니잖습니까?

"응, 그렇지."

나는 각성창으로부터 [탐사 일지]를 꺼내 들었다. 처음부터 끝까지 꽉 찬 기록이 내가 구 시청 구석구석을 얼마나 파고 다녔는지를 설명해 준다.

비록 가짜 미술품과 유물들은 하나도 점수를 주지 않았지만, 특별한 능력이 없는 골동품이라고 하더라도 유물은 유물인지 10개의 유물은 내게 1,000점의 탐사 점수를 주었다. 여기에 유적의 완전 탐사 점수 100점을 추가해, 나는 이번 탐사에서 총 1,100점을 얻었다.

여기에 지난번에 남겨둔 탐사 점수 1,260점을 더하면 총 점수가 2,360점.

"와! 점수가 남아도네!"

그렇게 생각할 수 있었던 것도 잠깐이었다. 1,000점을 써서 [트레저 헌터의 직감]을 2로 업그레이드하고 500점으로는 새 능력인 [기계 조작]을 얻었으니. 순간적으로 2,000점을 넘겼던 점수가 860점으로 쪼그라들었다. 적자다!

—[트레저 헌터의 직감 2], [잠금 해제 2], [함정 해체 1], [기계
조작 1]

하지만 이걸로 내 트레저 헌터 능력은 이렇게 되었다. 하긴
탐사 점수를 모으자고 모으는 건가. 쓰자고 모으는 거지. 이
런 걸로 전전긍긍하는 것 자체가 이상하다.

"기계 조작이라. 이건 어디다 쓰는 거지……?"

—기계를 조작하는 데 쓰는 게 아닐까요?

라플라스 이 녀석, 평소엔 자기가 다 아는 것처럼 하고 다
니는 주제에 가끔 머리가 나빠지는 것 같다. 하지만 나는 관
대하므로 굳이 라플라스를 책하지 않았다. 정확히는 나도 라
플라스와 똑같이 생각했으니까.

"에이 뭐, 있다 보면 쓸데가 생기겠지."

어차피 탐사 점수는 남아돌고, 배울 수 있는 건 다 배워야
한다.

나는 탐사 일지를 덮었다. 잠시 후, 언제나 그랬듯 탐사 일
지는 소멸했다.

—이래도 300루블이 아깝다고 하실 생각이신지요?

거 끈질기네.

"알았어. 이렇게 크게 벌어들인 건 다 네 조언 덕이야. 고맙
다, 라플라스."

—별말씀을요!

살짝 비꼬는 어투로 말한 거 라플라스도 알 텐데, 용케 잘 받아준다. 하긴 이걸 비꼬는 게 이상한 거지. 그냥 인정하면 지는 것 같아서 괜히 꼬았던 거다. 나는 나 스스로 어른스럽지 못했음을 깨닫고 고쳐 말했다.

"고마워, 라플라스. 언제나 고마워하고 있어."

—벼, 별말씀을요!

라플라스의 어투가 변했다. 쑥스러워하고 있는 건가? 이 녀석도 귀여운 구석이 있다.

아무튼 이걸로 시티 오브 툴루 구 시청에서 볼일은 끝났다.

그래, 결과적으로 볼 때 한탕 잘 해 먹은 건 맞다. 악마한테 몇 번 죽을 뻔했던 걸 제하면 뭐 별로 고생을 한 것도 아니고.

"아, 맞다. 나 악마한테 죽을 뻔했었지?"

—······.

라플라스가 갑자기 조용해졌다. 또 이 정도면 쉽게 이겼느니, 삶이 너무 쉬우면 재미없다느니 하면 목걸이를 한 번 꼬집어줄까 생각했었는데. 라플라스도 이 정도 눈치는 있는 모양이었다.

"그러고 보니 아직 악마의 두개골을 어떻게 써먹어야 하는지에 대해 못 들은 것 같은데."

라플라스의 꼬임에 넘어가 악마와 싸우기로 결의했던 건 내 안의 악에 대한 분노라든가 정의를 실천하기 위함이라든가 하는 상투적인 이유가 아니다. 그보다 더 상투적인 것, 즉 내 이득이 이유였다.

그리고 이 악마의 두개골이 전리품이다. 라플라스가 내게 제시했던 이득이기도 했고.

―아, 악마의 두개골에는 크게 세 가지 분류의 쓰임새가 있습니다.

라플라스는 방금 전의 침묵이 거짓말처럼 간단하리만치 입을 열었다. 내 입에서 웃음소리가 저절로 피시식 하고 새어 나왔지만 나는 입을 다물었고, 약 1초 정도 입을 다시 다물었던 라플라스는 금방 설명을 재개했다.

―…먼저 첫 번째로는 술법을 이용해 악마의 두개골을 매개로 악마를 소환하는 겁니다.

"악마를 소환한다고?"

―네, 소환하고 계약해서 부릴 수 있죠. 매개가 되는 두개골이 강력한 악마의 것일수록 대가를 더 강력한 악마를 소환할 수 있습니다.

내가 상대했던 악마, 카오아만은 확실히 강력했다. 그런 악마를 내 마음대로 부릴 수 있다는 건 확실히 매력적이었다. 한 가지 문제만 제하면 말이다.

"그거 술법 배워야 되는 거지?"

―네.

역시 판촉이었어!

"다음."

―네, 두 번째 사용법으로는 이 악마의 두개골을 신령에게 제물로 바치고 그 대가로 소원을 비는 겁니다.

그나마 첫 번째 사용법보다는 덜 사악하게 들린다. 그런데…….

"신령은 무슨 수로 불러내는데?"

―술법으로 불러내시면 됩니다.

"너 오늘 철저하구나."

판촉이 참 철저하다.

―하나 더 있습니다. 마지막 세 번째 사용법은…….

"술법 쓰는 거지?"

―네.

혹시나 했는데……. 진짜였구나. 나는 실망한 기색을 숨기지 않은 채 다시 물었다.

"…다른 방법은 없어?"

―물론 있습니다.

"어, 그래? 뭐?"

―교단에 그 악마의 두개골을 가져가서서 새 주인님께서 처치하셨다고 말씀하시면 아마 성자의 칭호를 부여해 줄 겁니다.

"…잭 제이콥스가? 교단에?"

만약 지금 상황에서 잭 제이콥스가 신전에 가면 어떤 취급을 받을까? 과연 순순히 성자 칭호를 넘겨줄까? 내 생각엔 아닐 것 같은데…….

—그래서 세 방법 중에 포함을 안 시킨 거긴 합니다만…….

라플라스가 변명처럼 덧붙였다.

"당장 써먹긴 좀 힘든 물건인 건 알겠군."

하긴 꼭 당장 써먹으란 법은 없다. 나는 미련을 끊고 라플라스에게 되물었다.

"아무튼 술법에 쓰기에 되게 좋은 물건이라, 이거지?"

—그렇습니다. 굳이 루블로 환산하면 최소한 1,500루블 이상의 가치가 있습니다.

"헉! 1,500루블?"

굳이 루블로 환산해 주니 이거 또 솔깃하네. 술법 배우는 데 300루블이 든다지만, 그거 쓰고도 4배나 흑자란 소리 아닌가?

게다가 루블이야 또 벌면 된다. 오늘 번 루블을 보니, 굉장히 먼 미래의 일도 아닐 것 같았다.

"뭐 좋아. 이건 그때 가서 써먹도록 하자고."

—그때가 오면 놀라실 겁니다.

라플라스가 이 정도까지 호언을 하는 물건이다. 기대를 좀 걸어 봐도 괜찮을 것 같다.

─악마의 두개골은 다음에 쓰시는 걸로 하시더라도, 다른 두개골은 당장 쓰임새가 있지 않을까요?

"다른 두개골? 아아."

라플라스의 말을 알아들은 나는 씨익 웃었다.

"그렇지. 오늘 돌아가면 당장 써먹어야지."

이건 또 따로 써먹을 데가 있다.

*　　　　　*　　　　　*

깊은 잠에 빠져 있던 안드레는 지끈거리던 두통이 사라졌음을 느끼며 잠에서 깨어났다. 눈을 뜬 그 순간, 그를 내려다보고 선 한 남자를 보고 소스라치게 놀라 일어났다.

아는 사람이었다. 비록 알게 된 지 한나절도 채 지나지 않았지만, 그리고 첫 만남이 참 악연으로 묶이긴 했지만 그래도 이제 스승으로 모시기로 한 사람이었다. 비록 상대가 자신을 제자로 받아주지는 않았지만 그건 그리 큰 문제가 아니다.

더욱이 잠들기 전, 함께 싸우기까지 한 사람 아닌가? 아니, 함께 싸웠다고 하기는 또 좀 양심에 찔리는 면이 없잖아 있지만……. 아무튼 얼굴 보고 소스라치게 놀라야 할 사람은 아니다.

무례를 저질렀음을 자각한 안드레는 스승에게 고개를 숙였다.

"죄송합니다. 제가 잠이 덜 깨서……."

"괜찮다. 자고 있는데 쳐들어온 내 잘못이지."

스승은 정말로 아무렇지도 않은 듯 답했다. 그 목소리에 묘한 음산함이 담겨 있어, 안드레는 긴장하지 않을 수 없었다.

"그러나 안드레, 네가 당장 해줘야 할 일이 있다."

"무, 무엇인지요?"

스승은 말없이 테이블 위에 무언가를 올렸다. 그것이 사람의 잘린 목이란 걸 깨닫기까지 약 3초간의 시간을 요했다.

"헉! 허읍!"

안드레는 자동적으로 터져 나오려는 비명을 막기 위해 스스로 손을 입에다 갖다 박았다. 이래 봬도 범죄 조직의 장이다. 비명 같은 걸 질렀다가 부하들이 듣기라도 하면 얼마나 체면이 상하겠는가?

그러나 안드레는 체면 따월 챙길 때가 아님을 2초 후에나 깨달았다.

"헤, 헬람……!"

그 목의 원래 주인이 누군지 알아보았기 때문이었다.

"알아보는군."

스승은 그렇게만 말하고 다시 입을 다물었다. 안드레는 그가 사신에게 원하는 것이 있음을 깨달았다. 그런데 그게 뭔지 도무지 모르겠다.

"…몇 명이나 알고 있습니까?"

결국 안드레는 자신이 알고 싶은 것을 먼저 묻게 되었다.

"좋은 질문이로군."

스승은 만족스럽게 웃었다. 정답인 모양이었다. 소 뒷걸음 치다 쥐 잡은 격이었으나, 안드레는 내심 안도의 한숨을 내쉬었다.

"헬람 본인과 나를 제외하면, 네가 처음이다."

"기, 회로군요."

너무 큰 기회라 말을 더듬고 말았다. 그러나 안드레는 본능적으로 욕망을 앞세우기 전에 해야 할 질문이 있음을 동시에 깨달았다.

"제게 무엇을 원하십니까?"

상대는 안드레 본인을 실력으로 꺾고 50명의 뒷골목 사내를 홀로 꺼꾸러뜨린 실력자.

더욱이 악명 높은 툴루멘즈의 본거지에 쳐들어가 헬람 단 한 명의 목만 가지고 나왔다면, 그 실력은 이미 초월에 닿았다고 봐도 무방하다.

그렇다면 홀로 툴루멘즈를 멸할 수도 있었을 터.

그럼에도 굳이 단 하나의 목만 가지고 안드레 앞에 나타난 이유가 무언가?

이걸 알아야 했다.

이걸 모른다면, 다음에 잘려 나가는 것은 안드레 자신의 목이 될 터이기에.

안드레의 표정을 들여다보고 있던 스승이 문득 이를 드러내며 웃었다.

"안드레, 너는 악당이지만 의를 안다. 정의를 안다고는 못하겠지만 신의는 알고 있지."

"…저는 그런 인간이 아닙니다."

안드레는 고개를 저었다. 별로 겸양하려는 건 아니었다. 그저 스스로 진심으로 그렇게 생각하기에 고개를 저었을 따름이었다.

"너는 라앙을 곁에 두고 부리고 있지."

라앙. 안드레는 순간적으로 그게 누구 이름인지 헷갈렸다. 너무 뜬금없이 나온 이름이었으나, 그는 곧 그런 이름의 꼬마가 스승의 수발을 들었음을 떠올릴 수 있었다.

그런데 라앙의 이름이 지금 나오지?

"라앙뿐만이 아니다. 너를 따르는 고아가 많아."

갑자기 바뀐 화제에 어리둥절해하는 것도 잠시, 스승의 말은 곧장 핵심을 꿰뚫었다.

"툴루멘즈가 그 아이들을 넘기라고 하지 않던가?"

안드레의 동공이 커졌다.

바로 어제 시티 오브 툴루에 온 인간이 이런 내막을 어떻게?

아니, 다 아는 방법이 있겠지.

안드레는 체념 섞인 목소리로 대답했다.

"…그렇습니다. 꽤 끈질기게 아이들을 요구해 왔죠. 협박과 회유를 꽤 열심히 하더군요."

"그럼에도 너는 굴하지 않았지."

"그건 제가 신의가 있어서 한 일이 아닙니다. 그저 같은 지역의 고아 출신으로서……."

"그게 신의라는 거다. 그마저도 못한 이들이 많지. 도시의 뒷골목엔 더욱이."

그런 이야기를 웃음 섞인 목소리로 말하던 스승에게서 갑자기 웃음기가 걷혔다.

"그리고 네 그런 점 때문에 나는 너를 죽이지 않았다."

"……!"

안드레의 얼굴에 핏기가 가셨다.

그렇다. 방금 전에 자신이 소스라치게 놀라며 일어난 이유가 무엇인가? 뒷세계의 범죄자로서, 누군가에게 자는 얼굴을 보였다는 것은 목숨이 한 번 날아갔다는 것을 뜻한다.

즉, 스승은 그게 어느 때곤 상관없이 자신의 목도 날릴 수 있다는 뜻이기도 했다.

바로 몇 시간 전 헬람의 목을 날렸듯이.

"나도 이 바닥의 생리를 어느 정도는 알고 있다. 그저 죽여 없애는 것만으로는 뒷세계의 악이 정화되지 않더군. 악인을 죽여 없애면 보통 사람처럼 보이던 이가 그 자리를 대신 꿰어차고 더 큰 악업을 행하더라고."

안드레도 잘 알았다. 이 뒷골목에서 어떤 강자가 몰락하고 나면 그저 약하기에 능력이 없어서 악을 범하지 못하던 이들이 그 자리를 대신 꿰어 차는 장면을 자주 봐왔다.

사실을 털어놓자면 안드레 본인조차 그 사례에 속했다.

"안드레, 명심해라. 신의를 지켜라."

툴루멘즈가 치워진 자리의 대안이 되어라.

공백보다 나은 대안.

"그것만 지킨다면 나는 네가 이것으로 무엇을 하든 상관하지 않겠다."

그러지 않는다면 내가 너를 치우겠다.

스승은 헬람의 머리통을 통통 치고 안드레에게 등을 보였다.

안드레는 자신의 등이 식은땀으로 범벅이 되어 있음을 스승이 방에서 나간 뒤에나 알아차렸으나, 동시에 이 땀을 씻어낼 여유가 없음 또한 알아차렸다.

"…이건 일생일대의 기회야. 놓칠 수 없는 기회."

테이블 위에서 자신을 노려보고 있는 헬람의 머리통을 바라보며, 안드레는 옅게 웃었다.

그의 스승은 이 머리통을 자신에게 주면서 상납금은커녕 별다른 지시나 개입도 하지 않았다. 그에게 힘을 실어주는 조건으로 신의만을 요구했다.

정의로울 필요조차 없다.

오직 신의.

그것뿐이었다.

시티 오브 툴루에 온 그날 바로 50명의 범죄자를 제압하고 툴루멘즈 보스의 목까지 벤 실력자의 뒷배. 든든하기 짝이 없는 후원자 아닌가.

비록 신의를 어기게 되면 목숨이 위험하게 되겠지만, 반대로 받아들이자면 신의만 지키면 아무 일도 일어나지 않을 것이다.

"…좋아."

갑옷을 꿰어 입고 오른손에 육각봉을 든 안드레는 왼손에 아직 피가 뚝뚝 떨어지는 헬람의 머리통을 방패처럼 들었다.

적어도 오늘 밤, 이 도시에서 이 머리통은 최강의 방패가 될 터였다.

"자, 그럼 움직여 볼까. 천하를 먹으러!"

이 작은 도시의 뒷골목에 불과할지언정, 여기가 그에게 있어서는 천하였으니.

안드레는 야망에 가득 찬 방을 나섰다.

*　　　　*　　　　*

나는 안드레의 방에서 나와 곧장 내 침실로 지정된 옥상으로 향했다.

"이걸로 된 거지?"

─네, 완벽합니다.

방금 전까지 나는 자고 있는 안드레의 방에 숨어 들어가서 놈의 목을 졸라 완전히 기절시킨 후, 바로 어제 낮에 내가 쪼갠 안드레의 머리통 상처를 성법으로 치유하고 놈을 깨워 비몽사몽 상태인 놈에게 헬람의 목을 건네고 한 소리를 늘어놓았다.

─이로써 안드레는 새 주인님의 충실한 수하가 됨과 동시에 시티 오브 툴루의 뒷세계를 장악하는 대부가 되었습니다. 신의를 지키는 밤의 대부 안드레는 시티 오브 툴루의 시민들에게 있어 최선의 선택이 될 겁니다.

뭐가 어떻게 돼서 그렇게 된 건지는 잘 모르겠지만, 라플라스의 설명에 따르면 아무튼 그렇게 된다고 한다.

─이게 빅데이터의 장점이죠.

그 와중에 라플라스는 의기양양해하고 있었다.

대현자가 수십만 번 반복해서 모은 데이터 중 가장 유리한 결과를 이끌어낼 선택지를 고른 것이 방금 전의 문답이었으니, 빅데이터라는 표현이 그리 틀린 것은 아니리라.

"여기 시장 놈이 얼마나 무능하면 범죄자 놈이 최선의 선택이 되냐."

─그건…….

나도 모르게 흘린 혼잣말에 라플라스가 의욕적인 목소리

로 뭔가 말을 꺼내려 하기에, 나는 재빨리 손을 내저었다.

"아냐, 설명할 필요 없어. 난 눈 좀 붙여야겠다."

—안 됩니다.

"엥?"

그렇게까지 설명을 하고 싶냐는 질문을 하기 전에, 라플라스의 말이 먼저 이어졌다.

—아직 끝난 게 아닙니다. 이제 새 주인님께서는 모습을 숨기셔야 합니다.

라플라스의 말에 의하면 이 시티 오브 툴루의 뒷세계 패권을 건 싸움에 내가 끼어들어선 안 된다고 한다. 이 밤의 쿠데타의 주인공은 어디까지나 온전히 안드레여야 하는데, 내가 어디 눈에 보이는 데서 숨이라도 쉬고 있으면 관심을 나눠 받게 된다나.

—새 주인님께서 직접 시티 오브 툴루를 장악하시겠다면 모르겠습니다만.

"아니, 그건 아니지."

당연하게도 나는 이 도시에 주저앉아서 범죄자들 대가리나 하고 있을 생각은 없다. 유적을 찾아다녀야 하는 트레저 헌터는 필연적으로 부평초일 수밖에 없다. 볼일 다 보면 떠나야지.

그러니 주인공 자리는 얌전히 안드레에게 넘겨줘야 한다.

"그럼 이 아지트에 숨어서 낮잠이나 푹 자고 있으면 안 돼?"

―안 됩니다.

라플라스의 대답은 단호하기 짝이 없었다. 안드레로부터도 완전히 모습을 숨겨야 안드레의 머릿속에서 안드레의 스승이라는 존재의 신비감이 극대화될 거라나.

솔직히 뜨거운 물에 한 번 푹 들어앉아 지친 몸을 풀어준 후 푹신한 침대에 누워 한숨 푹 자고 싶지만, 이건 욕망이지 필수가 아니다. 체력이 방전된 것도 아니거니와, 당장 수면이 필요한 것도 아니다. 축복의 효과도 아직 지속되고 있다.

단지 정신적으로 좀 피곤할 뿐이다.

―마침 시각도 적절하군요. 지금 출발하시면 딱 맞겠습니다.

라플라스의 말에 하늘을 올려다보았다. 마침 달이 지고 있었다.

"…그렇군."

당장 출발해야 하는 게 맞다. 지금 이 시간을 그냥 흘려보내면 또 하루를 버텨야 한다. 그것도 무슨 죄지은 사람처럼 안드레의 눈이 닿는 곳을 피해서.

당연히 나는 그러고 싶지 않다.

"그래, 좋아. 가자고."

나는 유혹을 떨치고 결정을 내렸다.

갈 곳은 정해져 있다.

시티 오브 툴루의 지하 수로.

이 도시에 들어오기도 전부터 원래 내 목적지였던 유적이
다.

제8장

—

지하 수로 I

어느새 달은 지고 새벽별이 떠올라 있었다. 잠시 후면 해가 떠오를 것이다. 라플라스가 딱 좋은 시간대라고 말한 이유가 바로 이것이다.

나는 흑법 그림자 숨기를 건 채로 구 시청의 맞은편에 위치한 구 종탑으로 달려갔다. 그리고 바로 구 종탑 지하실로 통하는 계단을 내려가, 조막만 하게 보이는 창으로 새벽별이 딱 보일 때 색이 미묘하게 달라 보이는 벽돌을 쭉 밀었다.

라플라스에게서 얻은 정보에 의하면 이 벽돌의 색깔이 달라지는 건 새벽 별빛을 받았을 때뿐이라고 한다. 어떻게 해서 그런 현상이 일어날 수 있는지에 대해서는 이제 묻지도 않았다.

어제 구 시청 돌담에서 얻은 돌멩이를 밀어낸 벽돌 틈새에 넣으면 이로써 지하 수로의 입구는 열린다. 그런데 문제는, 입구는 여기가 아니라는 것이었다.

"자, 또 뛰어야겠군."

—힘내세요!

나는 라플라스의 응원을 받는 둥 마는 둥 하고 또 뛰기 시작했다.

입구가 열려 있는 시간은 불과 10분. 그 10분 내에 다시 안드레의 아지트 쪽으로 뛰어가 구구구 시가지의 가장 낮은 지대의 바위 건물 안으로 불법침입 해 지금은 쓰이지 않는 아궁이 속으로 기어 들어가면 된다.

그러다 보면, 아궁이 속이 생각보다 매우 깊다는 것을 알게 된다. 어느 순간 갑자기 밑바닥이 푹 꺼지는데, 저항하지 말고 그냥 자유낙하를 하다 보면 미끄럼틀처럼 쭉 밀려 내려오게 된다. 그리고 머리 위의 무언가 무거운 게 쿵 하고 닫히는 섬뜩한 소릴 듣게 된다.

이 과정을 전부 소화하는 데 걸린 시간은 불과 1분.

"…괜히 뛰어왔나?"

별로 숨이 찬 건 아니지만, 괜히 손해 본 기분에 혼자 중얼거렸다.

—아뇨, 잘하신 겁니다. 혹시나 다른 사람이 먼저 아궁이를 통과했다면, 또 하루를 기다리셨어야 했을 테니까요.

"그럴 확률이 있었어?"

—없었습니다.

왜 말한 거야?

—죽음을 극복하셨습니다. 20루블을 얻으셨습니다.

길어지는 내 침묵에, 라플라스는 마치 말을 돌리기라도 하듯 말했다.

"뭐야, 카를 여기서도 죽은 거야?"

—깜박하고 머리부터 아궁이에 들이미셨다가 그만⋯⋯.

잘 생각해 보니 머리부터 떨어졌다면 충분히 죽을 수도 있는 높이였다. 음, 그렇구나. 수십만 번쯤 하다 보면 그런 실수도 저지를 수 있겠지.

⋯어쨌든 이로써 지하 수로에의 입장에 성공했다.

"대현자는 대체 이걸 어떻게 발견한 거야?"

입장 방법 자체가 복잡하기 짝이 없다. 그냥 여러 번 왔다 갔다 하다 보니 우연히 발견하게 될 수 있는 수준이 아니다.

—이 수로의 존재 자체는 다른 지역에서 발견된 고대 제국의 고문서에서 짧게 언급된 기록에서 찾아내셨습니다. 그리고 파편화된 힌트들을 모아 정리하고, 그럴 듯해 보이는 것들을 모아 여러 번 시행착오를 반복한 끝에 비로소⋯⋯.

"…그렇군. 대단한데."

이런 걸 보면 대현자는 대현자다. 그렇게 힘들게 지하 수로를 찾아내 놓고 또 스스로 기억을 리셋하고서 깜박하고 머리부터 떨어졌다가 사망한 것도 사실 따지고 보면 대현자, 아니 카를답긴 하지만.

어쨌든 대현자의 그러한 수고 덕에 유적에 들어와 놓은 주제에 대현자를 폄하할 정도로 나는 되먹지 못한 놈은 아니다.

"자, 그럼 일단……. 있구나."

각성창을 열어 [탐사 일지]가 정상적으로 생성되어 있는 것을 확인한 나는 수로를 둘러보기 시작했다.

"아무것도 보이지 않는군."

별 의미는 없었지만 말이다.

버려진 지 오래인 지하 수로 유적에 조명 같은 건 전혀 없었고, 따라서 내 주변은 시커먼 어둠으로 뒤덮여 있었다.

손전등을 꺼내 드는 것도 한 방법이지만, 나는 흑법 어둠 꿰뚫어 보기를 사용하기로 했다. 건전지는 아껴야지.

게다가 여기서 뭐가 튀어나올지 모르니 주의해야 하는 것도 맞다. 빛은 내가 볼 수 있는 조명으로도 작용하지만, 적으로 하여금 내 위치를 발견하게 만드는 신호가 되기도 하니까.

―공략을 구입하시겠습니까?

구 시청과 마찬가지로 지하 수로의 내부 정보는 별도 요금을 내야 했다. 따라서 여기서부터는 나도 사전 정보를 얻지 못한 상태다. 뭐, 한두 번 있는 일도 아니니.

'아니, 일단 탐험해 보지.'

나는 평소 하던 대로 하기로 했다.

'자, 그럼 가볼까?'

통로 초반은 일방통행이었다. 본래 수로라 앞뒤가 확 트여 있어야 정상이겠지만, 고대 제국의 반란군이 일부러 무너뜨린 건지 한쪽 면이 토사로 막혀 있었다. 비밀 감지도 조용하니 굳이 여길 파낼 필요는 없을 것 같다.

지하 수로라곤 해도 물이 흐르지 않게 된지 오래라, 습기 차거나 썩은 내가 나거나 하지는 않았다. 오히려 지나치게 건조해 발걸음을 뗄 때마다 먼지가 자욱하게 일어날 정도였다.

나는 되도록 먼지가 일어나지 않도록 주의해 걸음을 옮겼다. 발소리는 둘째 치고 내가 먼지 먹기 싫었다.

그러나 그런 나의 노력은 불과 몇 분 후, 무용지물이 되고 만다.

"꺄악! 갸악! 가악! 꺅!"

"까득까득깍깍깍!!"

뭔가 사람 절반만 한 크기의, 사람과 비슷한 형태지만 절대 사람은 아닌 존재들이 기성을 내며 이쪽을 향해 달려오고 있었다.

"뭐야, 이것들?!"

—유료입니다만.

혹법의 힘으로 윤곽은 보여도 빛 아래처럼 훤히 보이지는 않았지만, 조잡한 날붙이를 내게 들이대면서 끽끽 시끄러운 소릴 내고 있는 저것들이 내게 적대적이라는 건 굳이 시간과 노력을 들여 관찰하지 않아도 쉽게 알 수 있었다.

"쓰러뜨리면 무료지?"

─아뇨, 여긴 대현자님께서 만드신 던전이 아니니…….

"에잇, 치사하긴."

나는 각성창에서 손전등을 꺼내 켰다.

"끄갸아아아악!"

"갸아악! 그가각!!"

어둠에 익숙해져 있었을 터인 작은 괴물들은 내가 비춘 갑작스러운 빛에 섬광탄이라도 맞은 듯 고통스러운 비명을 질러댔다.

괴물들. 그래, 괴물들이었다.

안경원숭이처럼 커다란 눈에 마치 파충류의 것을 연상시키도록 쭈글거리는 피부, 귀와 코는 뾰족하게 튀어나와 있고 입은 쭉 찢어져 귀밑에 걸렸다. 손발은 인간과 같이 둘이었는데, 허리는 구부정하니 꺾였고 손가락은 네 개인데 엄지가 좌우에 달렸다.

"아니, 도시 지하에 이런 것들이 산단 말이야?"

─1루블입니다.

가차 없군. 나는 호기심을 이기지 못하고 라플라스에게 값을 지불했다.

―고블린입니다.

"고? 뭐? …그게 뭔데?"

―인간과 닮았지만 인간이 아닌 괴물들입니다. 인간을 적대시하며 인간의 아이를 즐겨 먹습니다. 제압할 수만 있다면 성인이라도 먹지만, 가장 좋아하는 건 인간의 갓난아기입니다.

"뭐야, 식인종이야?"

―그렇습니다.

라플라스의 대답은 담백하기 그지없었다.

―사실 잡식이지만요. 필요하다면 인간의 토사물이나 배설물을 먹기도 합니다.

아, 사람만 먹는 건 아니로군. 그런데 예시가 너무 구역질나는데.

―지능이 대단히 높진 않지만 덫을 놓아 사람을 노릴 수 있을 정도로는 충분히 교활하고 악랄합니다. 보시다시피 무기와 도구도 사용하고, 자신들의 배설물을 이용한 독도 다룹니다.

"왜 아까부터 구역질나는 내용을 계속해서 다루지?"

―그야 구역질나는 족속들이니까요.

힐 말 없군. 그나저나 라플라스의 설명에선 이들에 대한 결코 작다고 할 수 없는 적대감이 느껴지고 있었다.

—이들 족속의 다른 무엇보다 큰 강점은 번식력으로, 모체 한 개체가 1개월마다 대여섯 마리의 새끼를 낳습니다. 만약 구제당하지 않은 채 방치된다면, 그리고 충분한 식량만 있다면 고블린으로 대륙 전체를 뒤덮는데 몇 년도 채 걸리지 않을 것입니다.

"아하."

나는 끼럭이를 꺼내 들었다.

"인류의 적이었군?"

고블린에게 있어 식량이라는 건 인간의 시체를 말하는 것이리라. 물론 살아 있는 인간도 노릴 수 있고. 그러니까 요는 이것들이 여기까지 헐레벌떡 뛰어온 건 날 죽여서 먹을 속셈이었던 거다.

그러니 판결.

"사형!"

"끼릭!"

나는 순식간에 끼럭이를 꺼내 방아쇠를 당겨 두 고블린을 쏴 죽였다. 투둑, 둑. 조정간은 연사였지만, 끼럭이는 내 의지에 충실히 반응해 단 두 발의 정령탄만을 발사해 주었다.

"끼엑!"

"꺄하학……!"

미간을 꿰뚫어줬더니 몇 초 부르르 떨다가 절명한다. 별로 내구도가 높진 않은 모양이다.

—죽음을 극복하셨습니다. 새 주인님의 계좌에는 712루블이 남아 있습니다.

라플라스의 메시지는 내겐 별로 놀랍지 않았다. 지금 와서 놀랄 것도 아니지.

나는 고블린들의 시체를 내려다보며 씹어뱉었다.

"어딜 감히……. 내 부드러운 살결을 노려?"

—뭐, 부드럽긴 하죠. 아직 열두 살이시니…….

"…농담한 거야."

사실 내 살결은 그리 부드럽지 않다. 외력으로 인해 근육도 붙었고 피부 자체도 단단해졌으니.

—알고 있습니다. 그보다…….

통로 저편에서 발소리가 여럿 들렸다. 굳이 주의 깊게 들을 필요도 없이, 다수의 고블린이 이쪽을 향해 오고 있는 소리란 건 금방 알 수 있었다.

—다시금 말씀드립니다만, 고블린의 가장 큰 강점은 번식력입니다.

"그래, 그런 것 같군."

나는 왼손에 들고 있던 손전등을 각성창에 도로 넣어버리고 끼럭이를 견착했다. 스코프가 있으니 어둠 속을 달려오는 적을 판별하는 것은 그리 어렵지 않았다.

"소금 많군."

놈들의 숫자를 확인한 조정간을 연사로 두었다.

"오랜만에 실컷 쏘겠어."

—어제도 쏘셨잖아요.

"토 달지 말고."

투두두두둑! K—2의 소음기에서 불꽃이 뿜어져 나갔다. 막 코너를 돌아 나오는 고블린들이 그 자리에서 픽픽 쓰러져 나갔다. 그럼에도 불구하고 고블린들은 별 두려움을 느끼지 못한 건지 동료들의 시체를 뛰어넘어 달려오고 있었다. 나로선 환영할 만한 일이다.

나는 아예 끼릭이에게서 소음기를 떼어내 버렸다. 그리고 가차 없이 방아쇠를 당겼다. 타타타타타타! 시원한 사격음이 지하 수로 전체에 천둥처럼 울려 퍼졌다.

*   *   *

적어도 수십은 되는 고블린들이 꿱꿱거리는 소리로 시끄러웠던 지하 수로가 원래의 조용함을 되찾기까지는 몇 분도 채 걸리지 않았다.

이놈들은 두려움이란 감정을 모르기라도 하듯 동료의 시체를 넘고 넘어 아무 망설임 없이 총구 앞에 몸을 내밀었는데, 그렇다고 총탄으로부터 몸을 보호할 수단도 가지지 못했다. 그렇다 보니 그냥 K—2 연사 앞에서 픽픽 쓰러져 나갔다.

"다 죽었나?"

나는 조용해진 통로 반대편을 바라보며 중얼거렸다. 라플라스로부터 대답은 돌아오지 않았다. 그럼 아직 다 안 죽은 건가? 지금의 침묵은 해석할 여지가 너무 많았다.

라플라스가 입을 열든 말든 어차피 천년만년 여기 서 있을 것도 아니다. 나는 고블린들의 시체를 향해 걷기 시작했다. 웬만하면 저쪽으로 가고 싶지 않았지만 통로가 일방통행이라 어차피 저쪽을 지나칠 수밖에 없다.

고블린 시체 더미를 향해 가까이 갈수록 피비린내와 배설물의 악취가 짙어졌다. 말 그대로 시체가 산처럼 쌓여 있었다. 만약 고블린들이 이 시체의 산을 엄폐물로라도 삼았더라면 조금이라도 생존률이 올라갔을 테고 전투도 길어졌겠지만, 이놈들에겐 그런 거 없었다.

"후……. 멍청이들."

나는 고블린들을 비웃으며 저벅저벅 걸어갔다. 그러나 다음 순간.

"……!"

아무래도 인정해야겠다. 나는 고블린들을 얕봤다. 이것들에게 시체를 엄폐물로 삼을 지능은 없었지만, 은폐물로 삼을 지능은 있었다.

동족의 시체 밑에 숨어 있다가 갑자기 튀어나와 적을 습격하는 기습 전술은 훌륭하다 평가해도 될 것 같았다.

하지만 저것들의 상대는 바로 나, 트레저 헌터다.

이걸 몰랐던 게 고블린들의 결정적인 실책이었다.

"[직감]이… 위기 감지가 반응한단 말이지?"

트레저 헌터의 능력이 나로 하여금 이런 조잡한 기습 따윌 받게 놔두질 않았다.

타타탕! 끼릭이가 총성을 토했고, 고블린들은 그 자리에서 죽어 나자빠졌다.

─죽음을 극복하셨습니다. 752루블입니다.

고블린들은 개체마다 루블을 주지는 않았지만, 대현자는 놈들의 집단 전술을 하나 돌파할 때마다 죽음을 극복한 것으로 체크했기 때문에 수입 자체가 꽤 쏠쏠하다.

"이제야 상황 종료군."

미약하게나마 느껴지던 위기 감지가 완전히 사라졌다. 나는 바닥에 깔린 고블린 피와 시체를 밟고 나아갔다. 신발 밑창에 달라붙는 찐득한 살점과 기름기가 아주 기분 나쁘다.

그런데 모퉁이를 도니 그보다도 구역질나는 광경이 보였다. 죽은 동족의 시체를 뜯어다 먹고 있는 고블린들의 모습이 바로 그것이었다. 놈들은 그나마 겁쟁이였는지, 내 모습을 발견하고는 냅다 도망치기 시작했다.

저런 놈들 상대로 견착 조준을 할 필요도 없다.

"끼릭아."

"끼릭!"

탕, 탕, 탕!

끼럭이가 놈들을 마무리했다. 점사도 아닌 단발사격, 정수리를 꿰뚫는 깔끔한 일 처리다.

"잘했다, 끼럭아!"

나는 끼럭이의 스코프 밑을 긁어주며 치하했다.

그러자 끼럭이가 끼럭, 끼럭, 끼럭 소릴 내며 좋아했다.

그건 그렇고 또 한 집단을 섬멸했음에도 루블을 주지 않다니.

이유는 하나뿐이겠지.

"아무리 그래도 이것들한테 죽은 적은 없나 보군."

―네, 뭐.

하긴 도망치는 상대로부터 죽는 건 쉽지 않은 일이지. 아무리 카를이라도 무모하게 적들을 쫓다 반격 맞아 죽은 적은 없는 모양이었다.

나는 조용해진 통로를 혼자 걸었다. 그나마 고블린 시체로부터 멀어질수록 악취도 함께 멀어진다는 사실이 반가울 뿐이었다.

그렇게 생각했던 건 내 착각이었다.

타타타타! 탕! 탕!!

"또 고블린! 또 시체네!!"

―죽음을 극복하셨습니다. 잔고는 772루블입니다.

지긋지긋함을 느끼기 전에, 라플라스가 나를 상쾌하게 만들어주었다.

"카를은 고블린한테 몇 번을 죽은 거야?"

—네 자릿수는 될 겁니다.

의외의 대답이 돌아왔다. 나는 놀라 되물었다.

"아니, 그렇게 많이?"

—고블린이 여기에만 있는 건 아니거든요.

"아하. 그렇다면야 뭐."

나는 간헐적인 고블린들의 습격을 손실 없이 막아내며 계속해서 앞으로 나아갔다. 사실 아까부터 정령탄을 쓰고 있기 때문에 손실이 아예 없는 건 아니다. 정령력을 소모하고 있지. 하지만 좀 쉬면 다시 충전되는 정령력을 손실이라 해야 할지 의문이다.

"정령력 성장을 위해선 좀 더 팍팍 써야 되는데."

구 시청에서 악마와 싸울 때 자기 정령화를 쓰느라 절반 이상의 정령력을 써버리긴 했지만, 정령탄이 정령력을 많이 잡아먹는 것도 아닌지라 아직 여유가 있었다.

그렇다고 여기서 정령력을 모조리 낭비할 수는 없다. 고블린 놈들, 죽어서도 그렇지만 살아 있을 때도 악취가 엄청나거든. 접근해서 칼을 휘두르고 싶지 않을 정도로 코가 괴롭다. 따라서 어지간하면 멀리서 전부 처리하는 게 기분상 낫다.

아무리 고블린이 만만할지라도 이렇게까지 방심해도 되는 걸까?

된다.

"기습 잘하는 것도 알겠고, 도구와 함정을 쓸 줄 아는 것도 알겠는데."

나는 고블린이 설치한 발목 덫을 발로 차 날려 버리며 중얼거렸다. 덫은 조잡했고 별로 치명적이지도 않아서 위기 감지에도 안 걸렸지만, 함정 감지에는 걸렸다.

만약 내가 아니라 다른 사람이었다면 이 교활한 놈들에게 손톱 끝이라도 상처를 입었을지도 모른다. 실제로 카를은 여기서 몇 차례씩이나 죽어나갔었다. 고블린들의 함정과 기습을 극복할 때마다 20루블씩 꼬박꼬박 들어오고 있는 게 그 증거다.

하지만 난 트레저 헌터고, [트레저 헌터의 직감]을 가지고 있다. 따라서 고블린들의 모든 시도는 무위로 돌아갔고, 나는 상처 하나 없이 안전할 수 있었다.

"그나마 이제 정면 승부를 걸어오지는 않는다는 점에서 놈들도 발전하긴 했군."

대현자의 기준은 기기묘묘하기 짝이 없어서, 단 한 놈을 상대하든 수십을 한꺼번에 상대하든 들어오는 루블은 똑같이 20루블이니까.

즉, 만약 이것들이 한꺼번에 쳐들어왔다면 루블 수입이 줄어들었을 것이다.

그러니 좀 귀찮더라도 내겐 놈들이 띄엄띄엄 습격해 오는 편이 낫다.

"이왕 이렇게 된 김에 루블이나 잔뜩 벌어가자."

이러한 결론에 이른 나는 지하 수로를 꼼꼼히 돌아다니며 고블린 무리를 청소하기 시작했다.

이러한 내 노력에 대한 성과는 절반의 성공이라 할 수 있었다. 겁쟁이와 도망자 고블린들은 처치해도 루블이 들어오지 않았으니, 내가 공세로 돌아선 시점에서 루블의 수입은 줄어들 수밖에 없었다.

그럼에도 불구하고 루블 수입이 세 자릿수에 달하니 이제 와서 그만둘 수도 없었다.

"달콤, 달콤, 달콤하군!"

사람이 돈벌이에 눈이 벌게지다 보니, 이제는 고블린의 악취가 달콤한 향내처럼 느껴질 지경에 이르렀다.

―수단과 목적이 역전당한 것 같은데요…….

"음? 어, 그러네."

애초에 이 유적에 들어온 건 탐사 점수와 유물이 목적이었는데, 어느새 나는 고블린 학살자가 되어 있었다.

이러려고 들어온 유적이 아닐 텐데……!

*　　　*　　　*

"사람이 일을 시작했으면 끝을 봐야지."

그럼에도 불구하고 끝내 나는 고블린 소탕을 완료한 후에 유적 탐사를 재개했다. 등 뒤에 적을 놔두고 다니는 것도 찜찜했고, 어차피 나중에라도 해야 할 일이기도 했다. 하는 김에 겸사겸사 해치워 버리는 게 낫지.

고블린들을 뒤쫓아 지하 수로 곳곳을 쑤시다 보니 어느새 지도도 대충 만들었고 비밀 감지가 어디서 발동했는지도 기억하게 되었다. 이 정도면 일석이조, 일거양득, 일타쌍피다.

"그런데 여긴 아무나 들어올 수 없을 텐데, 어떻게 이렇게 고블린들이 번식했지?"

내가 들어올 때 고생했던 걸 생각하면 이것 참 미스터리가 아닐 수 없었다. 그래서 의문을 혼잣말로 흘려보았는데, 놀랍게도 라플라스가 공짜로 떠들기 시작했다.

—사실 성인 남자 주먹만 한 구멍이 바깥쪽으로 하나 나 있습니다. 거길 통해서 고블린들이 자기 새끼들을 버렸고, 그것들이 멋대로 자라 번식한 결과물이 이겁니다.

"…알고 싶지 않은 진실이었군."

—따라서 무료입니다.

이, 그래서 무료였던 거냐. 물어본 게 나라서 뭐라고 비난도 못 하겠네.

"아무튼 여기가 처음으로 비밀 감지가 발동한 곳이지?"

마치 화제를 돌리는 것 같지만, 애초에 처음부터 여기가 목적지였다.

만약 내게 [비밀 감지] 혹은 [트레저 헌터의 직감]이 없었더라면 십중팔구는 아무것도 발견하지 못하고 지나갔을 법한, 아무것도 없는 그냥 벽이다.

─제게 공략을 사셨어도 발견하실 수 있겠습니다만…….

라플라스가 아쉬운 소릴 했다. 뭐, 그건 그렇지. 하지만 반대로 생각하면 내 능력 덕에 공략에 투자되었을 막대한 루블을 아낄 수 있게 된 거다.

"트레저 헌터라서 다행이야……."

흑법 어둠 꿰뚫어 보기론 사물의 윤곽 정도만 판별할 수 있기 때문에, 나는 손전등을 켜고 벽 주변을 조사하기 시작했다. 그리고 어렵지 않게 비밀을 발견했다. 내가 잘나서가 아니라 비밀 감지가 반응한 덕이었다.

"아, 이거 내가 잘난 게 맞구나. 트레저 헌터 능력이 내 거니."

─저도 그렇게 생각합니다.

라플라스의 목소리가 너무 진지해서 비꼬는 건지 자포자기한 건지 잘 모르겠다. 어쨌든 칭찬은 아닌 것 같았다. 아닌가? 칭찬인가? 뭐, 지금 중요한 건 라플라스의 의도가 아니다. 나는 다시 갓 발견한 비밀에 집중했다.

분명 손톱만 한 틈도 없는 매끈한 벽임에도, 비밀 감지가 반응하는 곳을 슥 밀어보니 쭉 밀린다. 그리고 약 30㎝ 옆에 문이 드르륵하고 자동으로 열렸다.

"이거 되게 신기하네."

―유료입니다만.

"아직 아무것도 안 물어봤거든?"

향후에 물어보게 될 수도 있겠다만, 지금 생각할 일은 아니다.

[트레저 헌터의 직감]에는 아무것도 걸리지 않는다. 위기 감지도 함정 감지도 조용한 걸 보니 들어가도 되겠지. 나는 비밀 통로를 향해 발을 옮겼다.

비밀 통로 안에는 고블린의 흔적이 보이지 않았다. 먼지투성이였던 수로와 달리 비교적 깨끗하기도 했다. 이 안에는 뭐가 있을지 모르기 때문에, 나는 다시 손전등을 끄고 흑법에 의지해 통로 안쪽으로 발걸음을 옮겼다.

얼마 나아가지도 않았는데 쿠드등, 하는 소리와 함께 문이 도로 닫혔다. 이런 걸로 당황하기엔 내가 거쳐 온 유적이 너무 많다. 너무 많진 않나? 여하튼 계속 전진. 통로에 문에 세 개 발견되었다. 좌측에 둘, 우측에 하나. 별다른 보안장치가 달려 있는 것 같지는 않았다.

"[직감]도 조용하고……. 늘어가 볼까?"

라플라스의 대답을 기다리지 않은 채, 우선 우측의 문을 열고 들어가 봤다.

"음?"

변기가 있었다.

아니, 내가 봐왔던 변기와는 다르다. 지구의 것과도 다르고, 카를이 아는 라틀란트식 변기와도 달랐다. 서민들에게 흔히 보급된 변기와도 차이가 있었다. 여기까지 여행하고 모험하면서 봐왔던 그 어떤 변기와도 같지 않았다.

그러나 보자마자 변기라는 걸 알아챌 수 있을 정도로 명확하고 직관적인 모양이었다.

"…여긴 화장실인가?"

─정답입니다.

그렇군. 그럴 것 같았다.

"이 정보는 무료인가?"

─가치 없는 정보는 말 그대로 가치가 없으니까요.

하긴 그렇지. 확실히 화장실 안에는 아무런 비밀도, 유물도 없었다. 뭔가 유추해 낼 실마리도 없었다. 나는 화장실의 문을 닫고, 이번에는 반대편의 문으로 향했다.

"이건…… 침대로군."

방에는 2층 침대가 잔뜩 꾸겨져 들어가 있었다. 정갈하게 정리되어 있긴 하지만 고급품으로는 보이지 않는 침구들이 한 세트씩 비치되어 있었다.

"여긴 침실인가?"

─정답입니다.

"그렇군."

다른 두 개의 방도 마찬가지로 침실이었다. 세 개의 침실에서도 화장실과 마찬가지로 별다른 걸 발견해 낼 순 없었다.

기왕 이렇게 된 거 그냥 침실에서 한숨 자고 나올까, 하는 유혹을 애써 뿌리쳤다. 수면을 취하는 것은 완전하게 안전을 확보한 후로 미뤄도 된다. 통로는 안쪽으로 계속 이어져 있었고, 거기 위험물이 있을 가능성이 제로라곤 단언할 수 없었다.

나는 탐사를 계속했다.

결과, 여섯 개의 침실과 두 개의 화장실을 추가로 발견했다. 그리고 꽤 큰 세면실을 발견했고 세면실 안쪽에 샤워를 할 수 있는 공간이 있다는 것도 알아냈다. 무슨 수를 쓴 건지 수도는 아직 작동하고 있었고 따뜻한 물마저 나왔다. 나는 샤워를 하고픈 욕망도 뿌리쳐야 했다.

다음에 나온 건 식당이었다. 배식대가 딸려 있는. …이거 이상하게 기시감 드는데.

"설마… 여기 군대 병영이냐?"

내 조심스러운 물음에 라플라스는 단호히, 가차 없이 대답했다.

─그렇습니다.

오오, 이럴 수가. 신이시여! 그리고 보니 여기 지하 수로에 반란군이 스며들어 있었다고 했지. 과거의 일이긴 하지만. 이 시설은 그 반란군이 쓰던 병영이었던 모양이었다.

―전 주인님께서는 여기 시설을 보시고 학생 기숙사를 먼저 떠올리셨는데요.

"…내가 군인 출신이라 그래."

뭐든 아는 만큼 보이는 법이다.

시설의 정체를 알아차렸지만 나는 탐사 일지를 채우기 위해 구석구석까지 탐사를 완료했다.

"그런데 고대 제국 시대면 엄청 옛날 아니야? 그런 것 치고는 기술이 꽤 좋던데……."

그것도 제국의 정규 시설도 아니고 반란군의 병영 주제에 수도까지 깔려 있는 건 꽤 충격이었다.

―고대 제국 시대와 라틀란트 제국은 바로 이어진 것 같지만 사실 그렇지 않습니다. 고대 제국이 무너진 후에 꽤 오랜 기간의 암흑시대가 존재하죠. 암흑시대는 기록도 많이 남아 있지 않을뿐더러 있던 기록도 유실되고 그보다도 더 많은 기술이 유실된 시대였습니다.

"…즉, 고대 제국 시대의 기술이 현 제국 시대보다 더 나았다?

―꼭 그런 것만은 아닙니다. 그러나 부분 부분 더 퇴보한 분야가 있을 수 있죠.

오랜만에 설명을 할 기회가 생겼다고 여긴 건지, 라플라스의 목소리가 신났다.

─더불어 단순히 라틀란트 제국은 철저한 계급사회고 귀족 중심, 나아가 황족 중심 사회라 기술의 독점이 심합니다. 그런 의미에서 볼 때 이 변경 지역은 기술 발전에서 소외된 곳이라 평할 수 있겠습니다.

고대 제국은 상대적으로 기술 발전의 혜택이 시민계급에까지 돌아간 반면, 라틀란트 제국에선 일반 시민은 이 혜택에서 소외되어 있다. 따라서 이 변경의 일반 시민들은 암흑시대, 심하면 제국 이전 시대의 기술 수준을 유지하고 있을 수도 있다.

그런 내용의 설명이 길게 이어졌다. 지나치게 길게 말이다.

"이 정보는 유료가 아니네?"

─네, 대현자께선 이런 내용은 무료로라도 알아야 한다고 하셔서요. 이런 정보를 안다고 삶이 딱히 쉬워지는 것도 아니고……

그건 그렇긴 하다. 아무리 역사는 반복된다지만, 역사와 개인의 삶은 괴리감이 적지 않게 있으니까. 역사가 내게 영향을 끼칠 순 있어도, 내가 역사에 영향을 끼칠 가능성은 낮다.

─그렇다고 질문도 안 하셨는데 제가 먼저 말씀드릴 순 없으니, 앞으로는 궁금하시면 바로바로 말씀해 주세요.

그런 라플라스의 말에, 나는 앞으로는 궁금하다고 아무거나 질문해서는 안 되겠다는 생각을 내심 굳혔다.

…너무 길어.

『레전드급 전생자』 3권에 계속…